新潮文庫

サロメ
ウィンダミア卿夫人の扇

ワイルド
西村孝次訳

新潮社版

514

目次

サロメ・ウィンダミア卿夫人の扇

サロメ

登場人物

ヘロデ・アンティパス　ユダヤの副王
ヨカナーン［バプテスマのヨハネ］　預言者
若いシリア人　親衛隊長
ティゲルリヌス　若いローマ人
カパドシア人
ヌビヤ人
第一の兵士
第二の兵士
ヘロデヤの小姓
ユダヤ人、ナザレ人、その他
奴隷《どれい》
ナーマン　首斬《くびき》り役人
ヘロデヤ　副王の妃《きさき》
サロメ　ヘロデヤの娘
サロメの奴隷たち

舞台――饗宴《きょうえん》の間《ま》よりも高くしつらえたヘロデの宮殿の広大なテラス。数名の兵士が露台の欄干によりかかっている。右手に巨大な階段、左手、奥には、青銅の井戸側をめぐらせた古い水溜《みずた》め。月光。

若いシリア人　こよいはなんとお美しいことだ、サロメ王女は！

ヘロデヤの小姓　お月さまをごらんなさいまし！　なんとふしぎなお月さまですこと！　お墓から抜けだしてきた女みたい。死んだ女みたい。まるで屍《しかばね》をあさり歩く女みたい。

若いシリア人　変な様子をしてるな。黄色いヴェールに、銀の足をしたかわゆい王女のようだ。鳩《はと》みたいなかわいらしい白い足をした王女のようだ。踊りを踊っているとしか思われぬ。

ヘロデヤの小姓　死んだ女みたい。たいそうゆっくりと動いております。

饗宴の間で騒音。

第一の兵士　なんたる騒ぎじゃ！　なにものなんだ、あのほえたてている野獣どもは？

第二の兵士　ユダヤ人さ。いつもああなんだよ。宗旨のことよ、論じてるのは。

第一の兵士　なんだってまた宗旨のことなど論じてるんだ？

第二の兵士　わからん。いつものことよ。たとえばだな、パリサイ派（訳注　宗教上の形式を重んじるユダヤの保守的宗派）がだな、天使は存在するという、すると、サドカイ派（訳注　死者の復活・天使や霊魂の存在を認めないユダヤの一宗派）は天使など存在するものか、とくる。

第一の兵士　ふん、ばからしい、そんなことに目くじらたてるなどとは。

若いシリア人　こよいはなんとお美しいことだ、サロメ王女は！

ヘロデヤの小姓　王女を見てばかりおられる。あんまり見ておられすぎる。そんなふうにひとを見つめるとあぶない。なにか恐ろしいことが起るかもしれない。

若いシリア人　こよいはことのほかお美しい。

第一の兵士　王様は暗いお顔をしておられる。

第二の兵士　うむ、暗いお顔をしておられる。

第一の兵士　なにかをじっと見ておいでだ。
第二の兵士　だれかをじっと見ておいでだ。
第一の兵士　だれを見ておられるのかな？
第二の兵士　わからん。
若いシリア人　王女はなんと蒼《あお》いお顔をしておられることか！　あんなに蒼いお顔をしていられるのはついぞ見たこともない。銀の鏡に映る白いバラの影みたいだ。
ヘロデヤの小姓　王女を見てはなりませぬ。あんまり見ておられすぎる。
第一の兵士　ヘロデヤさまが王さまのお杯に酒をつがれた。
カパドシア（訳注　小アジアにおけるローマの属領であった古代の国）**人**　あのかたが妃《きさき》のヘロデヤさまですかい、真珠をちりばめた黒いかぶりものをかぶり、お髪《ぐし》に青粉をふりかけていなさるのが？
第一の兵士　そうだよ、あれがヘロデヤさまだ、王さまの妃の。
第二の兵士　王さまは酒に目がない。三種類の葡萄酒《ぶどうしゅ》をめしあがる。ひとつはサモスレイスの島（訳注　エーゲ海の北部にある島、トルコ領）の産で、ローマ皇帝の外套《がいとう》そっくりの紫色をしてる。
カパドシア人　ローマの皇帝のお姿は見たことがありませんが。
第二の兵士　もうひとつはキプロスという町（訳注　島の誤り。地中海東端の島）のもので、黄金のように黄色い。

カパドシア人　黄金は大好きですな。
第二の兵士　それから三つめはシチリアの酒（訳注　古来この島の赤葡萄酒は広く知られている）だ。その酒は血のように赤い。
ヌビヤ（訳注　エジプトの南にある古代の国）**人**　おれの国の神々は血には目がない。国では年に二回、若い男と女を生贄《いけにえ》に供えますよ。五十人の若者と百人の娘をな。ところがそれでもまだお供えが足りぬらしい、おれたちをずいぶんひどい目に会わせなさるからね。
カパドシア人　わしの国には神さまなんて残っておられませんわい。ローマ人に追っぱらわれてしまった。山中に隠れているのだという者もいるが、そんなことはわしは信じない。三日三晩も山のなかを隈《くま》なく探《さが》しまわった。見つからなかったよ。それでとうとう神々の名を呼んでみたのだが、お出ましにならなかった。死にたえてしまわれたのだろう。
第一の兵士　ユダヤ人はな、目に見えない神をあがめておる。
カパドシア人　わしにはとんと合点《がてん》がいかん。
第一の兵士　事実、やつらの信じるのは目に見えぬものだけなのさ。
カパドシア人　なんともばかげた話よ。
ヨカナーンの声　わたしのあとから、わたしよりも力あるかたが来られるであろう。

わたしはそのかたの靴の紐《ひも》をとくにも値せぬ者だ。そのかたが来られると、荒地《あれち》も喜びにみちるであろう。百合《ゆり》のように花咲いて栄えるであろう。盲《めし》いたる者の目も日の光を仰ぎ、聾者《ろうしゃ》の耳も開かれるであろう。嬰児《えいじ》も竜のほこらに手を置き、獅子《しし》のたてがみをとってこれをひいてゆくであろう。

第二の兵士　あいつを黙らせろ。いつもふざけたことばかりいってやがる。

第一の兵士　いや、ならぬ。あのかたは聖者なのだ。それに、いたっておとなしい。毎日、食べものを運んであげると、そのたびに礼をいわれる。

カパドシア人　どなたなんで？

第一の兵士　預言者だよ。

カパドシア人　お名前は？

第一の兵士　ヨカナーン。

カパドシア人　どこから来られた？

第一の兵士　荒野《あらの》からだよ、そこで、いなごと野蜜《のみつ》を食物としておられてな。駱駝《らくだ》の毛を衣に、革《かわ》の帯を腰にしめてな。見るも恐ろしい顔つきだった。いつも大勢の者がそのあとに従った。弟子《でし》までいたよ。

カパドシア人　どんなお話をなさるのですかな？

第一の兵士 おれたちにゃさっぱりわからん。ときどき身の毛もよだつようなことをいわれるが、なんのことやらわからん。

カパドシア人 お会いできますか？

第一の兵士 だめだ。王さまがお許しにならんのだ。

若いシリア人 王女が扇で顔を隠してしまわれた！ かわいらしい白いお手が巣箱へ急ぐ鳩《はと》みたいにひらひらしてる。白い蝶《ちょう》みたいだ。白い蝶にそっくりだ。

ヘロデヤの小姓 そんなこと、どうでもよろしいではございませんか。なぜあのかたを見ておられます？ あのかたを見てはならぬというに……なにか恐ろしいことが起るかもしれん。

カパドシア人 （水溜《みずた》めを指さして）なんて奇妙な牢屋《ろうや》だ！

第二の兵士 古い水溜めでな。

カパドシア人 古い水溜めですって！ さぞ、からだには毒でしょうね。

第二の兵士 とんでもない！ たとえばだ、王さまのご兄弟、お兄上で、妃のヘロデヤさまの先の夫であられたかたなど、あそこに十二年も押しこめられておられた。それでも死なれなかったぞ。やむなく十二年めの終りに縊《くび》り殺されてしまわれた。

カパドシア人　縊り殺された？　だれがまたそんな大それたことを？

第二の兵士　（首斬《くびきり》役人である大男の黒人を指さして）ほら、向うにいるあの男、ナーマンさ。

カパドシア人　こわがりませんでした？

第二の兵士　全然！　王さまから指輪をいただいたからな。

カパドシア人　なんの指輪なんで？

第二の兵士　死の指輪よ。だからこわがらなかったのさ。

カパドシア人　それにしても恐ろしいことだ、王さまを縊り殺すなんて。

第一の兵士　なぜだい？　王さまだって首はひとつしきゃありゃしないぜ、ただの人間並みにな。

カパドシア人　恐ろしいことだと思う。

若いシリア人　王女がお立ちになる！　食卓をお離れになる！　いかにも悩ましげなそぶりだ。ああ、こちらへ来られる。そうだ、われわれのほうへ。なんと蒼ざめたお顔色だ！　あんなに蒼いお顔色はついぞ見たこともない。

ヘロデヤの小姓　あのかたを見てはなりませぬ。お願いですからごらんにならないで。

若いシリア人　道に迷った鳩のようだ……風にそよぐ水仙《すいせん》のようだ……銀色の花のよ

うだ。

サロメ登場。

サロメ あそこはいや。耐えられない。どうして王さまはあたしを見てばかりいられるのかしら、瞼《まぶた》をぴくぴくさせながら、もぐらもちみたいな目で。母上の夫ともあろうかたが、あのようにあたしを見なさるとは異なこと。どうしたわけやら、あたしにはわからぬ。いえ、ほんとうは、わかっているのだけれど。

若いシリア人 ご饗宴《きょうえん》の席をおはずしなされたところでございますね、王女さま?

サロメ ほんにここの空気のすがすがしいこと! ここなら楽々と息がつける! あのなかには、エルサレム(訳注 古代パレスチナの首府でユダヤ人たちの聖都)生れのユダヤ人たちがいて、愚にもつかぬ儀式のことでつかみあいをする、野蛮人が浴びるほど酒を飲んでは、舗石にこぼす、スミルナ(訳注 小アジアの主要な港町)生れのギリシア人が目を隈《くま》どり頬《ほお》に彩《いろど》りをして、ちぢれた髪の毛をくるくる巻きあげている、無口な、狡猾《こうかつ》なエジプト人が、硬玉のように爪《つめ》を長くのばし朽ち葉色の外套を着ている、また残忍で下種《げす》なローマ人が、わけのわからぬたわごとを口ばしっている。ああ! あのローマ人どものいやらしいこと！　がさつで卑《いや》しいくせに、貴族ぶって。
若いシリア人　おかけになりませぬか、王女さま？
ヘロデヤの小姓　なぜあのかたに口をきかれます？　なぜあのかたをごらんになります？　おお！　なにか恐ろしいことが起るだろう。
サロメ　お月さまを眺《なが》めるのはなんと楽しいこと！　ちいさな銀貨みたいで、昔はちいさな銀貨だったような気がする。お月さまは冷たくて浄《きよ》らか。きっと生娘《きむすめ》なのよ、生娘らしい美しさがある。そう、生娘なのよ。いちども身を汚《けが》したことはない。いちども男に肌《はだ》を許したことはない、ほかの女神《めがみ》たちとは違って。
ヨカナーンの声　主《しゅ》は来られたぞ。人の子は来られたぞ。いまや半人半馬の怪物どもは川底に身をひそめ、人魚どもは川を去って、森の木陰に身を隠しておる。
サロメ　だれ、いまの声は？
第二の兵士　預言者でございます、王女さま。
サロメ　ああ、あの預言者！　王さまの恐れておいでの男かえ？
第二の兵士　それはいっこうに存じませぬが、王女さま。あの声は預言者のヨカナーンでございました。
若いシリア人　お輿《こし》をここへ運ばせましょうか、王女さま？　夜のお庭はまた格別でございます。

サロメ　あの男は母上のことでなにか不埒《ふらち》なことを口にしているというではないか?

第二の兵士　あれの申すことはわたくしどもにはとんとわかりませぬ、王女さま。

サロメ　そう。あの男は母上のことでなにか不埒なことを口にしている。

奴隷《どれい》登場。

奴隷　王女さま、ご饗宴の間におもどりあそばすようにとの王さまの仰《おお》せにござります。

サロメ　もどりはせぬ。

若いシリア人　畏《おそ》れながら、王女さま、おもどりなさいませぬとなにか禍《わざわ》いが起るまいものでもございませぬ。

サロメ　年よりかえ、その預言者は?

若いシリア人　王女さま、おもどりなされたほうがよろしゅうございましょう。わたくしにお伴《とも》をさせてくださいまし。

サロメ　その預言者というのは……年よりかえ?

第一の兵士　いいえ、王女さま、ごく若い男にございます。

第二の兵士　しかとはわかりかねまする。エリア（訳注　紀元前九世紀のヘブライの預言者）じゃと申す者もござりまするから。

サロメ　エリアとはだれのこと？

第二の兵士　大昔この国におりました預言者でござりまする、王女さま。

奴隷　王さまへはなんとご返事申しあげればよろしゅうございましょうか？

ヨカナーンの声　おまえたちを打ちすえた者の笞《むち》が折れたとて、パレスチナ（訳注　もと東地中海に面した古代国家。「聖地」とも呼ばれ、『聖書』のカナンの地に当る）の民よ、喜ぶな。蛇《へび》のあたためた鶏の卵から怪竜《バジリスク》がかえり、それから生れたものが親鳥を食らいつくすであろうから。

サロメ　なんとふしぎな声であろう！　あの男と話がしてみとうなった。

第一の兵士　それはかなわぬことでございましょう、王女さま。王さまはだれにもあの男と口をきくことをお許しなさりませぬ。大祭司さまでさえあの男と口をきくのを禁じられております。

サロメ　あの男と話がしたい。

第一の兵士　それはかなわぬことでございます、王女さま。

サロメ　あの男と話をする。

若いシリア人　御宴《ぎょえん》の席におもどりなされたほうがよろしゅうございませんか？

サロメ　あの預言者をつれておいで。

奴隷退場。

第一の兵士　そればかりはなりませぬ、王女さま。

サロメ　（水溜めに近づいてなかをのぞきこむ）まっくらだこと、底のほうは！　あのようにまっくらな穴のなかにいては、さぞ気味悪かろう！　墓穴のよう……（兵士たちに）いまいうたことが聞えなかったかえ？　あの預言者を引きだしておくれ。あの男の顔が見たい。

第二の兵士　王女さま、そればかりはお許しなされてくださりませい。

サロメ　なにをためろうている！

第一の兵士　王女さま、わたくしどもの命はあなたさまのものでございまする、したが、このお申しつけばかりはわたくしどもの力ではなんともなりませぬ。それに実のところ、このことをわたくしどもにお望みなさりますのは、おかどちがいと申すものでございます。

サロメ　（若いシリア人を見て）ああ！

ヘロデヤの小姓　おお！　どうなることだろう？　きっとなにか恐ろしいことが起る。

サロメ　（若いシリア人に近づいて）そちならしておくれだろう、ねえ、ナラボ？　そちならしておくれだね。いつもそちにはやさしゅうしてやっているこのあたしだよ。そちならきっとしておくれだろうね。あれをせめてひと目なりとも見たいのだよ、あのふしぎな預言者を。みんなあの男の噂《うわさ》ばかりしている。あの男のことを王さままでが口にされるのも、なんどか耳にした。どうやらあの男を恐れておいでらしい、王さまは。そちは、そちまでが、やはりあの男がこわいのかえ、ナラボ？

若いシリア人　あの男などこわくはございませぬ、王女さま。だれひとり恐れはいたしませぬ。さりながら、なんぴとたりともこの井戸のふたをあげてはならぬ、との王さまのきびしいご命令でございます。

サロメ　きっとしておくれだろうね、ナラボ、そうすれば、あす、輿に乗って神像売りのむらがる城門の下をくぐるおり、おまえのためにちいさな花を投げてあげよう、ちいさな緑の花を。

若いシリア人　王女さま、わたくしにはできませぬ、とてもできませぬ。

サロメ　（ほほえみながら）そちならきっとしておくれだろうね、ナラボ。きっとしておくれだろうね。そうすれば、あす、輿に乗って神像買いのむらがる橋のほとりを過ぎるおり、モスリンのヴェールの奥からそちを見てあげるよ、ナラボ、そちに笑いかけるかもしれないよ、もしかしたら。あたしをごらん、ナラボ、あたしを見てごらん。ああ！　そちはあたしの願いをきっとかなえてくれるわねえ。それはおわかりだねえ。……きっとそちはしておくれだ。

若いシリア人　（第三の兵士（訳注　舞台には出ていないはずであるが、どの版にも「第三の」となっている）に目くばせしながら）預言者を引きだせ……サロメ王女が会いたいと申される。

サロメ　ああ！

ヘロデヤの小姓　おお！　なんとふしぎな月の姿だろう。経帷子《きょうかたびら》でわが身を包もうとしている死んだ女の手としか思えぬ。

若いシリア人　ふしぎな姿をしてる！　琥珀《こはく》の目をした、ちいさな王女のようだ。モスリンの雲まから、ちいさな王女のようにほほえんでいる。

預言者が水溜《みずた》めから出てくる。サロメ、かれを見ておもむろにあとずさりする。

ヨカナーン　いまわしい所業の杯に、いま、酒をみたしている男は、どこにおるか？

どこにおるか、いつの日か衆人の面前で銀の衣をまとうて死すべき、あの男は？その男に、出てこいといえ、荒野でも王宮でも叫びつづけた者の声を聞かせようほどに。

サロメ　だれのことだえ、あれは？

若いシリア人　だれにもわかりませぬ、王女さま。

ヨカナーン　あの女はどこにおる、壁に描かれた男たちの絵姿を、彩色をほどこしたカルデア（訳注　ペルシア湾沿岸にあった古代の王国）人の絵姿を見てさえ、わが目の淫欲《いんよく》に身をゆだね、カルデアの地へ使節をつかわした女は？

サロメ　母上のことだね、あれは？

若いシリア人　いえ、そうではございませぬ、王女さま。

サロメ　そうだとも。あれは母上のことよ。

ヨカナーン　どこにおるか、腰に飾り帯をつけ、色とりどりの冠を頭にいただいたアッシリア（訳注　アジア西部の古代帝国）の隊長たちに身をまかせた女は？どこにおるか、紫の飾りのついた麻の美服をまとい、黄金《こがね》づくりの盾《たて》に、銀のかぶとをかぶり、筋骨たくましいエジプトの若者たちに身をまかせたことのある女は？いざ、その女に、不倫の臥所《ふしど》より、近親相姦《きんしんそうかん》（訳注　当時は血のつながりのない、戸籍上だけの弟と兄嫁とのあいだの結婚も、不倫とみられた）の臥所より起き出よと命じよ、主《しゅ》の道を備える者のことばを聞かせてやるから、おのれの罪過を悔い改めさせてやるから。悔い改めぬどころか、あくまで不倫にふけるではあろうが。いざ、その女に来いといえ、主の箕《みの》はその御手《みて》にあるのだから。

サロメ　でも、あの男は恐ろしい、あの男は恐ろしい！

若いシリア人　お引きとりのほどを、王女さま、お願いでございます。

サロメ　わけても恐ろしいのは、あれの目。ツロ（訳注　古代フェニキアの都市で、現在のレバノン沿岸地方にあった）のつづれ織りを松明《たいまつ》で焼きぬいた黒い穴のよう。竜の棲《す》む黒い洞窟《どうくつ》のよう。竜の隠れ家たるエジプトの黒い洞窟のよう。気まぐれな月にかき乱された黒い湖のよう……あの男、まだものをいうと思うかえ？

若いシリア人　お引きとりのほどを、王女さま。どうかお引きとりのほどを。

サロメ　なんとやつれていること！　やせた象牙《ぞうげ》の人形のよう。銀の像のよう。さぞやあの男は月のように浄らかであろう。月の光のよう、銀の光の矢のよう。あれの肌は象牙みたいに冷たいにちがいない。もっとそばへよって見てみよう。

若いシリア人　なりませぬ、なりませぬ、王女さま。

ヨカナーン　なにものだ、わたしを見ておるこの女は？　この女に見られとうない。なにゆえこの女は化粧した瞼《まぶた》の下から、あの金色の目でわたしを見るのだ？　この女がなにものであるか、わしは知らぬ。この女がなにものであるか、知りたいとも思わぬ。去れ、女よ。この女ではない、わたしの話したいのは。

サロメ　あたしはユダヤの王女、ヘロデヤの娘、サロメだよ。

ヨカナーン　さがれ！　バビロン（訳注　古代バビロニア王国の首都で、繁栄と淫蕩をもって知られた）の娘！　主に選ばれた者に近よるな。おまえの母は邪悪の酒で地上をみたし、その罪業《ざいごう》の叫びは神の耳にさえとどいておるぞ。

サロメ　もういちどいうておくれ、ヨカナーン。そなたの声はあたしを酔わせる。

若いシリア人　王女さま！　王女さま！　王女さま！

サロメ　もういちどいうておくれ！　もういちどいうておくれ、ヨカナーン、そして教えておくれ、あたしはどうすればよいかを。

ヨカナーン　近よるな、ソドム（訳注　死海の近くにあったパレスチナの首都で、『旧約聖書』の「創世記」によれば、邪悪のかどで天からの硫黄と火で滅ぼされたという）の娘よ！　その顔をヴェールで隠し、頭に灰をふりかけ（訳注　昔のユダヤ人が罪をくやみ懺悔をするための苦行のひとつ）、行きて砂漠に「人の子」を探《さが》せ。

サロメ　だれのことかえ、その「人の子」というのは？　その男も、そなたのように美しいかえ、ヨカナーン？

ヨカナーン　さがりおれ！　聞えるぞ、死の天使の羽ばたきの音が、この宮殿に。

若いシリア人　王女さま、なにとぞ奥へおはいりくださりませ。

ヨカナーン　主なる神の天使よ、御身《おんみ》はその剣をもってここでなにをなされます？　このけがらわしい宮殿でだれを探しておられます？　銀の衣をまとうて死すべき者の日は、いまだ到来してはおりませぬ。

サロメ　ヨカナーン！

ヨカナーン　なにものだ、口をきくのは？

サロメ　ヨカナーン、あたしはそなたの肌《はだ》に恋いこがれているのだよ！　そなたの肌は白い、一度も草刈りが鎌《かま》を入れたことのない野に咲く百合《ゆり》のように。そなたの肌は白い、ユダヤの山々に降りしいて、谷間へとおりてゆく雪のように。アラビアの女王の園に咲くバラも、そなたの肌ほどには白くはない。アラビアの女王の園に咲くバラも、アラビアの女王のかぐわしい薬味園も、草の葉にとまるあけぼのの足も、はては海原《うなばら》の胸に憩《いこ》う月の胸も、それほどには白くはない。……そなたの肌ほどに白いものはこの世のどこにもありはしない。そなたの肌にさわらせておくれ。

ヨカナーン　さがれ！　バビロンの娘！　女ゆえにこの世に悪が生じたのだ。わたしに口をきくな。おまえのいうことなど聞きとうない。わたしが耳を傾けるのは、主なる父の御声《みこえ》のみだ。

サロメ　そなたの肌はいまわしい。癩病《らいびょう》やみの肌そっくり。蝮《まむし》の這《は》っている白壁そっくり。さそりが巣を作っている白壁そっくり。見るもいまわしいものでみちみちた白塗りの墓（訳注　「マタイ伝」第二十三章二十七節に見える。偽善者の意味）そっくり。おぞましい、そなたの肌はおぞましい。あたしの恋いこがれているのは、そなたの髪の毛なのだよ、ヨカナーン。そなたの髪の毛は葡萄《ぶどう》の房のようだ、エドム（訳注　死海の南にある国で、その住民はユダヤ人といがみあっていた）人の土地のエドムの葡萄の枝から垂《た》れている黒い葡萄の房のようだ。そなたの髪の毛はレバノン（訳注　パレスチナの北部辺境にある山で、「白い山」を意味する）の杉のようだ、獅子《しし》や山賊が昼間その身を隠そうとするほどの木陰のあるレバノンの大杉のようだ。長い黒い夜、月は顔を隠し、星も恐れる夜も、そなたの髪の毛ほどに黒くはない。森のなかに住んでいる沈黙もそれほどに黒くはない。そなたの髪の毛ほどに黒いものはこの世のどこにもありはしない……そなたの髪の毛にさわらせておくれ。

ヨカナーン　さがれ、ソドムの娘よ！　わしにさわるな。主なる神の宮居を汚《けが》すな。

サロメ　そなたの髪の毛はおぞましい。泥や塵《ちり》にまみれている。そなたの額にいただく荊棘《いばら》の冠そっくりだよ。そなたの首のまわりにとぐろを巻いている黒い蛇《へび》の群れそっくりだよ。そなたの髪の毛など好きではない……あたしのほしいのは、そなたの唇《くちびる》なのだよ、ヨカナーン。そなたの唇は、象牙の塔にほどこした真紅《しんく》の縞《しま》みたい。

象牙のナイフで、ふたつに切った柘榴《ざくろ》の実みたい。ツロの園に咲く、バラよりも赤いあの柘榴の花も、それほどに赤くはない。王たちの臨御を告げ、また敵をおびえさせる、あの血なまぐさい喇叭《らっぱ》の音も、それほどに赤くはない。そなたの唇は、葡萄しぼり器のなかで葡萄を踏みつぶす者たちの足よりも赤い。そなたの唇は、司祭たちに飼われて神殿に群れ遊ぶ鳩《はと》の足よりも赤い。獅子を屠《ほふ》り、金色の虎《とら》を見た森から出てくる男の足よりも赤い。そなたの唇は、海の薄明のなかで漁師たちの見つけた珊瑚《さんご》、王たちのためにとりのけておくあの珊瑚の枝のようだ！……モアブ人（訳注　古代に死海とヨルダン南部の東につらなる山岳地帯に住んでいた人種）がモアブの鉱山で見つける朱、王たちに献上する朱のようだ。朱で彩り、珊瑚の弓筈をつけたペルシア王の弓のようだ。そなたの唇ほど赤いものはこの世のどこにもありはしない……そなたの唇にくちづけさせておくれ。

ヨカナーン　ならぬ！　バビロンの娘よ！　ソドムの娘よ！　ならぬ。

サロメ　そなたの唇にくちづけするよ、ヨカナーン。そなたの唇にくちづけするよ。

若いシリア人　王女さま、王女さま、没薬《もつやく》（訳注　香料・薬剤にするアラビア・東アフリカ産の樹脂）の園にも似たあなたさま、鳩のなかの鳩であられるあなたさま、この男をごらんなさいますな、ごらんなさいますな！　そのようなことをこの男に仰《おお》せられますな。聞くに耐えませぬ。

……王女さま、王女さま、そうしたことを仰せられますな。

サロメ そなたの唇にくちづけするよ、ヨカナーン。

若いシリア人 ああ！ (自害してサロメとヨカナーンのあいだに倒れる)

ヘロデヤの小姓 若いシリア人が自殺された！ 若い隊長が自害された！ わたしの友達であったあの人が自害された！ ちいさな香料の箱と銀でこしらえた耳輪をさしあげたのに、もうあのひとは自殺してしまわれた！ なにか禍《わざわ》いが起ると申しておられたではないか？……わたしもそれをいったのだが、はたしてそのとおりになってしまった。月が死者を探していたのはよく知ってはいたが、でも、まさか月の探しあてたのがあのひとであろうとは知らなんだ。ああ！ なぜあのひとを月から隠してあげなかったのだろう？ 洞穴のなかにでもかくまってあげたら、月に見つからずにすんだであろうに。

第一の兵士 王女さま、若い隊長がたったいま自殺なされました。

サロメ そなたの唇にくちづけさせておくれ、ヨカナーン。

ヨカナーン 恐ろしいとは思わぬのか、ヘロデヤの娘よ？ わたしはこの宮殿に死の天使の羽ばたく音がするといわなかったか、そして来られたではないか、その死の天使が？

サロメ　そなたの唇にくちづけさせておくれ、ヨカナーン。
ヨカナーン　姦淫《かんいん》の娘よ、おまえを救いうるかたはただひとりしかおられぬが、それは、わたしが話したあのかたなのだ。あのかたを探しにゆくのだ。ガリラヤ（訳注　パレスチナ北部地方）の湖に小舟を浮べ、弟子たちと話しておられる。湖畔にひざまずいて、そのかたの御名を呼ぶのだ。そのかたがおまえのもとまで来られたら（そしてそのかたの御名を呼ぶすべての者のところへ来られるのだ）、そのかたの足もとにひれふして、おまえの罪の赦《ゆる》しを願うのだ。
サロメ　そなたの唇にくちづけさせておくれ。
ヨカナーン　呪《のろ》われてあれ！　近親相姦の母から生れた娘よ、呪われてあれ！
サロメ　そなたの唇にくちづけするよ、ヨカナーン。
ヨカナーン　おまえなど見とうない。おまえなど見ないぞ、おまえは呪われておる、サロメよ、おまえは呪われておるぞ。（水溜《みずた》めのなかへ降りてゆく）
サロメ　そなたの唇にくちづけするよ、ヨカナーン。そなたの唇にくちづけするよ。
第一の兵士　この死体をどこかへかたづけねばならん。王さまは死骸《しがい》を見るのがおきらいだから、ご自分でお手討《てう》ちになされた者の死体のほかはな。
ヘロデヤの小姓　あのひとはわたしの兄弟だった、いえ、兄弟よりもわたしに近かった。いっぱい香料のはいった小箱と、瑪瑙《めのう》の指輪をさしあげると、あのひとはその指輪をいつも指にはめておられた。夕暮れになると、川のほとりや、巴旦杏《はたんきょう》の木のままをうちつれて散歩したもので、あのひとはよく自分の国のことを話してくださった。いつもたいそう低い話し声だった。その声音《こわね》は笛に、笛吹きの笛の音に似ていた。またあのひとは、川面《かわも》に映るわが姿にじっと眺《なが》めいるのが大好きだった。そのことでよくあのひとをとがめたものだが。

第二の兵士　きさまのいうとおりさ。あの死体は隠さなくちゃあな。王さまの目に触れてはまずいや。

第一の兵士　王さまはこんなところへはいらっしゃるまい。この台地へお出ましになったことは一度もないんだぜ。例の預言者のことをとてもこわがっておられるからなあ。

ヘロデ、ヘロデヤ、および全廷臣登場。

ヘロデ　サロメはどこにおる？　王女はどこにおる？　なぜわしのいいつけどおり饗《きょう》宴《えん》の席へもどらなかったのじゃ？　ああ！　あそこにおるわ！

ヘロデヤ　あの娘《こ》をごらんなされてはなりませぬ！　いつもあの娘を見てばかりおられます！

ヘロデ　今夜の月はふしぎな様子をしておる。ふしぎな様子をしておるではないか？　気の触れた女、行くさきざきで恋人を探《さが》し求めて歩く気の触れた女のようじゃ。それも素肌《すはだ》のまま。一糸もまとうておらぬ。あの裸身に雲が衣をかけようとしておるが、あれは着たがらぬのじゃな。大空に素肌をさらしておる。酔いしれた女みたいに雲まをよろめいておる。……きっと恋人を探しておるのであろう。酔いしれた女みたいによろめいておるではないか？　気の触れた女に似ておる、そうではないか？

ヘロデヤ　いいえ、月は月に似ている、ただそれだけのことでございます。さあ、なかへはいりましょう……ここにご用はないはず。

ヘロデ　わしはここにいるのじゃ！　マナッセ、敷きものをそこに。松明《たいまつ》をともせ、象牙のテーブルをもってまいれ、碧玉《へきぎょく》のテーブルもな。ここの空気は心地《ここち》よい。客人たちとさらに杯を重ねるとしよう。ローマ皇帝の使節たちには十分の敬意を表さねばならぬ。

ヘロデヤ　ここにおとどまりなさるのは、そのためではございますまい。

ヘロデ　いや。まことに心地よい空気じゃ。さあ、ヘロデヤよ、客人たちがお待ちかねじゃ。や！　足がすべった！　血にすべったぞ！　縁起でもない。大凶じゃ。なにゆえここに血が流れておる？……してこの死体は、ここでこの死体はなにをしているのじゃ？　そちたちはこのわしを、宴会を開くたびに死体を客人たちに見せねば気のすまぬあのエジプトの王とでも思うてか？　なにものじゃ、この死体は？見とうない。

第一の兵士　わたくしどもの隊長でございます、陛下。つい三日前に陛下が隊長に任ぜられましたあの若いシリア人でございます。

ヘロデ　殺せと命じはしなかったぞ。

第二の兵士　自害いたしたのでございまして、陛下。

ヘロデ　理由は？　近衛《このえ》の隊長にしてやったのに。

第二の兵士　存じませぬ、陛下。われとわが手であいはてました。

ヘロデ　奇怪じゃな。自殺をするのはローマの哲学者だけと思うていたに。ローマの哲学者が自殺するとは、ティゲルリヌス、嘘《うそ》ではあるまいな？

ティゲルリヌス　自殺する者もおりまする、陛下。ストア派のやからでございます。ストア派と申しまするは蒙昧《もうまい》の徒でございまして。笑止に耐えぬ連中でございます。

このわたくしとしても、まことに笑止千万な連中だとしか考えられませぬ。

ヘロデ　わしもじゃ。自殺などとは笑止なことじゃ。

ティゲルリヌス　ローマでは物笑いの種でございます。皇帝におかせられても、かれらを嘲《あざけ》る諷刺《ふうし》の詩をお作りなさいました。いたるところで吟唱されております。

ヘロデ　ふむ！　やつらを諷する詩を書かれたとな？　さすがはローマ皇帝よ。万能の君にわたらせられる……したが、例のシリアの若者が自害したとは、異なことじゃ。自害とはかわいそうなことをした。惜しいことをした。見るからに美男子ではあったからな。なかなかあっぱれな美男子じゃった。さも悩ましげな目つきをしておった。覚えておるわ、悩ましげにサロメを見つめおった。いかにも、すこし度が過ぎると思うた。

ヘロデヤ　あの娘《こ》を見つめすぎるひとは、まだほかにもございますよ。

ヘロデ　あれの父は国王であった。それをわしが攻めて国から追い出したのじゃ。そして、妃《きさき》であったあれの母親を、そなたが奴隷《どれい》にしたな、ヘロデヤ。それであの男は、いわば、客人としてここに来ていたわけで、だからこそあいつを隊長にしてやったのだ。それを死なせたとは惜しい。これ！　なぜ死体をここにうちすてておくのじゃ？　目ざわりじゃ——かたづけよ！　（人びと死体を運びさる）ここは寒い。

風が吹いておる。風が吹いておるのではないのか？

ヘロデヤ　いえ。風など吹いてはおりませぬ。

ヘロデ　なんの、吹いておるとも……それに、羽ばたきのような、途方もなく大きな翼の羽ばたきのような音が、空中に聞える。あれが聞えぬか？

ヘロデヤ　なにも聞えませぬ。

ヘロデ　もう聞えぬ。したが、さっきは聞えた。風の音であった、まぎれもなく。それがやんでしもうた。いや、違う、また聞えるわ。あれが聞えぬか？　翼の羽ばたきにそっくりじゃ。

ヘロデヤ　なんの音もしませぬと申しますのに。ご不快であられます。なかへはいりましょう。

ヘロデ　どこも悪うはない。悪いのはそなたの娘じゃ。見るからに病人じゃ。あんなに蒼《あお》い顔をしているのを、ついぞ見たこともない。

ヘロデヤ　あれをごらんなさるなと申しましたのに。

ヘロデ　酒をまいれ。（酒が運ばれる）サロメ、さあ、わしと一献やってくれ。天の美《び》禄《ろく》だぞ。ローマ皇帝みずから送ってこられた品じゃ。そのなかへおまえのちいさな赤い唇をひたしてくれ、その杯を飲みほしたいから。

サロメ　のどが渇《かわ》いてはおりませぬ、王さま。
ヘロデ　聞いたか、そなたの娘のいまの返答を？
ヘロデヤ　あれの申すとおりでございます。なぜそうあれを見つめてばかりおられます？
ヘロデ　よう熟《う》れた果物《くだもの》をもってまいれ。（果物が運ばれる）サロメ、さあ、わしといっしょに果物を食べておくれ。おまえのかわゆい歯の痕《あと》を果物に見たいのだ。ほんのひとくちでよい、この果物を嚙《か》んでおくれ、残りを食べたいから。
サロメ　おなかがすいてはおりませぬ、王さま。
ヘロデ　（ヘロデヤに向って）わかったろう、そなたの娘をどのようにしつけたかが。
ヘロデヤ　娘もわたくしも、王族の出でございます。あなたはと申せば、父《てて》ごは駱駝《らくだ》づかいでしたわ！　おまけにどろぼうで強盗でしたわ！
ヘロデ　嘘《うそ》をつけ！
ヘロデヤ　嘘でないのはよくご存じのくせに。
ヘロデ　サロメよ、さあ、わしのそばにかけておくれ。おまえの母の御座《ぎょざ》を与えるよ。
サロメ　疲れてはおりませぬ、王さま。
ヘロデヤ　あれの本心がおわかりでございましょうね。

ヘロデ　持ってこい――なにだったかな、わしのほしかったのは？　忘れた。そう！　そう！　思い出した。

ヨカナーンの声　見よ！　時は来たぞ！　わが預言せしこと起りぬ、と主なる神は仰せられる。見よ！　ついに訪れたのだ、わしの語っていたその日が。

ヘロデヤ　あの男を黙らせて。あれの声を聞きとうない。あの男はたえずわたくしの悪口ばかりいうている。

ヘロデ　そなたに悪いことなどなにもいうてはおらぬ。それに、あれはたいそう偉い預言者なのじゃ。

ヘロデヤ　預言者など信じませぬ。未来のことがだれにわかりましょう？　だれにもわかりはしませぬ。それに、あの男は、いつもわたくしの悪口雑言《ぞうごん》を申してばかりおります。でも、どうやらあなたはあの男を恐れておいでらしい……あの男を恐れておいでのことは、わたくし、ようく存じておりましてよ。

ヘロデ　恐れてなどおらぬわい。ただのひとりも恐れてはおらぬぞ。

ヘロデヤ　いいえ、恐れておられますとも。もし恐れておられなければ、半年も前から渡してくれとせがんでいるユダヤ人に、なぜあの男をお渡しなさいませぬ？

ひとりのユダヤ人　いかにも、陛下、あの男を手前どもにお引きわたしくださるに越したことはござりませぬ。

ヘロデ　その話ならもうよい。わしの返事はすでにそのほうたちにも聞かせてある。あの男をそのほうたちの手に渡しとうはない。あれは聖者じゃ。神を見たことのある人間なのじゃ。

ひとりのユダヤ人　さようなことのあるはずもござりませぬ。預言者エリアこのかた、神さまを見た者はだれひとりおりませぬ。神さまを見たのはエリアが最後のひとにござります。この節は神さまは姿をお現わしになりませぬ。神隠れなさってでござります。さればこそ、この国土に大きな禍《わざわ》いが生じておるのでござります。

別なユダヤ人　まったくのところ、預言者エリアが神さまを見たかどうか、わかったものではござりませぬ。ことによると、見たというのは神さまの影にすぎなかったかもしれませぬ。

第三のユダヤ人　神隠れなんてことは一度もないわ。いかなるとき、いかなるもののなかにでも、神さまは姿をお現わしになるのだ。神さまは、善のなかにおられるのと同じように、悪のなかにもおられるのだ。

第四のユダヤ人　そんなことをいうものではない。それはとても危険な説だ。アレキサンドリア（訳注　紀元前三三二年にアレクサンドロス大王によって建設されたエジプトの海港・文化都市）伝来の説で、あそこではギリシアの哲学がはやっておる。そしてギリシア人ってのは異教徒なのだ。割礼（訳注　ユダヤ教などで、罪を浄める意から、生れてまもない男児の陰茎の包皮を環状に切り取る風習）さえうけておらぬ。

第五のユダヤ人　神の御業《みわざ》が人間どもにわかってたまるものか。神さまのなされかたは解《げ》しがたい。われらが悪と呼んでいるものが善であったり、善と呼んでいるものが悪であったりするものだ。われらになにがわかるものかよ。われらはいかなることにもかならず従わねばならぬ、神さまははなはだお強いのだからな。弱い者もろとも強い者も打ち砕いてしまわれる、神さまは人間のことなど歯牙《しが》にもかけられぬからな。

第一のユダヤ人　いわれるとおりだ。神さまは恐ろしい。強い者も弱い者も打ち砕かれる、人間が小麦を臼《うす》でつき砕くように。だが、あの男は神さまなどついぞ見たことはないのだ。預言者エリアこのかた、神さまを見た者はひとりとしておらぬわ。

ヘロデヤ　あの男どもを黙らせて。うんざりする。

ヘロデ　じゃが、ヨカナーンこそは、おまえのいうエリアだとの噂《うわさ》を耳にしたことがあるぞ。

ひとりのユダヤ人　そんなはずはございませぬ。預言者エリアの時代から、もう三百年以上もたっておりまする。

ヘロデ　あの男がその預言者エリアだと申す者もおるわ。
ひとりのナザレ（訳注　パレスチナ北東部の町、キリストの生地）人　いかにもあのかたこそ預言者エリアでございます。
ユダヤ人　いやいや、あれは預言者エリアではない。
ヨカナーンの声　かくてその日は来たりぬ、主《しゅ》の日は、しかして救世主たるべきかたの足音が、山々にひびきわたりぬ。
ヘロデ　あれはどういうことだ？　あの救世主とは？
ティゲルリヌス　ローマ皇帝のお用いになる称号にございます。
ヘロデ　しかしローマ皇帝はユダヤへはおいでにならぬ。ついきのうローマから信書をいただいたばかりだ。そのなかにも、このことはなにも書いてなかったぞ。それにな、ティゲルリヌス、そのほうはこの冬ずっとローマにおったが、そのような話はなにも聞かなんだであろう？
ティゲルリヌス　陛下、さような話はいっこうに聞き及びませんでした。わたくしの申しあげておりましたのは称号のことでございます。それはローマ皇帝のご称号のひとつなのでございます。
ヘロデ　だが、ローマ皇帝がおいでになるはずはない。皇帝はたいそう痛風に悩んでおられる。両足とも象の足のようだとか。それに明言しがたい国政上の理由もある。ローマを離れる者はローマを失う。皇帝はおいでになるまい。とはいうものの、ローマ皇帝は主であられる、来ようと思えばおいでになるであろう。ただし、わしとしては、おいでになるまいと思う。

第一のナザレ人　あの預言者があのようなことばを口にいたしましたは、ローマ皇帝のことではございませぬ、陛下。

ヘロデ　ローマ皇帝のことではないと？

第一のナザレ人　さようでございます、陛下。

ヘロデ　ではだれのことをいったのじゃ？

第一のナザレ人　この世に来たりたもうた救世主のことで。

ひとりのユダヤ人　救世主など来とらんぞ。

第一のナザレ人　すでに来ておられる、そしていたるところで奇跡をおこのうておられる。

ヘロデヤ　ほ！　ほ！　奇跡だって！　奇跡などいうものは、信じないよ。これまでいやというほど見せつけられてきたのだもの。（小姓に）扇を！

第一のナザレ人　そのかたはほんとうの奇跡をおこのうておられるのでございまする。

たとえば、ガリラヤという町、ささやかながらもかなり重要な町でございますが、そこで婚礼がありましたとき、そのかたは水を葡萄酒《ぶどうしゅ》に変えられました。出席の者からこの耳で聞いた話でございます。またそのかたは、カペナウム（訳注　ガリラヤ湖の西岸にある重要な地点）の門前にすわっていた癩病《らいびょう》やみをふたり、ただ手を触れただけで癒やされました。

第二のナザレ人　いや、あのかたがカペナウムで癒やされたのはふたりの盲人でしたよ。

第一のナザレ人　いいや。あれは癩病やみだった。しかし盲人を癒やされたこともあるし、あのかたがある山の上で天使たちと話しておられるのを見た者もいる。

ひとりのサドカイ人　天使など存在せんわ。

ひとりのパリサイ人　天使は存在する、しかし、その男が天使と話をしたなんて、信じないな。

第一のナザレ人　そのかたが天使と話しておられるのは大勢の者が見たのだ。

ひとりのサドカイ人　天使とじゃない。

ヘロデヤ　なんと退屈な連中だこと！　らちもない連中！　（小姓に）これ！　扇をおくれといったら！　（小姓、王妃に扇を渡す）おまえは夢を見ている男みたいな顔つ

きをしてるよ。夢など見てはいけない。夢を見るのは病人だけだよ。（小姓を扇で打つ）

第二のナザレ人　それにヤイロの娘の奇跡（訳注　『新約聖書』「マルコ伝」第五章、「ルカ伝」第八章、「マタイ伝」第九章などに詳しいように、ユダヤ会堂の宰［つかさ］ヤイロの娘が死んだのをキリストがよみがえらせたことをいう）もございます。

第一のナザレ人　そうだ、それは確かだ。あれを嘘だとはいえない。

ヘロデヤ　この連中は気が触れています。あんまり月を眺《なが》めすぎたのですわ（訳注　ローマ人のあいだでは、人間の狂気は月の影響のためであり、新月から満月へと進むにつれて狂気の度を増す、と信じられていた）。口をつぐむようお命じになって。

ヘロデ　なんだ、そのヤイロの娘の奇跡とかいうのは？

第一のナザレ人　ヤイロの娘が死にました。それをあのかたがよみがえらせたのでございます。

ヘロデ　死者をよみがえらせる？

第一のナザレ人　さようでございまして、陛下、あのかたは死者をよみがえらせるのでございます。

ヘロデ　その男にそんなことはさせぬ。そんなことをするのを禁じる。なんぴとたりとも死者をよみがえらせるような真似《まね》は許さぬぞ。その男を探《さが》し出して、死者をよみがえらせることは許さぬと申しつけねばならぬ。その男は現在どこにおる？

第二のナザレ人　どこにでもおられますが、陛下、でも、見つけだすのはむずかしゅうございましょう。

第一のナザレ人　いまサマリア（訳注　ユダヤとガリラヤのあいだの古代パレスチナの一地方）におられる、とのことでございますが。

ひとりのユダヤ人　その男が救世主でないことはすぐにわかる、サマリアにいるとすれば。サマリア人のところへなど救世主が来られるはずはない。サマリア人は呪《のろ》われた者どもだ。やつらは神殿へお供えものをしない（訳注　これは、ユダヤ人がエルサレムの神殿を再建したとき、サマリア人も援助を申し出たが、それが拒否されたので、以来これら二種族のあいだにはげしい敵意が生じたからである）。

第二のナザレ人　そのかたは数日前サマリアをたたれました。目下はエルサレムの近くにおられると存じます。

第一のナザレ人　いや。あそこにはおられぬ。わたくしはたったいまエルサレムからまいったばかりですから。このふた月というもの、さっぱりあのかたの消息がございません。

ヘロデ　どうでもよいわ！　だが、とにかくその男を見つけだして、わしの命令だといって、死者をよみがえらせることはまかりならぬ、と申しつたえろ！　水を葡萄酒に変えるの、癩病やみや盲人を癒やすのと……そのくらいのことなら、したければするがよい。そんなことに文句はいわぬ。いかにも癩病やみを癒やすのは善行であるとわしも思う。だが、死者をよみがえらせることは許さぬ。もし死者が生きかえりでもしたら、恐ろしいことになろう。

ヨカナーンの声　ああ！　淫婦《いんぷ》よ！　娼婦《しょうふ》よ！　ああ！　黄金の目と金色の瞼《まぶた》を有するバビロンの娘よ！　主なる神はかく仰《おお》せられる、あまたの人をしてその女に近よらしめよ。人びとをして石をとり、石をもてその女をうち殺さしめよ……

ヘロデヤ　あの男を黙らせて。

ヨカナーンの声　軍の隊長をしてその剣もて女を刺しつらぬかしめよ、その盾《たて》のもとに女をおしつぶさしめよ。

ヘロデヤ　いや、でも不面目なことだわ。

ヨカナーンの声　かくしてわしはこの地上からあらゆる邪悪を拭《ぬぐ》いさるであろう、また、この女のいまわしい所業を、すべての女も倣《なら》わずにすむであろう。

ヘロデヤ　あの男がわたくしの悪口をいうておるのが聞えませぬか？　ご自分の妻があの男にののしられるのを、そのまま聞きずてになさるおつもり？

ヘロデ　そなたの名を口にしたわけではないわ。

ヘロデヤ　どう違いまして？　あの男がののしろうとしているのがこのわたくしであ

ることを、よくご存じのはず。でもわたくしはあなたの妻ではございませぬか？

ヘロデ　いかにも、いとしの気高いヘロデヤよ、そなたはわしの妻だ、そしてかつてはわしの兄の妻であった。

ヘロデヤ　あなたでした、その人の腕から、わたくしを引きはなしてしまわれたのは。

ヘロデ　さよう、わしのほうが強かったからな……だがもうそんな話はよそう。そのことは話しとうない。あの預言者の口にしていた恐ろしいことばも、それがもとなのだ。ことによれば、そのために禍《わざわ》いが起るやもしれぬ。あのことはもうやめにしようではないか。気高いヘロデヤよ、客人のことを忘れておったわ。この杯に酒をついでおくれ、いとしい者よ。銀の大杯になみなみと酒をついでおくれ、玻璃《はり》の大杯にもな。ローマ皇帝の健康を祝して乾杯するぞ。ここにはローマの客人もおいでだ、われらはローマ皇帝のために祝杯をあげねばならぬ。

一同　ローマ皇帝万歳！　ローマ皇帝万歳！

ヘロデ　そなたの娘に気がつかぬか、あんなに蒼《あお》い顔をしておるのが？

ヘロデヤ　蒼い顔をしていようといまいと、あなたにかかわりがございまして？

ヘロデ　あんなに蒼い顔をしているのは見たこともない。

ヘロデヤ　あれをごらんになってはなりませぬ。

ヨカナーンの声　その日、太陽は黒毛の織りもののごとく翳《かげ》り、月は血のごとく染まり、御空《みそら》の星は無花果《いちじく》の木より落つる熟《う》れたる無花果のごとく地上に落ち、地上の王たちは恐れおののくであろう。
ヘロデヤ　はて、まあ！　あの男のいうている、月が血のごとく染まり、星が熟れたる無花果のごとく地上に落つる、その日を、見とうございますね。あの預言者の話は酔いどれのたわごと……でも、あの男の声を聞くに耐えませぬ。あの声がいやでなりませぬ。黙るようお命じくださいまし。
ヘロデ　それはならぬ。あの男のいうことはわしにはわからぬが、なにかの前兆やもしれぬ。
ヘロデヤ　前兆など信じませぬ。あの男の話は酔いどれのたわごと。
ヘロデ　おそらく神の酒に酔うているのであろう。
ヘロデヤ　どのような酒でございます、その神の酒というのは？　どのような葡萄畑からとれましたの？　どのようなしぼり器のなかにあるのでございます？
ヘロデ　（このときからたえずサロメを見つめる）ティゲルリヌス、さきごろローマにおられたとき、皇帝はあの件についてお話があったかな、例の？
ティゲルリヌス　なんのお話でございましょう、陛下？

ヘロデ　なんの話？　ああ、そうそう！　なにか尋ねたのだった、な？　聞きたかったことを忘れてしもうた。

ヘロデヤ　また、わたくしの娘を見つめておいでなさる。あれをごらんになってはなりませぬ。さっきもそう申しましたに。

ヘロデ　そなたはそのことばかり申しておるな。

ヘロデヤ　もういちど申しましてよ。

ヘロデ　さて、世上しきりに噂《うわさ》にのぼったあの神殿の修復、すこしははかどったのか？　聖堂の帳《とばり》がなくなった、とかいう話ではないか？

ヘロデヤ　あれをお盗みになったのは、あなたなのですわ。軽はずみな口のききかたをなさいますこと。ここはもういやでございます。なかへはいろうではございませんか。

ヘロデ　わしのために踊っておくれ、サロメ。

ヘロデヤ　それはなりませぬ。

サロメ　わたくし、踊りとうはございません、王さま。

ヘロデ　ヘロデヤの娘、サロメよ、わしのために踊ってくれ。

ヘロデヤ　あれにおかまいなさいますな。

ヘロデ　踊れと命じるのだ、サロメ。

サロメ　いやでございます、王さま。

ヘロデヤ　（笑いながら）ほんに素直な娘ですこと。

ヘロデ　あれが踊ろうが踊るまいが、それがどうしたというのだ？　わしにとってなんでもない。こよいは愉快、まことに愉快だ。こんなに愉快なことは一度もなかった。

第一の兵士　王さまは陰気なお顔をしておいでなさる。陰気な顔をしておられるではないか？

第二の兵士　うん、陰気なお顔をしておいでだ。

ヘロデ　どうして愉快であってはいけないのだ？　ローマ皇帝、このかたは世界の主であらせられ、万物の君であらせられるが、わしは皇帝の覚えもめでたい。世にも貴《とうと》い贈りものを送ってくだされたところだ。また、わしの敵であるカパドシアの国王をローマに呼びつける約束も、してくだされた。おそらくはローマであの国王を磔刑《たっけい》に処されるであろう、したいことはなんでもおできになるローマ皇帝だからな。まことに、ローマ皇帝は主であらせられる。されば、このわしは愉快であってよいわけだ。いかにも、わしは愉快なのだ。こんなに愉快なことは一度もない。わしの愉快さをそこなう力のあるものは、この世にただのひとつもないのだ。

ヨカナーンの声　その男はこの王座につくであろう。真紅《しんく》と紫の衣を身にまとうであろう。その手に瀆神《とくしん》の罪にみちた黄金の杯をとるであろう。しこうして主なる神の御使《みつかい》がその男を打ち砕くであろう。その男は蛆《うじ》に食われてしまうであろう。

ヘロデヤ　ほら、あなたのことを申しておりますわ。蛆に食われてしまうであろう、と申しておりますわ。

ヘロデ　あいつのいうておるのはわしのことではない。あいつはわしの悪口などけっしていわぬ。あいつのいうておるのはカパドシアの王のことなのだ。わしの敵である、あのカパドシアの王のことなのだ。蛆に食われてしまうであろうというのは、あの王のことなのだ。わしのことではないわ。ただの一度もわしの悪口などいったことはない、あの預言者はな、わしが兄嫁を妻とした罪は別にすれば。おそらくあいつは正しい。まことに、そなたは石胎女《うまずめ》だからな。

ヘロデヤ　石胎女ですって、このわたくしが？　たえずわたくしの娘の顔ばかり見つめておいでになるあなたが、ご自分の慰めにあれを踊らせたがっておいでになるあなたが、そのあなたが、よくもそんな口がきけますこと。そんなことをおっしゃるのは愚かというものですわ。わたくしは産みましたよ、子供をひとり。あなたこそ子供がひとりもおできにならなかった。ええ、そうですとも、あなたの奴隷《どれい》女たちのうちのひとりにさえ、子供ができなかったのですもの。子供のできぬのはあなたで、このわたくしではありませぬ。

ヘロデ　黙りなさい、これ！　そなたは石胎女だと申すのだ。そなたはわしの子供を産まなかった、よってあの預言者は、われらの結婚は正しい結婚ではない、といいおるのだ。近親相姦《きんしんそうかん》の結婚だ、禍いを招く結婚だ、といいおるのだ……あいつのいうことは正しいのではないかと思う。きっと正しいと思う。したが、いまはそんなことをとやこういうている暇はない。いまというまは愉快でいたいのだ。実のところ、わしは愉快なのだ。なにひとつ不足なものとてはない。

ヘロデヤ　こよいそれほどのご機嫌《きげん》とは、わたくしもたいそううれしゅう存じます。めったにないことでございますもの。それにしても、夜もふけました。なかへはいりましょう。あすは夜明けから狩りにお出ましのことお忘れなさいませぬように。ローマ皇帝の使節がたには、できるだけのおもてなしをいたさねばなりませぬでございましょう？

第二の兵士　王さまはなんと陰気なお顔をしておられることか。

第一の兵士　そうさな、なんとも陰気なお顔をしていなさるなあ。

ヘロデ　サロメ、サロメ、わしのために踊っておくれ。のう、頼む、わしのために踊っておくれ。こよいは気がめいる。そうだ、こよいは気がめいってならぬ。ここへ出てきたとき、血で足がすべった、それも凶兆だ。さらに、羽ばたきの音が、途方もなく大きな翼の羽ばたく音が、空中で聞えた、確かに聞えた。なんの意味やらわからぬが。……こよいは気がめいってならぬ。せめてわしのために踊っておくれ。わしのために踊っておくれ、サロメ、頼むから。わしのために踊ってくれたら、ほしいものをいうてみるがよい、なんなりとつかわそう、たとえわしの領国の半分であろうと。

サロメ　（立ちあがって）望みの品とあれば、なんでもくださいまして、王さま？

ヘロデヤ　踊ってはならぬ、娘よ。

ヘロデ　なんなりと、たとえわしの領国の半分であろうとな。

サロメ　お誓いくださいます、王さま？

ヘロデ　誓うとも、サロメ。

ヘロデヤ　踊ってはならぬ、娘よ。

サロメ　なににかけてお誓いなさいます、王さま？

ヘロデ　わしの命にかけて、わしの冠にかけて、わしの神々にかけて。そなたの望みの品がなにであろうと、たとえわしの領国の半分であろうと、そなたにつかわそうぞ、もしわしのために踊ってくれさえすればな。おお、サロメ、サロメ、わしのために踊ってくれい。

サロメ　お誓いなさいますね、王さま。

ヘロデ　誓うとも、サロメよ。

サロメ　願うものならなんなりと、たとえ王さまの領国の半分であろうと。

ヘロデヤ　踊ってはならぬぞえ、娘よ。

ヘロデ　たとえわしの領国の半分であろうとだ。おまえなら、さだめし美しい女王になろう、サロメ、もしわしの領国の半分をほしいというのなら。あれなら女王として恥ずかしくないではないか？　ああ！　ここは寒い！　氷のような風が吹いている、それに、聞える……なにゆえ空中にあの羽ばたきの音がわしには聞えるのか？　ああ！　なにかの鳥が、なにか大きな黒い鳥が、高台の上を舞っているのかもしれまい。なぜそれがわしには見えぬのか、その鳥が？　その鳥の羽ばたきは恐ろしい。その翼から起る風音は恐ろしい。身を切るような風だ。いや、寒いどころか、暑いわ。息がつまりそうだ。この手に水をかけてくれい。雪を口に含ませてくれい。このマントをゆるめてくれい。早く！　早く！　このマントをゆるめろというに。いや、このままでよい。わしを苦しめるのはこの冠、バラの冠なのだ。火のような花だ。わしの額をこがしてしもうた。（頭から花かずらをむしりとって卓上に投げだす）ああ！　やっと息がつける。この花びらのなんと赤いことよ！　卓布についた血のしみのようだ。そんなことはどうでもよい。見るものすべてに意味を読みとろうなどとしてはならぬ。それでは生きてゆけぬ。血のしみはバラの花びらに劣らず美しい、というほうがよかろう。いっそ、こういったほうが……いや、こんな話はやめにしよう。いまは愉快なのだ、愉快でならないのだ。愉快であってはならぬというのか？　そなたの娘はわしのために踊りを見せてくれるのだぞ。わしのために踊ってはくれまいか、サロメ？　わしのために踊ると約束したはずだぞ。

ヘロデヤ　あれには踊らせませぬ。

サロメ　あなたのために踊りましょう、王さま。

ヘロデ　どうだ、そなたの娘はああいうておるぞ。わしのために踊ろうというのだ。わしのために踊ってくれるとはあっぱれだな、サロメ。そしてわしのために踊ってしもうたら、忘れるでないぞ、なんなりとほしいものをわしにせがむのを。ほしいものならなんなりとつかわそう、たとえわしの領地の半分であろうともだ。わしは誓うたではないか？

サロメ　お誓いになりました、王さま。

ヘロデ　そしてわしはな、一度たりとも約束を破ったことはないぞ。誓いを破るようなやからとは違うのだ。嘘《うそ》のつきかたなど知らぬわ。わしは自分のことばの奴隷であり、わしのことばは王者のことばなのだ。カパドシアの国王はいつも嘘をついておるが、やつはまことの王ではない。卑怯者《ひきょうもの》だ。それに、わしから金を借りておきながら、返そうともせぬ。わしの使者たちを侮辱さえしおった。無礼きわまる言をはきおった。しかし、やつがローマへ出たら、ローマ皇帝に磔刑に処せられるだろう。かならずやローマ皇帝はやつを磔刑に処せられるであろう。よしそうでなくとも、やつは死ぬであろう、蛆に食われてな。あの預言者がそれを預言したのだ。さあ！　なにをためろうている、サロメ？

サロメ　奴隷たちが、香料と七つのヴェールをたずさえてきて、このサンダルを脱がせてくれるのを、待っているのでございます。（奴隷たち、香料と七つのヴェールをたずさえてきて、サロメのサンダルを脱がせる）

ヘロデ　ああ、素足で踊るというのだな。よし！　よし！　おまえのちいさな足は白い鳩《はと》ともなろう。梢《こずえ》で踊るちいさな白い花ともなろう……いや、いや、そこで踊っては血を踏んでしまう。あたり一面、血しぶきだ。血の上で踊ってはならぬ。それは凶兆となるであろう。
ヘロデヤ　あれが血の上で踊ったとて、あなたにとってそれがなんでございましょう？　あなたこそ血の海をさんざお渡りなさいましたに……
ヘロデ　わしにとってなんであると？　ああ！　あの月を見てみよ！　赤うなっておるわ。血のように赤うなっておるわ。ああ！　あの預言者の預言したとおりだ。月が血のように赤うなる、とあの男は預言した。それを預言したではないか？　そちたちはみなそれを聞いたろう。それ、月は血のように赤うなっておるぞ。あれが見えぬか？
ヘロデヤ　ええ、ほんに、よう見えますこと、それに、星が熟《う》れた無花果《いちじく》のごとく落ちてくる、ではございませぬか？　そして太陽は黒毛の織りもののごとく翳《かげ》り、地上の王たちは恐れおののいております。それならだれにでもわかりますわ。あの預言者も、一生に一度だけほんとうのことを申しました、地上の王たちは恐れおののいておりますもの……なかへはいりましょう、お加減が悪いのです。お気が狂うた、などとローマでは噂《うわさ》するようにもなりましょう。なかへはいりましょう、さあ。
ヨカナーンの声　なにものなるぞ、エドム（訳注　パレスチナの南の国で、ヘロデの生地）生れのこの者は、真紅《しんく》に染めし衣をまとい、その美服に輝き、傲然《ごうぜん》と歩を運ぶ、ボズラ（訳注　エドムの主な町）生れのこの者は？　なにゆえなんじの衣は真紅に染められしぞ？

ヘロデヤ　なかへはいりましょう。あの男の声を聞くと気が狂いそうになります。あの男がたえずわめいているあいだは、娘に踊らせはいたしませぬ。そのようにあの娘《こ》を見つめておいでになるあいだは、あれに踊らせはいたしませぬ。つまりは、あれに踊らせはいたしませぬ。

ヘロデ　座を立つな、わが妻、わが妃《きさき》よ、立ったとてなんにもならぬわ。あれが踊らぬうちは、なかへはいらぬぞ。踊ってくれ、サロメ、わしのために踊っておくれ。

ヘロデヤ　踊ってはならぬぞえ、娘よ。

サロメ　支度《したく》はできました、王さま。（サロメは七つのヴェールの踊りを踊る）

ヘロデ　ああ！　みごと！　みごと！　なんと、あれはわしのために踊ってくれたぞ、そなたの娘は。近《ちこ》う、おまえに褒美《ほうび》をとらせるから。ああ！　わしはどの舞姫たちにも十分の礼を出す。わけておまえには王者らしく礼をしたい。おまえが心の底から求めているものは、なんなりともつかわそう。なにがほしい？　いうてみよ。

サロメ　（ひざまずいて）わたくしの望みの品とは、いますぐここへ銀の大皿にのせて……

ヘロデ　（笑いながら）銀の大皿にとな？　よしよし、銀の大皿にのせてな。かわゆいことを申すではないか。なんなのだい、銀の大皿にのせてはこばせたいというのは、わしのいとしい美しいサロメ、ユダヤのどの娘よりも美しいおまえが？　おまえが銀の大皿にのせてはこばせてほしいというのは、なんなのだ？　いうてみよ。たとえどのようなものであろうと、かならずおまえにとらせるからな。わしの宝はことごとくおまえのものだ。どんな品なのだ、サロメ？

サロメ　（立ちあがって）ヨカナーンの首。

ヘロデヤ　ああ！　よくいうてくれた、娘や。

ヘロデ　いや、ならぬ！

ヘロデヤ　よくぞいいやった、娘よ。

ヘロデ　いや、ならぬ、サロメ。それぱかりは望むものではない。おまえの母のいうことを聴《き》いてはならぬ。あれはいつもおまえに悪知恵ばかりつけておる。あれのいうことになど耳をかすな。

サロメ　母上のいわれることなど気にしてはおりませぬ。ただただわが心の欲するままに、銀の大皿にヨカナーンの首を、と申しあげましたまでのこと。王さまはお誓いになりました、ヘロデさま。お誓いをたてられたのをお忘れあそばしますな。

ヘロデ　わかっておるわ。わしは神々にかけて誓うた。それはようわかっておるわ。

だがな、頼む、サロメ、なにかほかのものを求めてくれ。わしの領地を半分ほしいというてくれ、喜んで与えよう。だが、いまいうたものだけは、求めてくれるな。

サロメ ヨカナーンの首をいただきとうございます。

ヘロデ いや、いや、それはかりはいうてくれるな。

サロメ 王さまはお誓いになりました、ヘロデさま。

ヘロデヤ そう、お誓いになりましたとも。それはみなの者も聞きました。みんなの前でお誓いになりましたもの。

ヘロデ 黙りなさい！　そなたに話しているのではないわ。

ヘロデヤ 娘がヨカナーンの首を求めたは、もっともなしだいでございます。あの男はわたくしに無礼のかずかずを加えました。わたくしに向って不埒《ふらち》な言をはきました。おわかりでございましょう、あの娘《こ》が母を大切に思うていることは。譲ってはなりませぬぞ、娘や。王さまは、お誓いになったのだよ、お誓いになったのだよ。

ヘロデ 黙れというに、わしに口をきくな！……これ、サロメ、分別しておくれ。わしはこれまでついぞおまえにつろう当ったことなどなかった。いつだっておまえをかわいがってきた……もしかしたら、かわいがりすぎたやもしれぬ。されば、そのようなものを求めてくれるな。そのようなものを求めるのは恐ろしいことだ、恐るべきことだ。さだめし、冗談をいうているのであろう。胴体から切りはなした男の首など、見るもいまわしいものではないか？　そのようなものを処女《おとめ》が眺《なが》めるのはふさわしゅうない。見ても、なにがおもしろかろう？　なにもおもしろうはない。いや、いや、おまえのほしいのは、そんなものではない。まあ、わしのいうことを聴いておくれ。わしは大きな丸い緑柱玉を有しておる、ローマ皇帝の寵臣《ちょうしん》から贈られた緑柱玉をな。この緑柱玉をすかして見ると、はるか遠くのできごとまで、手にとるように見える。ローマ皇帝ご自身も、競技場へお出ましのさいは、このような緑柱玉をたずさえてゆかれる。しかしな、わしの緑柱玉のほうが大きい。わしのほうが大きいことを、わしはよう知っておる。世界一の大きな緑柱玉なのだ。おまえはそれがほしゅうはないか？　ほしいというておくれ、いうてくれればおまえに与えよう。

サロメ　ヨカナーンの首をいただきましょう。

ヘロデ　聞いておらぬのだな。聞いてはおらぬのだな。わしのいうことを聞いてくれ、サロメ。

サロメ　ヨカナーンの首を。

ヘロデ　いや、ならぬ、そんなものがほしいのではあるまい。わしを困らせようとて、そんなことをいうているのだな、宵からずっとおまえを見つめておったので。いかにも、こよいはたえずおまえを見つめておった。おまえの美しさに悩まされたのだ。おまえの美しさにいたく悩まされて、おまえを見つめすぎたのだ。だが、もうおまえを見まい。物でも、人でも、見つめるのはよくない。見つめてよいのは鏡ばかりだ、鏡に映るのは仮面だけだからな。これ！　これ！　酒をもってまいれ！　のどが渇《かわ》く……サロメ、サロメ、仲なおりをしよう。さあさ！……あ！　わしはなにをいうつもりだったかな？　なにを？　ああ！　思い出したぞ！……サロメ――いや、もっと近う。わしのいうことばに耳をかすまいとは思うが――サロメ、わしの白孔《しろく》雀《じゃく》を知っておろう、庭の天人花と高い糸杉のあいだを歩いている、あの美しい白孔雀を。そのくちばしは金色に輝き、ついばむ穀物もまた金色、脚は真紅に染めてある。鳴けば雨になり、尾をひろげれば月が空に出る。二羽ずつつれだって糸杉と黒い天人花のあいだを歩み、それぞれに奴隷《どれい》がかしずいておる。あるときは梢《こずえ》ごしに飛び、またあるときは芝生《しばふ》の上、池のまわりにうずくまる。あれほどすばらしい鳥は世界じゅうにいない。あのくらいすばらしい鳥を有する国王は世界じゅうにおらぬ。ローマ皇帝でさえ、わしの鳥ほどの美しい鳥はおもちではあるまい。その孔雀を五十羽つかわそう。おまえの行くところならどこへでもついてゆくであろうし、その群れに囲まれたおまえは、さながら大きな白い雲のなかの月であろう……その孔雀をみんなおまえに与えよう。百羽しかもっておらぬが、わしの孔雀にまさる孔雀を有する国王は、世界じゅうにひとりもおらぬぞ。それをみんなおまえに進ぜよう。ただ、わしの誓いを解いてくれなくてはならぬ、そしてな、さきほど申したものだけは求めないでくれ。（杯の酒を飲みほす）

サロメ　ヨカナーンの首をくださいまし。

ヘロデヤ　ようういうてくれた、娘よ！　あなたとしたことが、そのような孔雀の話をなさるとは笑止な。

ヘロデ　黙りおれ！　そなたはわめいてばかりいる。猛獣みたいにわめくだけじゃ。わめくでない。そなたの声を聞くと、うんざりするわ。黙っておれ、というに……サロメ、自分のしていることをよく考えてみておくれ。あの男は、もしかしたら、神のもとからつかわされたのかもしれぬ。あれは聖者なのだ。神の指があの男に触れたのだ。神があの男の口に恐ろしいことばを預けられたのだ。砂漠《さばく》のなかでも宮殿においても神はつねにあの男とともにいますのだ……少なくとも、そうとしか思えぬ。だれにもわかることではない。おそらくは神があの男に味方して、あの男とともにおられるのであろう。それのみか、あの男が死にでもしたら、わしの身になにか禍《わざわ》いが生じるやもしれぬわ。いずれにせよ、あの男は、自分が死ぬとすぐその日に、だれかの身に禍いが生じるであろう、といったのだ。そのだれかとは、このわしよりほかにあろうはずもない。思い出してくれ、わしはここへ出てきたとき、血にすべった。また、空じゅうに羽ばたきの音が、大きな羽ばたきの音が聞えた。これはたいそう不吉な前兆だし、ほかにも前兆があった。わしの目にこそ見えね、かならずやほかにもまだあったであろう。よいか、サロメ、まさかおまえとて、わしの身に禍いあれかしとは望むまい？　そのようなことは望まぬであろう。ならば、わしのいうことを聞いてくれい。

サロメ　ヨカナーンの首をくださいまし。

ヘロデ　ああ！　わしのいうことを聞いていないのだな。おちついてくれ。わしは――わしはおちついている。すっかりおちついている。聞いておくれ。わしはこの場所に宝石を隠してもっている――おまえの母にさえ一度も見せたことのない宝石、稀代《きたい》の宝石をな。四筋に編んだ真珠の首飾りをもっている。さながら銀の光線でつないだ月のようだ。黄金の網にかかった五十の月のようだ。それを、さる女王が象牙《ぞうげ》のような胸にかけておられたのだ。おまえも、それをかければ、女王のように美しくなるであろう。わしは紫水晶を二種類もっているが、ひとつは生葡萄酒《きぶどうしゅ》のように黒く、もうひとつは水を割って色をつけた葡萄酒のように赤い。わしは黄玉も、もっている、虎《とら》の目のように黄色い黄玉、じゅずかけ鳩《ばと》の目のように桃色をした黄玉、猫の目のような緑色の黄玉を。氷のような炎をはなちながら、たえず燃えつづける蛋白石《たんぱくせき》、人の心を悲しませ、くらやみをこわがる蛋白石を、もっている。死んだ女の瞳《ひとみ》にも似た縞瑪瑙《しまめのう》も、もっている。月が変れば色も変り、日に当ると蒼白《あおじろ》くなる月長石も、もっている。卵ほども大きく、青い花のように青い青玉も、もっている。そのなかに海はただよい、射《さ》す月の光もその波の青さをたえて乱すことはない。貴橄欖石《きかんらんせき》も、緑柱石も、緑玉髄も、紅玉も、わしはもっている。紅縞瑪瑙に風信子石《ヒアシンス》（訳注　宝石の一つ。赤みをおびたジルコンの結晶）も、玉髄石も、もっているが、それらをみんなおまえに与えよう、みんな、そしてほかの品々もそれらにつけ加えてやろう。たったいま、インドの王が、鸚鵡《おうむ》の羽毛でこしらえた扇を四本、またヌミディア（訳注　アフリカの北岸で、現在のアルジェリアあたりにあった古国）の王は、駝鳥《だちょう》の羽毛で織りあげた衣裳《いしょう》を一着送ってきた。水晶もひとつもっているが、それは女はのぞくことを許されぬし、若い男たちも笞《むち》で打たれてからでなければ見てはならぬ品だ。螺鈿《らでん》の手箱のなかには、めずらかなトルコ玉が三つ入れてある。それを額につければ、この世に存在せぬものを想像することができ、またそれを手にする者は、女を石胎女《うまずめ》にすることもできる。世にも貴《とうと》い宝ばかりだ。

値のはかり知れぬ宝ばかりだ。だが、それだけではない。黒檀《こくたん》の手箱のなかには琥《こ》珀《はく》の杯がふたつ、黄金の林檎《りんご》にそっくりだ。もし敵がその杯に毒を盛れば、たちまち杯は銀色に変じる。琥珀をちりばめた手箱のなかには、玻璃《はり》をかぶせたサンダルがある。セレス人（訳注 おそらく北シナの国、古代セリカの住民）の国からもたらされたマントと、ユーフラテス（訳注 トルコ東部、シリア、イラクをへてペルシア湾にそそぐ川）の町からとどいた紅宝玉と硬玉をはめこんだ腕輪も、もっている……これ以上なにがほしいというのか、サロメ？　ほしいものをいうてくれ、そうすれば与えるから。おまえの望みのものは、なんなりと与えよう、ただひとつのものを除いてはな。わしのもっているものなら、なんでも与えよう、ただひとりの人間の命を除いて。大司祭のマントでもおまえにやろう。聖堂の帳《とばり》でもおまえに進ぜよう。

ユダヤ人たち　おお！　おお！

サロメ　ヨカナーンの首をくださいまし。

ヘロデ　（玉座に倒れこんで）あれの望むものを与えよ！　さすが、あの母にしてあの子ありだ！　（第一の兵士、進みよる。ヘロデヤ、王の手から死の指輪を抜きとって兵士に渡すと、兵士はただちにそれを首斬《くびきり》役人のもとへもってゆく。首斬役人、たじろぐ様子）だれだ、わしの指輪を抜きとったのは？　わしは右手に指輪をはめていたが。だれだ、わしの酒を飲んでしもうたのは？　わしの杯には酒がついであったが。なみなみとたたえられていたが。だれかが飲んだのだな！　おお！　かならずやなにか不吉なことがだれかの身の上に降りかかるであろう。（首斬役人、水溜《みずた》めのなかへ降りてゆく）ああ！　なぜ誓いなどたてたのだ？　王たる者は、断じて約束をしてはならぬに。もし守らねば、恐ろしく、守れば守るで、それも恐ろしい。

ヘロデヤ　娘の振舞いは、あっぱれでした。

ヘロデ　かならず禍《わざわ》いが生じるであろう。

サロメ　（水溜めの上に身をかがめて耳を澄ます）なんの音もせぬ。なにも聞えぬ。なぜ大きな声をたてないのかしら、あの男は？　ああ！　だれかに殺されかけたら、あたしなら声をたてて、暴《あば》れてやる、いうままになってやるものか……斬っておしまい、斬って、ナーマン、斬れというに……だめ、なにも聞えぬ。ひっそりとしている、恐ろしいまでにひっそりとしている。あ！　なにかが地面に落ちた。なにかが落ちる音がした。首斬役人の剣だ。こわがっているよ、あの奴隷は。あれは剣を落してしもうた。よう殺せないのね。臆病者《おくびょうもの》よ、あの奴隷は！　兵士どもをつかわそう。（ヘロデヤの小姓を見て声をかける）こちらへおいで、おまえはあの死んだ男の友達だった、ね？　そう、よいかえ、まだ死に足りぬらしい。兵士たちのところへ行って、命じておくれ、穴ぐらへ降りていって、もってくるようにと、あたしの望みのものを、王さまがあたしに約束されたものを、あたしのものになっているものを。（小姓、しりごみをする。サロメ、兵士らのほうを向く）こちらにおいで、兵士たち。この水溜めのなかへ降りていって、あの男の首をもってきておくれ。（兵士ら、しりごみする）王さま、王さま、兵士たちに命じてくださいまし、ヨカナーンの首をもってくるようにと。（巨大な黒い片腕が、首斬役人の片腕が、ヨカナーンの首を銀の盾《たて》にのせて、水溜めからせりあがる。サロメ、それをつかむ。ヘロデ、マントで顔を隠す。ヘロデヤ、ほほえみながら扇を使う。ナザレ人ら、ひざまずいて祈りはじめる）

ああ！　おまえはあたしにこの口をくちづけさせてくれようとはしなかったね、ヨカナーン。さあ！　いまこそ、そのくちづけを。熟《う》れた果物《くだもの》を噛《か》むように、この歯で噛むよ。そうだとも、おまえの口にくちづけするよ、ヨカナーン。あたしはそういうた。いわなかったかえ？　いうたよ。ああ！　いまこそ、そのくちづけを……でも、なぜあたしを見ないの、ヨカナーン？　あんなに恐ろしかった、あんなに怒りとさげすみにみちていたおまえの目も、いまはもう閉じている。なぜ閉じているの？　その目をあけて！　瞼《まぶた》をあげて、ヨカナーン！　なぜあたしを見ようとしないの？　あたしを見まいとするところをみると、ヨカナーン、あたしがこわいの？

……それに、毒をはく赤い蛇《へび》のようであった、おまえの舌、それも、もはや動かず、いまはもうなにもいわないのだね、ヨカナーン、あたしに毒をはきかけたあの真紅《しんく》の蝮《まむし》も。ふしぎではないか？　もはや赤い蝮が動かないとは、なんとしたことなの？……おまえはあたしを振って振って振りぬいた、ヨカナーン。あたしをしりぞけた。あたしをののしった。売女《ばいた》か、淫婦《いんぷ》のように扱った、このあたしを、ユダヤの王女、ヘロデヤの娘たるこのサロメを！　でも、ヨカナーン、あたしはまだ生きている、だのに、おまえは、おまえは死んでしまい、おまえの首はあたしのものになっているのだよ。これをどうしようと、あたしの思いのまま。犬にでも空の鳥にでも投げてやれる。犬の食い残したものは、空の鳥が食いつくすだろう……ああ、ヨカナーン、ヨカナーン、おまえこそ、あたしの愛した、たったひとりの男であった。ほかの男という男はあたしにはいとわしい。けれど、おまえは、おまえだけは美しかった！　おまえのからだは、銀の台座に据えた象牙《ぞうげ》の円柱。鳩《はと》が群れ遊び銀の百合《ゆり》の咲きみだれる庭園。象牙の盾を飾りつけた銀の塔。おまえのからだほどにも白いものは、この世になにひとつなかった。おまえの髪ほどにも黒いものは、この世になにひとつなかった。おまえの口ほどにも赤いものは、なにひとつなかった。世界じゅうで、おまえの声は、妖《あや》しい香《かお》りをはなつ香炉、おまえを見ていると、妖しい楽の音《ね》が聞えてきたよ。ああ！　なぜあたしを見つめてくれなかったの、ヨカナーン？　その手の陰に、その呪《のろ》いの陰に、おまえは顔を隠していた。わが神を見たいと思う者の目隠しを、おまえは自分の目にかけてしまった。なるほど、おまえは自分の神は見たであろう、ヨカナーン、でも、あたしを、このあたしを、おまえはとうとう見てはくれなかった。もしひと目でも見さえすれば、おまえとてあたしを愛してくれたであろうに。あたしは、あたしはおまえを見てしまった、ヨカナーン、そしておまえを愛してしまった。おお、どんなにおまえを愛したことか！　いまでも愛しているよ、ヨカナーン、おまえだけを愛しているよ……あたしはおまえの美しさに渇《かっ》えている。おまえのからだに飢えている。そして酒も果物も、この渇望をみたしてはくれぬ。いまとなっては、どうすればよかろう、ヨカナーン？　洪水も大海も、この情炎を消してはくれぬ。あたしは王女だった、だのにおまえはあたしをさげすんだ。あたしは生娘《きむすめ》だった、だのにおまえはあたしから生娘の誇りを奪ってしもうた。あたしは清浄で無垢《むく》だった、だのにおまえはあたしの血を燃えあがらせた……ああ！　ああ！　なぜあたしを見てくれなかったの、ヨカナーン？　ひと目でも見さえすれば、おまえとてあたしを愛してくれたであろうに。あたしにはようわかっている、あたしを愛してくれたであろうことは、そして、愛の神秘は死の神秘よりも大きい。愛のことだけをひとは考えておればよい。

ヘロデ 不埒《ふらち》な女だ、そなたの娘は、あれは不埒千万な女だ。じっさい、あれの所業は大きな罪だ。ある未知の神にたいする罪にちがいない。

ヘロデヤ 娘の所業はよいことだと思いますわ。もうここにこうしておりましょう。

ヘロデ (立ちあがって) ああ! なにかいうておるな、近親相姦《きんしんそうかん》の妃《きさき》めが! おいで! わしはここにいとうない。おいで、というに。かならずやなにか恐ろしいことが起るであろう。マナッセ、イサカル、オジアス、松明《たいまつ》を消せい。なにも見とうない、だれにも顔を見られとうない。松明を消せ! 月を隠せ! 星も隠せ! われらも宮殿に隠れよう、ヘロデヤ。わしはそら恐ろしゅうなってきた。

奴隷《どれい》たち、松明を消す。星が消える。大きな黒雲が月にかかり、すっかり月を隠す。舞台、とても暗くなる。王は階段を登りはじめる。

サロメの声 ああ! おまえの口にくちづけしたよ、ヨカナーン、おまえの口にくちづけしたよ。おまえの唇《くちびる》は苦い味がした。あれは血の味だったのか?……いいえ、ことによると恋の味かもしれぬ……恋は苦い味がするとか……でも、それがなんだというの？　それがなんだというの？　あたしはおまえの口にくちづけしたのだよ、ヨカナーン。

一条の月光、サロメの上に落ちてその姿を照らしだす。

ヘロデ　（振りかえってサロメを見て）あの女を殺せい！

兵士ら、突進して、ユダヤの王女、ヘロデヤの娘、サロメを、その盾の下におしつぶす。

ウィンダミア卿《きょう》夫人の扇

登場人物

ウィンダミア卿《きょう》
ダーリントン卿
オーガスタス・ロートン卿
セシル・グレアム
ダンビー
ホッパー
パーカー　執事
ウィンダミア卿夫人
ベリック公爵《こうしやく》夫人
アガサ・カーライル嬢
プリムデイル卿夫人
ジェドバラー卿夫人
スタットフィールド卿夫人
クーパー‐クーパー夫人
アーリン夫人
ロザリー　下女

舞台

第一幕　ウィンダミア卿邸の居間
第二幕　ウィンダミア卿邸の応接室
第三幕　ダーリントン卿の部屋
第四幕　第一幕に同じ

時

現代

所

ロンドン

この劇の筋は二十四時間以内に演じられる。すなわち、ある火曜日の午後五時に始まって、翌日の午後一時半に終る。

第一幕

舞台――カールトン・ハウス台町（訳注　ロンドンのほぼ中央、聖ジェイムズ公園の北部に位置する）にあるウィンダミア卿《きょう》邸の居間。中央と右手に扉《とびら》。右手に書物や新聞をのせた机。左手にちいさな茶卓つきのソファー。左手にテラスに向って開いた窓。右手にテーブル。右手のテーブルのところにウィンダミア卿夫人。バラの花を青い花瓶《かびん》にいけている。

パーカー登場。

パーカー　奥さまはただいまお客さまにお会いなさいますか？

ウィンダミア卿夫人　ええ――どなたがいらしたの？

パーカー　ダーリントン卿で、奥さま。

ウィンダミア卿夫人　（ちょっとためらって）お通し申して――きょうはどなたにでもお

目にかかるから。

パーカー　かしこまりました、奥さま。（パーカー、中央から退場）

ウィンダミア卿夫人　夜にならないうちにお目にかかっておくのがいちばんだわ。来てくだすってよかった。

パーカー、中央から登場。

パーカー　ダーリントン卿でございます。

ダーリントン卿登場。パーカー退場。

ダーリントン卿　いかがです、奥さま？

ウィンダミア卿夫人　いかがでいらっしゃいます、ダーリントンさま？　いえ、握手できませんのよ。このバラで手が濡《ぬ》れてますもの。きれいでございましょう？　けさ、セルビー（訳注　ロンドンの北、約二八〇キロ、ヨークシャーにある町で、ここにウィンダミア卿が本邸を構えているという設定）からとどきましたの。

ダーリントン卿　実にみごとですねえ。（卓上の扇を見る）なんとすばらしい扇！　拝見してもよろしい？

ウィンダミア卿夫人　どうぞ。かわいいでしょう？　わたくしの名がしるしてあって、それはそれは大切なもの。わたくしも、たったいま見たばかりですのよ。わたくしの誕生日の祝いに主人が贈ってくれましてね。きょうはわたくしの誕生日だものですから。

ダーリントン卿　おや、そうでしたか？

ウィンダミア卿夫人　はい。きょうで一人前の女になったというわけですの。生涯でとっても大切な日、ではございませんか？　ですから今夜パーティーをいたしますのよ、さ、おかけあそばして。（なおもバラをいけている）

ダーリントン卿　（かけながら）きょうがお誕生日と知ってればねえ、奥さま。お宅の前の道いっぱいに花を敷きつめて、奥さまに歩いていただくところだったのに。花は奥さまのために作られているのですから。（すこし間《ま》）

ウィンダミア卿夫人　ダーリントンさま、ゆうべは外務省でわたくしをおいじめになりましたわね。またおいじめになるのではないかしら。

ダーリントン卿　わたしが、奥さまを？

パーカーと給仕、盆と茶道具をもって中央から登場。

ウィンダミア卿夫人　そこへ置いて、パーカー。それで結構。（ハンカチで手をふき、左手の茶卓のところへ行って椅子《いす》にかける）いらっしゃいません、ダーリントンさま？

（パーカー、中央から退場）

ダーリントン卿　（椅子をもって左手中央へ移る）どうにも困ってしまいましたね、奥さま。わたしがなにをしたとおっしゃるのです？（左手のテーブルに向う）

ウィンダミア卿夫人　だって、ひと晩じゅう、わたくしに念のいったお世辞をおっしゃってましたもの。

ダーリントン卿　（微笑しながら）いや、この節はわれわれ男性はいずれも手もと不如《ふにょ》意《い》でしてね、ですから、出せるものといえばお世辞よりほかありませんよ。われわれに出せるものといえば、それだけなのです。

ウィンダミア卿夫人　（首を横に振りながら）いいえ、わたくし、まじめにお話ししているのでございますよ。お笑いになってはいけませんわ、わたくし、大まじめなのですもの。お世辞なんて、いやですわ、それに殿がたときたら、心にもないことばかりおっしゃって女をたいそううれしがらせているとお考えになるなんて、気がしれませんわ。

ダーリントン卿　いや、ところが、わたしは本気で申したのですよ。（夫人のさしだす茶をうけとる）

ウィンダミア卿夫人　（きびしく）そうでなければよろしいのに。あなたと口争いなどいたしたくはございませんわ、ダーリントンさま。大好きなあなたですもの、それはご存じですわね。でもね、もしあなたが世間並みの男だと思ったら、好きになんかならなかったでしょうよ。ほんとうに、たいていのかたよりすぐれていながら、悪人ぶってらっしゃるんだ、とわたくしときどき考えますわ。

ダーリントン卿　われわれはみんないくらか虚栄心がありますからね、奥さま。

ウィンダミア卿夫人　でも、なんだってそれをご自分の特別な虚栄になさいますの？

（なおも左手テーブルに向っている）

ダーリントン卿　（なおも左手中央にかけたまま）ああ、この節はね、うぬぼれの強い連中が大勢、さも善良ぶって社交界をのし歩いてますからね、悪人ぶるほうがむしろ、おくゆかしい謙遜《けんそん》な性質みたいにみえると思うのです。のみならず、こんなことまでいわれてますよ。もし善人らしくみせかけると、世間の人はくそまじめにとってしまう。悪人らしくみせかけると、そうはとらない。そこが、オプティミズムってものの驚くべく愚かなところでしてね。

ウィンダミア卿夫人　それでは、世間のひとからまじめにとってもらいたいとはお考えになりませんの、ダーリントンさま？

ダーリントン卿　世間のひとからはね。世間のひとがまじめにとる人物とは、どんな連中でしょう？　考えられるかぎりの鈍物です、僧正から退屈な人物にいたるまでのね。あなたにだけは大まじめに考えていただきたいのですよ、奥さま、世間のだれよりもあなたというかたにだけはね。

ウィンダミア卿夫人　なぜ――なぜ、わたくしに？

ダーリントン卿　（ちょっとためらってから）わたしたちは親しい友達になれると思うからです。親友になりましょうよ。いつか友達がほしくなりますよ。

ウィンダミア卿夫人　どうしてそんなことおっしゃいますの？

ダーリントン卿　ああ、だれしもときどき友達がほしくなるものですからね。

ウィンダミア卿夫人　わたくしたちとうから親友だと思うのですけれど、ダーリントンさま。いつだってお友達でいられますわ、あなたがなさらないかぎり――

ダーリントン卿　なにをしないかぎり？

ウィンダミア卿夫人　途方もない、ばかげたことをおっしゃって友情を台なしにしたりなさらないかぎり。わたくしをピューリタンだと考えていらっしゃる、でしょ？　そう、わたくし、いくらかピューリタンじみたところがございますのよ。そんなふうに育てられたのですもの。それを、わたくし、喜んでおりますわ。母は、わたくしがほんの子供のころ、なくなりました。いつも父方《かた》の伯母《おば》に当るジュリア伯母さまと暮していましたの、ご存じのとおりに。伯母は厳格でした、でも、世間のひとが忘れかけているもの、正と不正の別を、教えてくれました。伯母という人は妥協というものを許さない人でした。このわたくしだってけっして許しませんわ。

ダーリントン卿　ウィンダミアの奥さま！

ウィンダミア卿夫人　（ソファーの背によりかかりながら）時代おくれな女だと考えてらっしゃるのね。――ええ、そうなのよ！　こんな時代と同じレベルに立ちたくはございませんもの。

ダーリントン卿　現代をすこぶるよくないとお考えになる？

ウィンダミア卿夫人　ええ。当節はみなさん人生というものを投機みたいなものと考えてらっしゃるらしいですけれど。投機ではありませんわ。人生は秘蹟《ひせき》（訳注　サクラメント。カトリック教で、神の恵みを信徒に与える儀式、転じて一般に神聖なもの、神秘）なのです。人生の理想は愛なのです。人生を浄《きよ》めるものは犠牲なのです。

ダーリントン卿　（微笑しながら）ああ、犠牲にされるくらいつまらぬことはない！

ウィンダミア卿夫人　（かがみこんで）そんなこと、おっしゃらないで。

ダーリントン卿　いいますとも。そう感じるのです――知っているのです。

パーカー、中央から登場。

パーカー　今晩の支度《したく》に、テラスに絨毯《じゅうたん》を敷いたものかどうか、いかがいたしましょう、奥さま？

ウィンダミア卿夫人　雨になりますかしらね、ダーリントンさま？

ダーリントン卿　奥さまのお誕生日は雨にしたくないですなあ！

ウィンダミア卿夫人　さっそく敷くようにいっておくれ、パーカー。（パーカー、中央から退場）

ダーリントン卿　（なおも椅子にかけたまま）あなたはお考えなのですね、それじゃあ――もちろん、これは仮定の一例にすぎませんがね――たとえば、結婚して二年ばかりになる若い夫婦があるとします。ところが、夫が突然ある女と――さよう、すこぶるいかがわしい女と仲よくなって、しょっちゅう訪問したり、食事をともにしたり、おそらく買いものの支払いまでしてやる、といったような場合――その妻は自分を慰める道を講ずべきではない、とお考えになります？

ウィンダミア卿夫人　（顔をしかめながら）自分を慰める、ですって？

ダーリントン卿　ええ、講ずべきだ、とわたしは思う――それだけの権利がある、と思う。

ウィンダミア卿夫人　夫が下劣だからといって――妻まで下劣であってよいものでしょうか？

ダーリントン卿　下劣とは恐ろしいことばですよ、ウィンダミアの奥さま。

ウィンダミア卿夫人　恐ろしいことですわ、ダーリントンさま。

ダーリントン卿　善人なるものがこの世でずいぶん害を与えてやしないか、と思うんですがね。確かに、善人たちの与える最大の害は、悪というものを途方もなく重要なものにしてしまうということです。人間を善玉と悪玉に分けるなんて、ばかげてますよ。人間はね、魅力があるか退屈か、のどちらかです。わたしは魅力的な人間の味方をしますよ、そしてあなたは、ウィンダミアの奥さま、なんとしてもそのおひとりなのです。

ウィンダミア卿夫人　あの、ダーリントンさま。（立ちあがってその前を右手へゆく）そのままで、花をいけてしまうだけですから。（右手中央のテーブルへ行く）

ダーリントン卿　（立ちあがって椅子を動かしながら）しかもあなたは現代生活にたいしてひどくやかましいかただと思えてなりませんがね、奥さま。むろん、そこには非とすべきものが多々ある、それはわたしも認めますよ。たいていのご婦人は、たとえばですよ、この節、かなり金銭ずくですねえ。

ウィンダミア卿夫人　そんな人たちのことなんかおっしゃらないで。

ダーリントン卿　それじゃあ、金銭ずくの連中、これは、むろん、話にならぬほどひどいから、別にするとしてですね、世間のいわゆる過失なるものを犯した女性は、絶対に許されるべきではない、と本気でお考えになりますか？

ウィンダミア卿夫人　（テーブルのところに立ったまま）絶対に許されるべきでない、と思いますわ。

ダーリントン卿　そして、女性にたいすると同じく男性にたいしても、同じ法律があるべきだ、とお考えですか？

ウィンダミア卿夫人　もちろんですとも！

ダーリントン卿　人生というものは、そうした梃子《てこ》でも動かぬような規則などで、けりがつけられるほど、それほど簡単なものだとは思えませんがねえ。

ウィンダミア卿夫人　「そうした梃子でも動かぬような規則」でもあれば、人生はもっとずっと簡単になると思いますわ。

ダーリントン卿　例外をお認めにはならない？

ウィンダミア卿夫人　ひとつも！

ダーリントン卿　ああ、なんという魅惑的な清教徒なんでしょう、奥さまは！

ウィンダミア卿夫人　その形容詞は余計でしてよ、ダーリントンさま。

ダーリントン卿　そういわずにはいられなかったのです。わたしはね、なんだって我慢しますが、誘惑だけはだめなんです。

ウィンダミア卿夫人　わざと弱虫ぶる現代ふうなところがおありですのね。

ダーリントン卿　（夫人を見ながら）ふりをしているだけですよ、奥さま。

パーカー、中央から登場。

パーカー　ベリック公爵《こうしやく》夫人とお嬢さまのアガサ・カーライルさまが、お見えになりました。

ベリック公爵夫人とアガサ・カーライル嬢、中央から登場。パーカー退場。

ベリック公爵夫人　（中央に進み出て握手をしながら）マーガレットさん、お目にかかれてほんとうにうれしいわ。アガサを覚えてらっしゃるでしょ？　（左手、中央へと横切って）ご機嫌《きげん》いかが、ダーリントン卿？　あなたには娘を近づけたくありませんね、とてもよくないかたなんだから。

ダーリントン卿　まあそうおっしゃらずに、奥さま。悪人としてはわたしなど完全な失敗者ですよ。だって、あいつは生れてこのかた、ほんとうに悪事などひとつも働いたことのないやつだ、などと噂《うわさ》をする連中が大勢いますから。むろん、わたしのいないところでの噂ですが。

ベリック公爵夫人　ひどいかたじゃないこと？　アガサ、こちらダーリントン卿よ。このかたのおっしゃることは、ひとことだって信じてはだめよ。（ダーリントン卿、右手中央へと横切る）いいえ、お茶はもうたくさんよ、ありがとう。（ソファーのところへ行ってかける）マークビーさんのお宅でいただいたばかりなの。とってもまずいお茶でね、それに。まったく飲めたものじゃない。それもそのはずよ。娘のお婿《むこ》さんからの到来品なのだから。アガサときたら、今夜の舞踏会をそれはそれは楽しみにしてましてね、マーガレットさん。

ウィンダミア卿夫人　（左手中央にかけている）あら、舞踏会を催すのではございませんわ、奥さま。ほんのわたくしの誕生祝いにダンスをするだけですもの。小人数《こにんずう》で早じまいの。

ダーリントン卿　（左手中央に立ちながら）ごく小人数の、ごく早じまいの、そしてごく選《え》りぬきのね、公爵夫人。

ベリック公爵夫人　（左手のソファーにかけて）もちろん選りぬきでしょうとも。ほかならぬお宅ならね、マーガレットさん、それはちゃんと心得ていてよ。ロンドンじゅうで、アガサをつれてっても、また主人が来ても、すこしも心配ないのは、お宅くらいなものですもの。社交界はどうなってくのかしらね。なんともお粗末な連中がどこへでも顔を出すらしいのよ。宅の会へもかならず来るんですよ――招待してあげないと烈火のごとく怒りだしましてね。ほんとうに、だれかが立ってそれに反対すべきよ。

ウィンダミア卿夫人　いたしますわ、このわたくしが、奥さま。よくない噂のたっているような人はだれひとり宅へ来させませんわ。

ダーリントン卿　（右手中央）おう、それをおっしゃらないで、ウィンダミアの奥さま。わたしが入れてもらえなくなりますからね！　（椅子《いす》にかけながら）

ベリック公爵夫人　あら、殿がたのことではありませんよ。女は殿がたとは違います。わたしたちは善良なのよ。わたしたちの何人かはね、少なくとも。だのに、わたしたちは、断然隅《すみ》っこへ押しやられていますのよ。わたしたちの主人は、ときおりうるさいほど小言《こごと》をいってやらないと、わたしたちの存在を忘れますからね。ですから、うるさくいって、わたしたちにだってそうする完全な権利があるってことを、ちょいと知らせてやらないと。

ダーリントン卿　そこですよ、公爵夫人、結婚というゲームの奇妙なところは――このゲーム、ついでながら申しますと、時代おくれになりつつはありますが――夫人連はみなさん点の高い札を手にしながら、きまって最後の勝負に負けてしまわれる。

ベリック公爵夫人　最後の勝負？　それは夫のことでして、ダーリントン卿？

ダーリントン卿　現代の夫にとってはなかなかいい名前でしょう。

ベリック公爵夫人　まあダーリントン卿、もうすっかり堕落しきってらっしゃるのね、あなたったら！

ウィンダミア卿夫人　ダーリントンさまって、つまらないいかた。

ダーリントン卿　いや、それをおっしゃらないで、ウィンダミアの奥さま。
ウィンダミア卿夫人　どうしてあんなつまらない人生論などなさいますの、それなら？
ダーリントン卿　人生ってものはね、まじめに論じたりできないほど、もっとはるかに重大な事柄だと思うからです。（中央に進む）
ベリック公爵夫人　どういう意味なの、それ？　ねえ、愚かなわたしに免じて、どういう意味だか、ちょいと説明してくださいな。
ダーリントン卿　（テーブルのうしろまで進み出て）説明しないほうがよさそうですね、公爵夫人。この節では、わかりやすくいうと正体を見ぬかれてしまいますから。失礼いたします！　（公爵夫人と握手をする）さてと（舞台の後方へ退いて）ウィンダミアの奥さま、さようなら。今夜伺ってもよろしいでしょうか？　ぜひ伺わせてください。
ウィンダミア卿夫人　（ダーリントン卿と舞台の後方に立ちながら）ええ、よろしゅうございますとも。でも、ばかげた、不誠実なことをおっしゃってはいけませんよ。
ダーリントン卿　（微笑しながら）ああ！　わたしを改革しようとなさるんですね。人を改革するのは危険なことですよ、ウィンダミアの奥さま。（お辞儀をして、中央か

ら退場）

ベリック公爵夫人　（立ちあがっていたが、中央へゆく）なんて魅力的な、にくい人なんだろう！　大好きよ。帰ってくれてほんとうによかったわ。まあきれいだこと！　ドレスはどこでいったいお求めになって？　さて、いいたくないのだけれど、ほんとうにあなたがお気の毒でねえ、マーガレットさん。（ソファーのところへ行って、ウィンダミア卿夫人と並んでかける）あのう、アガサ！

アガサ嬢　はい、おかあさま。（立ちあがる）

ベリック公爵夫人　あそこへ行ってね、ほら、そこにあるアルバムでも見せていただいたら？

アガサ嬢　はい、おかあさま。（左手のテーブルへ行く）

ベリック公爵夫人　いい子だこと！　あの子はね、スイスの写真が大好きでね。とても上品な趣味だ、と思いますわ。それはそうと、ほんとうにあなたにはお気の毒ね、マーガレットさん。

ウィンダミア卿夫人　（微笑しながら）どうしてでございます、奥さま？

ベリック公爵夫人　ああ、あのいやな女のためなのよ。それに、とてもりっぱな服装をしていてね、そのためかえってとっても悪くなって、あんなひどいお手本を示してるのよ。オーガスタスがね――ご存じでしょ、わたしの評判のよくない兄の――ほんとにわたしたちの厄介者なのだけれど――そう、そのオーガスタスがね、もうすっかりあの女にのぼせてしまって。恥ずかしいったらないのよ、だってあの女は絶対に社交界へは顔出しできないのですからね。いかがわしい前歴のある婦人も大勢いるにはいますわ、でもねあの女ときたら、一ダースも前歴があって、それがまたみんなあの女にぴったりなんだそうよ。

ウィンダミア卿夫人　だれのことなのでございますの、奥さま？

ベリック公爵夫人　アーリン夫人のことよ。

ウィンダミア卿夫人　アーリン夫人？　初耳でございますわ、奥さま。で、そのかたがわたくしとどんな関係がございますの？

ベリック公爵夫人　あらまあ！　これ、アガサ！

アガサ嬢　はい、おかあさま。

ベリック公爵夫人　テラスへ出て夕日でも眺《なが》めたら？

アガサ嬢　はい、おかあさま。（左手のフランス窓（訳注　床までとどくドア兼用の外開きのガラス窓）から出てゆく）

ベリック公爵夫人　いい子だこと！　夕日に夢中でしてね！　洗練された感情を示している、じゃないこと？　つまりは、自然にまさるものはありませんから、ねえ。

ウィンダミア卿夫人　で、さっきのお話は、奥さま？　どうしてそのかたのことをお話しになりますの？

ベリック公爵夫人　ほんとうにご存じない？　そのことはね、わたしたちみんな、とても心配しているのよ。つい先夜もファンセン夫人のお宅でね、ロンドンじゅうで人もあろうに、ウィンダミアまでがあんな振舞いをなさるなんて、意外千万だ、とみんなで噂してましたよ。

ウィンダミア卿夫人　わたくしの夫が——いったい、あの人がそのような女と、どんな関係がございますの？

ベリック公爵夫人　ああ、ほんとうにまあどんな関係なんでしょうね、あなた？　そこが問題なのよ。しょっちゅうその女を訪《たず》ねて、そのたびに何時間もいらっしゃって、いらっしゃるあいだその女はだれにも留守をつかうのですって。婦人でその女を訪ねる人なんてめったにいないけれど、評判のよくない男の友達なら大勢います——とりわけわたしの実の兄などがね、さきほど申したとおり——だからこそ、ウィンダミアさんがあんな女と親しくなさるのがとても心配でしてね。ウィンダミアさんは模範的な旦那《だんな》さまだとばかり信じていましたのに、いまの話はほんとうではないかと思えてね。わたしの姪《めい》たち——あのサヴィル（訳注　ロンドンのほぼ中央にあり、有名な服地・裁縫・洋服街。「背広」との女の子たち、ご存じでしょう——まことに世帯向きの人たち（訳注　ハイド公園の東にあり、もっとも流行のクラブや料理店の密集している地区）——とにかく、いつもで——不器量な、なんとも不器量だけれど、とっても善良で——とにかく、いつも窓辺《まどべ》で手のこんだ編みものをしたり、貧しい人びとのために厄介な仕事をしたり、これは、こんな恐ろしい社会主義の時代ではほんとうにあの人たちのりっぱなところだと思いますがね、さてその姪たちの真向いに、例のいやな女がカーゾン街（注訳　ハイド公園に近い上流の地区）に一戸を構えたのですよ——あんな上品な通りによ。このさきいったいどうなるんでしょうかね！　それで、姪たちの話だと、ウィンダミアさんは週に四、五回もそこへ足を運ばれるのですって——現に見ているのですよ。見ないわけにいかないの——人の悪口などいう人たちではないけれど、みんな——そう、もちろんよ——みんなだれにでもそのことは話しますわ。それにいっとうよくないのはね、なんでもその女は、だれかから莫大《ばくだい》なお金をまきあげたって噂なの、だって半年前に着のみ着のままも同然で上京してきたのに、いまではメイフェア（訳注　ハイド公園の東にあり、もっとも流行のクラブや料理店の密集している地区）にすてきな家をもつやら、毎日、午後になると公園を馬車で乗りまわすやら、なにやら——それが、どれもこれも——あなたのご主人を知ってからのことなのよ。

ウィンダミア卿夫人　まあ、そんなこと信じられませんわ！

ベリック公爵夫人　でもほんとうなのよ、あなた。ロンドンじゅうで知らない人はなくってよ。ですからね、あなたのところへお話しに行って、すぐにもご主人をホンバーク（訳注　南西プロシアの行楽地）かエイクス（訳注　エイクス―ラ―シャペルのことで、南東フランスの町）あたりへつれだすようお勧めしたほうがよいと思いましてね、あそこへ行けば、ご主人も気をまぎらすものがおありでしょうし、またあなただって一日じゅうご主人を監督できますもの。わたしもね、あなた、はじめて結婚してから、ときおり、仮病を使って温泉場へ行って、およそまずいあの炭酸水を仕方なく飲んだものよ、ただベリックを町からつれだしたいばかりにね。主人はいたって情にもろいほうでしたわ。もっとも、念のためいっておきますと、多額の金を人にくれてしまうようなことはけっしてなかったけれどね。見識が高いものだから、さような真似《まね》はしませんのよ。

ウィンダミア卿夫人　（話をさえぎって）奥さま、奥さま、まさかそんなことが！　（立って舞台を横切り中央へ進む）結婚してまだ二年にしかなりませんわ。赤ん坊も、やっと六カ月になったばかりですもの。（左手テーブルの右の椅子《いす》にかける）

ベリック公爵夫人　ああ、きれいな赤ちゃん！　あのかわいいお子さん、いかが？　坊ちゃん、それともお嬢ちゃま？　お嬢ちゃまだといいけれど――あ、そうそう、坊ちゃんですわねえ！　ほんとうにお気の毒ね。男の子って、それはそれは荒っぽくて。うちの男の子など、とってもふしだらでね。毎晩、帰りが何時なのだか、お話にもなにも。あれでも二、三カ月前にオクスフォードを出たばかりだというのにね——いったい、大学ではなにを教えてるんだか、わかったものじゃない。

ウィンダミア卿夫人　男のかたって、みんながみんなよくないのでしょうか？

ベリック公爵夫人　そうなの、男なんてもう、みんながみんなね、例外なく。おまけに、ちっともよくならないのよ。男って、年をとるばかりで、ちっともよくなりはしない。

ウィンダミア卿夫人　ウィンダミアとは愛しあっての結婚でしたわ。

ベリック公爵夫人　そうよ、わたしたちだって初めはそうなの。ベリックがね、自殺するって、たえずおどしつけるものだから、とにもかくにも承諾したわけなの。それだのに、一年経《た》つか経たぬに、ありとあらゆる女、あらゆる色、あらゆる形、あらゆる質《たち》の女を、手当りしだいにあさりはじめてね。それどころか、新婚旅行も終らぬうちに、わたしの小間使いにね、とてもきれいな、上品な娘でしたけれど、色目を使ってる現場をおさえましたよ。推薦状をつけずにすぐ暇をやりました。——いえ、たしか妹のところへまわしましたわ。あのジョージさんならひどい近眼なのだから、まず間違いなかろう、と思ってね。ところが、どう、その間違いが起ってしまったのよ、とても不運なことだったけれど。（立ちあがる）さてと、もう お暇《いとま》しなくては、よそで食事をしますのでね。よくって、ご主人のちょいとした迷いをあまり気にしないことよ。とにかく外国へつれだしなさい、そうすれば、よくなってあなたのもとへもどってこられますからね。

ウィンダミア卿《きよう》夫人 わたくしのもとへもどってきますって？（中央にいる）

ベリック公爵《こうしやく》夫人 （左手中央）ええ、そうよ、例の悪い女どもはね、わたしたちの夫をつれだしはするけれども、夫はいつだってわたしたちのもとへもどってきます、いくらか疵《きず》ものにはなっていてもね、もちろん。だからね、泣いたりわめいたりしないほうがいいのよ、男ってそれが大きらいなのだから！

ウィンダミア卿夫人 ご親切に、奥さま、わざわざ知らせにきてくださいまして。でもわたくし、夫が不実だなどとは信じられませんわ。

ベリック公爵夫人 お気の毒に！ わたしだって、以前はそのとおりだったわ。それがいまでは、男ってみんな悪人だとわかってね。（ウィンダミア卿夫人、ベルを鳴らす）浅ましい連中にはうまいものでも食べさせておくにかぎります。名コックというものはね、ふしぎな働きをするものよ、そしてお宅には名コックさんがいるじゃないの。ねえマーガレットさん、まさか泣きだすんじゃないでしょうね？

ウィンダミア卿夫人　ご心配に及びませんわ、奥さま、けっして泣きはいたしませんから。

ベリック公爵夫人　それなら大丈夫。泣くのは不器量な女の避難所だけれど、美女にとっては身の破滅ですからね。これ、アガサや！

アガサ嬢　（左手からはいって）はい、おかあさま。（左手中央、テーブルのうしろに立つ）

ベリック公爵夫人　さ、こちらへ来てウィンダミアの奥さまにお暇乞《いとまご》いをなさい、そして楽しい訪問のお礼を申しあげるのですよ。（ふたたび舞台の前方へ進み出る）ときに、ホッパーさんに招待状を出していただければありがたいのだけれど――このところ、ずいぶん世間の注目を集めているお金もちのかた。おとうさまというのはなにか罐詰《かんづめ》の仕事で身代をこしらえたかたでね――とてもおいしい、と思うわ――召使たちはいつも食べようとしない代物《しろもの》だろうけれど。でも息子《むすこ》さんのほうはとてもおもしろいのよ。うちのアガサの利口な話に心をひかれているらしいの。もちろん、あの子を失うのはとても心残りですわ、でもね、社交季節ごとに娘を手放さないような母親は、ほんとうの愛情がないと思うの。では、今夜伺いますわ。（パーカー、中央の扉《とびら》をあける）わたしのいったこと、よく覚えていてね、あのかたをすぐ町からつれだすのよ。それしか手はないのだから。もういちど、さようなら。さあ、アガ

サ。（公爵夫人とアガサ嬢、中央から退場）

ウィンダミア卿夫人　なんて恐ろしいこと！　結婚して二年と経たない夫婦のことを、かりの一例としてお出しになった、あのダーリントンさまのおっしゃったことの意味が、いまになると、よくわかるわ。ああ、そんなこと、ほんとうであるはずはない――公爵夫人は莫大な金がその女に支払われているとおっしゃったけれど。アーサーが銀行の通帳をどこにしまっているか、わかっている――あの机の引出しのどれかだ。それを見ればわかるかもしれない。どうしても見つけよう。（引出しをあける）いいえ、いまわしい誤解よ。（立ちあがって中央へ行く）愚かしい中傷よ。あの人はこのあたしを愛しているわ！　このあたしを愛しているとも！　でも、なぜ見てはいけないのかしら？　あたしは、あの人の妻なのだ、あたしには、見る権利があるのだ！　（引出し付きの書きもの机のところへもどり、通帳をとり出して、一枚一枚、調べ、にっこりして安堵《あんど》の吐息をつく）わかってたのよ、あんなばからしい話には、ただのひとことも真実のないことは。（通帳を引出しにしまう。しまいながら、はっとして、もう一冊の通帳をとりだす）別な通帳――私用――封がしてある！　（あけようとするが、あかない。机の上のペイパーナイフを見つけて、それで通帳の封を切る。第一ページから調べはじめる）アーリン夫人――六〇〇ポンド――アーリン夫人――七〇〇ポン

ド——アーリン夫人——四〇〇ポンド。ああ！　ほんとうだわ！　ほんとうなのだわ！　なんて恐ろしい！　（通帳を床に投げる）

ウィンダミア卿、中央より登場。

ウィンダミア卿　ねえ、おまえ、扇はもうとどいてる？　（右中央に進み出て通帳を見る）マーガレット、わたしの通帳を切ってあけたね。そんなことをする権利はないじゃないか！

ウィンダミア卿夫人　秘密がばれてはまずいと思ってらっしゃるのじゃありません？

ウィンダミア卿　妻たる者が夫の探偵をしたりしてはまずいと思う。

ウィンダミア卿夫人　探偵などいたしません。半時間前までは、この女の存在などすこしも知りませんでした。あるかたがわたくしを不愍《ふびん》に思われて、親切にも話してくださったのです、ロンドンじゅうでだれひとり知らぬ者もないことをね——あなたが毎日のようにカーゾン通りへいらっしゃることや、ひどくのぼせあがっていらっしゃること、途方もないたくさんなお金を、このけがらわしい女にむだづかいしてらっしゃることを！　（左手へ横切る）

ウィンダミア卿　マーガレット、アーリン夫人のことをそんなにいうものじゃないよ、どんなに誤解しているか自分でわかってないのだから。

ウィンダミア卿夫人　（夫のほうに向きながら）アーリン夫人の名誉のことで、とても気をもんでらっしゃるのね。わたくしの名誉のことも気をもんでくだされぱよかったのに。

ウィンダミア卿　おまえの名誉はなんともなってないよ、マーガレット。まあしばらくそんなことは考えないで――（通帳を机にしまう）

ウィンダミア卿夫人　どうもあなたのお金の使い方が変だと思うのですけれど。それだけのことなの。ねえ、お金のことを気にしているなどとは考えないでくださいね。わたくしだけのことをいえば、わたくしたちのものを、あなたがどんなふうにお使いになろうと、それはかまいませんわ。ただ、気がかりでならないのは、わたくしを愛してくださるあなたが、あなたを愛することをわたくしに教えてくだすったそのあなたが、純潔な愛からお金で買われた愛へと移ってゆかれることです。ああ、恐ろしいこと！　（ソファーにかける）辱《はずか》しめられたという気になるのは、わたくしなのです。あなたのほうは、なんとも思ってらっしゃらない。肌《はだ》が汚されたような、すっかり汚されてしまったような気がします。この六カ月というものが、いまのわたくしには考えるさえどんなにぞっとするような思いであるか、あなたにはおわかりになれない――あなたから与えられた接吻《せっぷん》はみんな、思い出のなかで汚されているのです。

ウィンダミア卿　（舞台を横切って夫人のほうへゆく）そんなこと、いうものではないよ、マーガレット。世界じゅうでおまえよりほか、だれひとり愛しはしなかったのだから。

ウィンダミア卿夫人　（立ちあがる）あの女はだれなの、それでは？　どうしてあの女に家などもたせておやりになったの？

ウィンダミア卿　家などもたせてやりはしないよ。

ウィンダミア卿夫人　家をもつためのお金をおやりになったのだもの、そうすれば同じことですわ。

ウィンダミア卿　マーガレット、わたしの知るかぎりでは、アーリン夫人は――

ウィンダミア卿夫人　アーリンさんとでもおっしゃるご主人がおありですの――それとも、そのご主人は架空の人物でして？

ウィンダミア卿　主人は数年前になくなった。夫人は天涯孤独の身なのだよ。

ウィンダミア卿夫人　親戚《しんせき》もありませんの？　（間）

ウィンダミア卿　ない。

ウィンダミア卿夫人　すこし変じゃありません？（左手に行く）

ウィンダミア卿　（左手、中央）マーガレット、おまえに話そうと思っていたのだ――聞いてくれないかね――わたしの知るかぎりでは、アーリン夫人は品行方正な女性なのだよ。もし数年前に――

ウィンダミア卿夫人　ああ！（右手、中央を横切る）あの女の身の上話など、こまごまと聞きとうはございません。

ウィンダミア卿　あのひとの身の上話をこまごまと話そうというのではない。ただね、こういうことをいっておきたいのだよ――アーリン夫人も、かつては名誉を与えられ、愛され、尊敬されたのだ。素姓もよく、地位もあった――それが、すべてを失ったのだ――投げすてた、といってもいい。だからなおさら、痛ましいのだ。不運というものなら、人間は耐えることができる――それは外から来るものだし、偶然事なのだからね。ところが、自分自身の過失のために苦しむ――ああ！　そこが人生のつらいところなのだ。それも、もう二十年も前のことだったのだよ。そのころまだほんの小娘にすぎなかった。人の妻となっていた歳月も、おまえより短かった。

ウィンダミア卿夫人　あんな女に興味ありませんわ――ですから――あの女とわたく

しとを、いっしょにしていわないでください。悪趣味でしてよ。（机に向って右手にかける）

ウィンダミア卿　マーガレット、おまえにはあのひとを救ってあげる力がある。社交界へもどりたがっているし、おまえの助けを求めているのだ。（舞台を横切って夫人のほうへ進む）

ウィンダミア卿夫人　わたくしに！

ウィンダミア卿　そうだ、おまえにだよ。

ウィンダミア卿夫人　まあ失礼な！（間）

ウィンダミア卿　マーガレット、ぜひひとつおまえに頼みにきたのだがね、アーリン夫人に莫大《ばくだい》な金をまわしたことをけっしておまえに知らせないつもりだったのに、見つけられてしまった、それでもやはりお願いする。今夜のパーティーにあのひとを招待してほしいのだ。（夫人の左手に立ちながら）

ウィンダミア卿夫人　気でも狂ったのね。（立ちあがる）

ウィンダミア卿　頼む。世間ではあのひとについてとやかくいうだろう、とやかくいうよ、もちろん、だがね、あのひとのどこが悪いとはっきり知っているわけではない。あのひとは、いろいろな家へ行ったことがある――なるほど、おまえが行くような家ではない、だがそれでも、今日のいわゆる社交界の女性たちが行っている家ではあるのだ。それではあのひとは満足できない。一度おまえに招待してもらいたがっているのだよ。

ウィンダミア卿夫人　あの女の勝利として、でしょ？

ウィンダミア卿　いや、おまえが善良な女性であるということをあのひとは知っているからだ――一度ここへ来れば、これまでよりもっと幸福な、もっと確実な生活の機会を得られるということをね。それ以上おまえと近づきになろうとはしないだろう。もう一度世に出ようとしているひとりの女を、助けてやる気はない？

ウィンダミア卿夫人　いやです！　ほんとうに後悔しているなら、女って、自分を破滅させたり自分の破滅を見たりしたような社交界へなど、二度ともどろうとは思わないものでしてよ。

ウィンダミア卿　お願いだから。

ウィンダミア卿夫人　（部屋を横切って右手の扉《とびら》のほうへ進む）晩餐《ばんさん》の着替えをしてまいりますから、それからね、今夜はもう二度とそのお話はおっしゃらないで。アーサー、（中央の夫のほうへ歩みよる）わたくしに両親がないものだから、ひとりぼっちの女だと考えてらっしゃるのでしょう、どうにでもわたくしを好きなようにできると。

お考えちがいですわ、わたくしにはお友達がありましてよ、大勢のお友達が。

ウィンダミア卿　（左手、中央）マーガレット、おまえは、ばかげたことを、無鉄砲なことをいっているのだ。議論したくないが、しかし今夜アーリン夫人をぜひとも招待してもらいたいのだがね。

ウィンダミア卿夫人　（右手、中央）そんなこと、いたしかねます。（部屋を横切って左手中央へ）

ウィンダミア卿　いやだというのだね？（中央）

ウィンダミア卿夫人　まっぴら！

ウィンダミア卿　ねえ、マーガレット、わたしのためにしておくれ。あのひとの最後の機会なのだから。

ウィンダミア卿夫人　それがわたくしとなんのかかわりがございまして？

ウィンダミア卿　善良な女というのは、なんときびしいのだろう！

ウィンダミア卿夫人　悪い男というのは、なんと弱いのでしょう！

ウィンダミア卿　マーガレット、われわれ男性ってものはね、だれだって結婚相手の女性にとって十分に善良とはいえないのだよ——まったくほんとうなのだ——しかし、おまえは考えてはいけない、かりにもこのわたしが——ああ、それとなく口にするだに恐ろしいことだ！

ウィンダミア卿夫人　あなただけがほかの男のかたと違っているわけはないじゃありませんか？　ある種の恥ずべき激情のために生命を浪費していないような夫は、ロンドンじゅうにひとりもいないって話ですもの。

ウィンダミア卿　わたしは例外だよ。

ウィンダミア卿夫人　どうだか！

ウィンダミア卿　心のなかではそうだと思ってるくせに。だが、ふたりのあいだにつぎつぎと溝《みぞ》を作ってはいけないよ。たった二、三分で、わたしたちはひどく引きはなされてしまったじゃないか。椅子《いす》にかけて、招待状をお書き。

ウィンダミア卿夫人　どんなことがあろうと書きません。

ウィンダミア卿　（部屋を横切ってテーブルのほうへゆく）じゃわたしが書く。（ベルを鳴らし、椅子にかけて招待状を書く）

ウィンダミア卿夫人　あの女を招待なさるの？　（夫のほうへ近づきながら）

ウィンダミア卿　そうだ。（間）

パーカー登場。

ウィンダミア卿　パーカー！
パーカー　はい、旦那《だんな》さま。（中央左手、前面へ進み出る）
ウィンダミア卿　この手紙を、カーゾン通り八四番地Aのアーリン夫人のところへとどけさせてくれ。（中央左手へ行って手紙をパーカーに渡す）返事は要《い》らない。（パーカー、中央から退場）
ウィンダミア卿夫人　アーサー、もしあの女が来たら、侮辱してやりますわよ。
ウィンダミア卿　マーガレット、そんなことをいうものではない。
ウィンダミア卿夫人　本気でいってるのですよ。
ウィンダミア卿　これ、おまえがそんなことでもしたら、ロンドンじゅうでおまえを不憫《ふびん》に思わないような女性は、ひとりもあるまいよ。
ウィンダミア卿夫人　かりにも善良な女性ならわたくしに拍手をおくらないようなひとは、ロンドンじゅうにいませんわ。わたくしたち、締りがなさすぎました。お手本を示さなくてはなりません。今夜から始めるつもりです。（扇を拾いあげながら）そうだわ、きょうこの扇をくだすったのね。お誕生日の贈りものだった。あの女がこの家の敷居をまたいだら、この扇で顔を打ってやります。

ウィンダミア卿　マーガレット、おまえにそんなことができるはずはない。

ウィンダミア卿夫人　あなたはわたくしをご存じないのよ！（右手へ行く）

パーカー登場。

ウィンダミア卿夫人　パーカー！

パーカー　はい、奥さま。

ウィンダミア卿夫人　食事は自分の部屋でするから。ほしくないんだけれど、ほんとうは。十時半までにすっかり支度《したく》がととのうようにね。それから、パーカー、今夜はかならずお客さまの名前を、ごく明瞭《めいりょう》に呼びあげておくれ。早口でいうものだから、聞きとれない時があってよ。とくにお名前をはっきりと聞いておきたいの、まちがえるといけないから。わかった、パーカー？

パーカー　はい、奥さま。

ウィンダミア卿夫人　それでいいの！（パーカー、中央から退場。ウィンダミア卿に話しかけながら）アーサー、もしあの女がここへ来たら——わたくし、おことわりしておきますが——

ウィンダミア卿　マーガレット、おまえのおかげでわたしたちはだめになってしまう！

ウィンダミア卿夫人　わたしたち！　たったいまから、わたくしの人生は、あなたのとは別なのよ。でも、もしあなたがひとさまの前で恥をかきたくないとおっしゃるなら、すぐあの女のところへ手紙を書いて、わたくしが訪問を許さないといっておやりなさい！

ウィンダミア卿　だめだ――できない――あのひとは来なくてはいけないのだ！

ウィンダミア卿夫人　ではわたくしがいま申しあげたとおりにいたします。（右手へ行く）わたくしに選択の余地を与えてくださらないのですから。（右手から退場）

ウィンダミア卿　（妻の名を呼びながら）マーガレット！　マーガレット！　（間）ああ！　どうしたものだろう！　あのひとの正体をうちあけるわけにはいかない。そんなことをしたら、妻は恥ずかしさのあまり死んでしまう。（椅子に倒れこみ、両手で顔を蔽《おお》う）

――幕――

第二幕

舞台――ウィンダミア卿《きょう》の応接室。右手奥の扉《とびら》は舞踏室へと開いており、舞踏室ではバンド演奏中。左手の扉から来客が入場しつつある。左手奥の扉は、燈火《とうか》で飾ったテラスに向って開いている。棕櫚《しゅろ》、花々、まばゆいばかりの明り。部屋は客でいっぱいである。
ウィンダミア卿夫人がこれに応対している。

ベリック公爵《こうしゃく》夫人　（前面中央に出る）ウィンダミアさんがここにいらっしゃらないとは、ほんとうにふしぎだこと。ホッパーさんも、ずいぶん遅いし。おまえ、あのかたと五度ダンスのお約束をしたわね、アガサ！　（舞台前面へ進み出る）

アガサ嬢　はい、おかあさま。

ベリック公爵夫人　（ソファーにかけながら）ちょいとそのカード（訳注　カード型の案内状のこと）をお見せ。ウィンダミアの奥さまが、またカードを使いはじめられて、とてもうれしいよ。――これさえあれば、娘をもつ母親は安心だからね。ねえ、おまえ！　（ふたつの名前を消しさる）よい娘さんはね、とくに貴族の子弟でも財産のもらえそうもないような、こんな男のひととワルツを踊ったりするものではありません！　とてもふしだらな感じだからねえ！　最後の二曲はホッパーさんとテラスへ出ているのですよ！

ダンビー氏とプリムデイル卿夫人、舞踏室から登場。

アガサ嬢　はい、おかあさま。

ベリック公爵夫人　（扇を使いながら）ここの空気、とても気もちよいこと。

パーカー　クーパー＝クーパー夫人。スタットフィールド卿夫人。サー・ジェイムズ・ロイストン。ガイ・バークリー殿。

これらの人びと、呼ばれた順に登場。

ダンビー　こんばんは、スタットフィールドの奥さま。これでこの社交季節《シーズン》も最後の舞踏会になるでしょうね。

スタットフィールド卿夫人　わたくしもそう思いますわ、ダンビーさん。楽しい社交季節《シーズン》だったではございません？

ダンビー　まったく楽しかったですなあ！　こんばんは、公爵夫人。これでこの社交季節《シーズン》も最後の舞踏会になりますでしょうね？

ベリック公爵夫人　わたしもそう思いますよ、ダンビーさん。とてもおもしろくない社交季節《シーズン》でしたわ、ねえ？

ダンビー　恐ろしくおもしろくなかったですなあ！　恐ろしくおもしろくなかったですなあ！

クーパー＝クーパー夫人　こんばんは、ダンビーさん。これでこの社交季節《シーズン》も最後の舞踏会になりますでしょうね？

ダンビー　いや、そうではありますまい。たぶんまだ二度ぐらいあるでしょうな。

（プリムデイル卿夫人のほうへぶらぶらともどってくる）

パーカー　ラフォード殿。ジェドバラー卿夫人ならびにグレアム嬢。ホッパー殿。

これらの人びと、呼ばれた順に登場。

ホッパー　いかがでございます、ウィンダミアの奥さま？　ご機《き》嫌《げん》よろしゅうございますか、公爵夫人？　（アガサ嬢にお辞儀をする）

ベリック公爵夫人　まあホッパーさん、ようこそこんなに早々と来てくださって。わたしたちみんな存じてますわ、どんなにあなたがロンドンで引っぱり凧《だこ》になっていらっしゃるか。

ホッパー　すてきな所ですねえ！　ロンドンって。ロンドンのかたは、排他的な点ではとてもシドニーの人間に及びませんよ。

ベリック公爵夫人　ああ！　あなたのお偉いのはわかってますよ、ホッパーさん。あなたのようなかたが、もっと大勢いてくださるとねえ。あのう、ホッパーさん、アガサもわたしも、オーストラリアにたいそう興味をもっておりますのよ。ちいさなかわいらしいカンガルーがたくさんはねまわっていたりなんかして、さぞおもしろいことでしょうね。アガサは地図であそこを見つけましたの。妙な形をしてますことね！　大きな荷物そっくりで、でも、あそこはとても新しい土地（訳注　この大きな島の存在は、十五世紀のなかばごろから知られていたが、十七世紀のはじめ、オランダ人によって「ニュー・ホランド」と名づけられた。一七七〇年、キャプテン・クックがシドニー南方のボタニー湾に上陸してから、世人の関心が深まった）なのでしょう？

ホッパー　あそこだって、ほかの土地と同じ時代にできたものじゃないですか、公爵夫人？

ベリック公爵夫人　あらまあ、うまいことおっしゃるのね、ホッパーさん。独特の才気がおありですこと。でもあなたをお引きとめしておくわけにいきませんわ。

ホッパー　しかしお嬢さまと踊りたいのですが、公爵夫人。

ベリック公爵夫人　さあ、娘はもう一曲は踊れると思いますけど。まだ踊れて、アガサ？

アガサ嬢　はい、おかあさま。

ベリック公爵夫人　このつぎ？

アガサ嬢　はい、おかあさま。

ホッパー　お願いできますか？（アガサ嬢、お辞儀をする）

ベリック公爵夫人　わたしのちいさなおしゃべりさんに気をおつけになってね、ホッパーさん。（アガサ嬢とホッパー氏、舞踏室にはいる）

ウィンダミア卿、左手から登場。

ウィンダミア卿　マーガレット、ちょっと話があるのだが。

ウィンダミア卿夫人　あとで。（音楽止《や》む）

パーカー　オーガスタス・ロートン卿。

オーガスタス・ロートン卿登場。

オーガスタス卿　こんばんは、ウィンダミアの奥さま。

ベリック公爵夫人　サー・ジェイムズ、舞踏室へつれていってくださらない？　オーガスタスとは今夜、食事をともにしていたばかりでしてね。さしあたりあのひとのお相手はもうたくさん。

右手にいたサー・ジェイムズ・ロイストン、公爵夫人に腕を貸し、夫人につき添って舞踏室へはいる。

パーカー　アーサー・ボウデン殿ご夫妻。ペイズリー卿ご夫妻。ダーリントン卿。

これらの人びと、呼ばれた順に登場。

オーガスタス卿　（ウィンダミア卿のほうへ歩みよりながら）おりいって話したいことがあるんだがね、きみ。見る影もなくやつれちまったよ。そうは見えんだろうがね。男ってものは、だれだってほんとうのとおりには見えんからな。とってもいいものだぜ、それも。知りたいというのは、ほかでもない。いったい、あれはどんな女なんだい？　どこのなにものなんだい？　なんだって親戚《しんせき》がひとりもないんだい？　いやにうるさいものさ、親戚だなんて！　でもねえ、親戚でもありゃあ、世間じゃ信用してくれるからなあ。

ウィンダミア卿　アーリン夫人のことをいってるんだね、どうやら。六カ月前に会ったばかりだ。それまではその存在さえ知らなかったよ。

オーガスタス卿　それ以来あの女とはずいぶん会ってるよね。

ウィンダミア卿　（すげなく）そう、それ以来ずいぶん会ってるよ。いまも会ってきたところだ。

オーガスタス卿　いやはや！　婦人連はあの女のことをひどく悪くいってるぜ。今夜アラベラと食事をともにしたがね。べらぼうめ！　アーリン夫人のことをなんといったと思う？　さんざんこきおろしてたよ……（わきぜりふで）ベリックとふたりで、彼女に、そんなことどうだっていいやな、問題の女性はとってもきれいなひとにちがいないんだから、といってやった。アラベラの顔を見せたかったぜ！……だがねえ、いいかい、きみ。ぼくはね、アーリン夫人をどう扱っていいかわからんのだ。あんちくしょう！　きみ、ぼくはあのひとと結婚するかもしれないんだ。彼女、恐ろしくそっけなくぼくをあしらうんだよ。すごく賢いんだ、それに！　なんだって知ってるのさ。あんちくしょう！　きみのことも弁明してるぜ。きみのことならどんな情報でも得てるんだ――それも、全部いろんな筋からね。

ウィンダミア卿　アーリン夫人との友情については説明など無用だよ。

オーガスタス卿　ふむ！　とにかくだ、気をつけろよ、なあ、きみ。あのひと、この社交界というういやなところへいつかははいると思う？　あのひとを奥さんに紹介するつもりかい？　遠回しに探ってみたって仕方ないよ。そんなことするんかい？

ウィンダミア卿　アーリン夫人は今夜ここへ来るよ。

オーガスタス卿　奥さんはあのひとに招待状を出されたんだね？

ウィンダミア卿　アーリン夫人は招待状をうけとったのだ。

オーガスタス卿　じゃあ、あのひとは大丈夫だね、きみ。だが、なぜ前もって話してくれなかったんだい？　話してくれてたら、あれこれと気をもんだり、とんだ誤解をしたりしなくてすんだのにさ！

アガサ嬢とホッパー氏、部屋を横切って、左手の奥からテラスへ出てゆく。

パーカー　セシル・グレアム殿！

セシル・グレアム氏登場。

セシル・グレアム　（ウィンダミア卿夫人にお辞儀をし、その前を通って行ってウィンダミア卿と握手をする）こんばんは、アーサー。元気かいと、なぜ聞いてくれないんだ？　元気かいと人から聞かれるのが、好きなんだ。それでもって大勢の人がぼくの健康に関心をいだいてくれていることがわかるからね。ところで、今夜はあまり気分がすぐれないんだ。家の者と食事をしていたんだが。家の者って、なぜいつもあんなに退屈なんだろう？　おやじときたら、食後はきまってお説教だ。ちっとはものがわかってもいいお年ですがね、といってやったよ。ところが、ぼくの経験によるとだ、人間はだんだんものがわかってくる年配になると、もうなんにもわからなくなっちまうんだな。やあ、タッピー！　また結婚するんだってね。あのゲームにはきみもあきあきしたと思ってたが。
オーガスタス卿　手のつけられんほど軽薄だね、きみ、手のつけられんほど軽薄だ！
セシル・グレアム　ついでながら、タッピー、どちらなんだ？　二度結婚して一度離婚したのかね、それとも、二度離婚して一度結婚したのかい？　そうだ、二度離婚して一度結婚したんだったね。そのほうがずっとほんとうらしいや。
オーガスタス卿　ぼくはひどく記憶が悪くてね。じっさいどちらだったか覚えてないんだ。（右手のほうへ移ってゆく）
プリムデイル卿夫人　ウィンダミアさん、ぜひともおりいってお伺いしたいことが。
ウィンダミア卿　あのう——失礼ですが——ぜひとも家内に話があるものですから。
プリムデイル卿夫人　あら、そんなことお考えになってはいけませんわ。この節、夫が公然と妻にいんぎんをつくすのは、危険きわまることでございますよ。そんな夫は、ふたりきりになると妻をなぐるだろうと、世間では考えますもの。世間のひとはね、幸福な結婚生活らしくみえるようなことにたいして、ひどく邪推深くなっておりますのよ。でも詳しいことは晩餐《ばんさん》のとき、お話しいたしましょう。（舞踏室の扉《とびら》のほうへ進む）

ウィンダミア卿　(中央) マーガレット、ぜひともおまえに話をしなくては。

ウィンダミア卿夫人　この扇をもっていてくださいません、ダーリントンさま？　ありがとうございます。(舞台前方の夫のほうへやってくる)

ウィンダミア卿　(部屋を横切って妻のほうへ) マーガレット、食事の前にいったことは、むろん、冗談だろうね？

ウィンダミア卿夫人　あの女は今夜ここへはまいりません！

ウィンダミア卿　(右手中央) アーリン夫人はここへ来る。そしてね、もしおまえが、どんな形にせよ、あのひとを困らせたり心を傷つけたりしたら、われわれふたりのどちらにも屈辱と悲しみをもたらすことになるのだよ。それを忘れないで！　ねえ、マーガレット！　どうかわたしを信頼しておくれ！　妻たるものは夫を信頼すべきだ！

ウィンダミア卿夫人　(中央) ロンドンじゅう、夫を信頼する女だらけですわ。いつだってそれとわかります。世にも不幸そうにみえますもの。わたくし、そんな女のひとりになろうとは思いません。(前のほうへ進む) ダーリントンさま、扇を返してくださいな、どうか。ありがとうございます……調法な品じゃございません、扇って？……今夜はお友達がほしいんですの、ダーリントンさま。こんなに早くお友達がほしくなるとは思いませんでしたわ。

ダーリントン卿　ウィンダミアの奥さま！　いつかその時が来るだろうとはわかっていましたが。しかしなぜ今夜？

ウィンダミア卿　なんとしても話そう。そうしなくては。騒動でも起ったらたいへんなことになる。マーガレット――

パーカー　アーリン夫人。（ウィンダミア卿、ぎくっとする）

アーリン夫人、きわめて美しく着飾り、きわめて堂々として登場。ウィンダミア卿《きょう》夫人、扇を握りしめ、それから床に落とす。アーリン夫人に冷然と会釈《えしゃく》するが、相手はにこやかに挨拶《あいさつ》を返し、しゃなりしゃなりと部屋のなかへはいる。

ダーリントン卿　扇を落されましたよ、奥さま。（拾って夫人に手渡す）

アーリン夫人　（中央）もういちど、ご機嫌《きげん》いかが、ですわね、ウィンダミアさま？　奥さま、なんてお美しいかたでしょう！　ほんとうに絵のようだこと！

ウィンダミア卿　（低い声で）やって来るなんて、向う見ずにもほどがある！

アーリン夫人　（微笑しながら）わたくしがこれまで生涯でおこなったうちでいっとう

聡明なことよ。そして、ついでながら、今夜はわたくしをずいぶん大切にしてくださらなければ。ご婦人がたが気になりましてね。どなたかにぜひ紹介してくださいな。殿がたなら、わたくし、いつでもお相手できましてよ。いかがでございます、オーガスタスさま？　ちかごろとんとお見限りね。きのうからお目にかかってませんもの。薄情なかただこと。みなさんそうおっしゃってましたわ。

オーガスタス卿　（右手）いやまあ、アーリンさん、そのことならひとつ説明させてくださいよ。

アーリン夫人　（右手中央）だめよ、オーガスタスさま、あなたはなんの説明もおできになりませんもの。そこがあなたの主《おも》な魅力なのよ。

オーガスタス卿　ああ！　わたしに魅力があるとおっしゃるのなら、アーリンさん――（ふたりは語りあう。ウィンダミア卿、不安げに部屋を歩きまわりながら、アーリン夫人を見守っている）

ダーリントン卿　（ウィンダミア卿夫人に）とてもお顔の色が悪いじゃありませんか！

ウィンダミア卿夫人　臆病者《おくびょうもの》はいつも顔色が悪いものですわ。

ダーリントン卿　失神なさりそうだ。テラスへ出られることだ。

ウィンダミア卿夫人　ええ。（パーカーに）パーカー、外套《がいとう》を出して。

アーリン夫人　（部屋を横切ってウィンダミア卿夫人のところへ）ウィンダミアの奥さま、テラスの照明がほんとうにきれいでございますこと！　ローマのドーリア公爵《こうしゃく》のお邸《やしき》を思い出しますわ。（ウィンダミア卿夫人、冷然と会釈をして、ダーリントン卿とともに立ちさる）まあ、いかが、グレアムさま？　あちら、伯母《おば》さまのジェドバラーの奥さまではございません？　とてもお知りあいになりとうございますが。

セシル・グレアム　（一瞬のためらいと当惑ののちに）ええ、よろしいとも、お望みとあれば。キャロライン伯母さん、アーリン夫人をご紹介します。

アーリン夫人　お目にかかれてほんとうにうれしゅうございますわ、ジェドバラーの奥さま。（ソファーに並んでかける）甥《おい》ごさまとは大の仲よしでございましてね。あのかたの政治経歴に、あたくし、とても関心をよせておりますの。きっと大成功をなさると思いますわ。考えは保守党、話は革新党で、そこが、当節、とても大事なところでございましてね。それに、大雄弁家でいらっしゃる。でも、どなたからそその血をひいてらっしゃるか、よく存じておりますわ。アランデイル卿がね、ついきのうも公園で、グレアムさまの話し上手《じょうず》ときたら、伯母さまにそっくりだ、とおっしゃってましたのよ。

ジェドバラー卿夫人　（右手）そんなうっとりするようなことをいってくださるなんて、

ほんとうにご親切なこと！（アーリン夫人、微笑して会話をつづける）

ダンビー　（セシル・グレアムに）アーリン夫人をジェドバラーの奥さんに紹介したのかい？

セシル・グレアム　しなきゃならなかったのさ、なあきみ。否《いや》も応《おう》もなかった。あの女には、なんでも自分のしたいことを人にさせる力があるんだから。どんなふうにしてかは、わからんがね。

ダンビー　どうかあの女に話しかけられねばよいが！（プリムデイル卿夫人のほうへぶらぶら歩いてゆく）

アーリン夫人　（中央、ジェドバラー卿夫人に向って）木曜日に？　結構でございますとも。（立ちあがって、笑いながら、ウィンダミア卿に話しかける）ああいうご高齢のご後室がたにちゃんとご挨拶《あいさつ》しなくてはならないとは、なんて退屈なこと。でも、あのかたたちはいつも礼儀をやかましくおっしゃるのでねえ。

プリムデイル卿夫人　（ダンビー氏に）ウィンダミアに話しかけてる、あのりっぱな身なりの女のひと、だれですの？

ダンビー　いっこうに存じませんな。とくにイギリスの市場向けに作った、いかがわしいフランス小説の豪華版みたいですねえ。

アーリン夫人　ではやっぱりダンビーはプリムデイルの奥さまとあれなのね？　あのかた、なんでもひどくかれを妬《や》いてらっしゃるんですってね。かれ、今夜はあまりわたくしには口をききたくなさそうですわ。あのかたがこわいのでしょうよ。淡黄色の顔色をした女というものは、恐ろしい気性をしてますものね。よろしくって、わたくし、あなたと最初に踊るつもりですのよ、ウィンダミアさん。（ウィンダミア卿、唇《くちびる》を噛《か》んで顔をしかめる）そうすれば、オーガスタスさん、とてもお妬きになるでしょうね！　オーガスタスさま！　（オーガスタス卿、舞台の前方に進む）ウィンダミアさんがね、わたくしと最初に踊ろうといってきかないのよ、なにしろ、ここのご主人ですもの、まさかおことわりするわけにもねえ。むしろあなたと踊りたいのに。

オーガスタス卿　（低く頭を下げて）わたしもそう考えることができればねえ、アーリンさん。

アーリン夫人　知りすぎているほど知ってらっしゃるくせに。あなたとなら一生踊りとおしても楽しいと思うかたを想像できますわ。

オーガスタス卿　（白いチョッキの上に手を当てながら）おお、ありがとう、ありがとう、ありがとう。あなたこそ貴婦人という貴婦人のなかでいちばんすばらしいかただ！

アーリン夫人　まあすてきなおことば！　いかにも単純で、いかにも誠実で！　まさにわたくしの好きなことばですわ。ね、この花束をもっていてくださいな。（ウィンダミア卿と腕を組んで舞踏室のほうへ行く）ああ、ダンビーさん、いかが？　お訪《たず》ねくだすったのに、三度とも留守をして失礼いたしました。金曜日に食事にいらっして。

ダンビー　（いたって無頓着《むとんじゃく》に）それはどうも。

プリムデイル卿夫人、むっとしてダンビー氏をにらみつける。オーガスタス卿、花束をかかえて、アーリン夫人とウィンダミア卿につづいて舞踏室へはいる。

プリムデイル卿夫人　（ダンビー氏に）あきれたかたね、あなたって！　あなたのおっしゃること、ひとことだって信じられませんわ！　なぜあの女を知らないだなんておっしゃったの？　三度もつづけて訪ねたって、それ、どういう意味？　あんなところへ食事にいらっしゃるものじゃありません。もちろんそれはおわかりでしょうね？

ダンビー　ねえローラ、食事に行くなんて、夢にも考えてませんよ！

プリムデイル卿夫人　まだあの女の名前も教えてくださらなくって！　だれなの？

ダンビー　(軽く咳《せき》をして髪の毛を撫《な》でつける)　あれがアーリン夫人とかですよ。

プリムデイル卿夫人　へえ、あの女がね！

ダンビー　ええ、みんなそう呼んでますが。

プリムデイル卿夫人　まあおもしろいこと！　すてきにおもしろいわ！　ひとつあの女をよく見てやらなくっちゃあ。(舞踏室の扉のところまで行ってなかをのぞきこむ)　あの女についてぞっとするような話を聞いたことありますわ。かわいそうにウィンダミアは食いものにされてるんですってね。それだのに、ウィンダミアの奥さまときたら、あくまで礼儀正しくしようとして、あの女を招待なさるなんて！　とっても愉快なこと！　底抜けに善良な女でなければ、底抜けにばかな真似《まね》はできないものね。あなたは金曜日にあの女のところへ食事にいらっしゃるのよ。

ダンビー　どうして？

プリムデイル卿夫人　主人をいっしょにつれていってほしいから。ちかごろはそばにくっついて離れないものだから、もうすっかりうるさくなっちゃってね。まあ、あの女なら主人にうってつけだわ。主人はあの女の気のすむまでご機嫌を伺うでしょうよ、ですから、わたしもうるさくされずにすむというわけよ。ほんとうに、ああいったような女はとても役に立つものよ。ほかの人たちの結婚の基礎を作ってくれてるんだもの。

ダンビー なんて謎《なぞ》みたいなかただ、あなたは！

プリムデイル卿夫人 （ダンビーの顔を見ながら）あなたもそうだといいのに！

ダンビー そうですよ——わたし自身にとってはね。わたしが世界じゅうで完全に知りたいと思う人間は、自分だけです。しかし目下のところその機会を得ませんがね。

ふたりは舞踏室のなかへ消え、ウィンダミア卿夫人とダーリントン卿がテラスからはいってくる。

ウィンダミア卿夫人 ええ。あのひと、ここへ来るなんて、あきれた、我慢できないことですわ。きょうお茶のときにお話しになったことのわけが、やっとわかりましたわ。なぜはっきりおっしゃってくださいませんでしたの？ おっしゃってくださればよかったのに。

ダーリントン卿 できなかったのです。男というものはね、ほかの男についてこういうことは語れないのですよ。しかし、ご主人があなたに今夜あの女を招くように頼むつもりでいたと知ったら、わたしだってお話ししただろうと思います。あんな侮辱は、とにもかくにも、お受けにならずにすんだでしょうに。

ウィンダミア卿夫人　わたくしが招待したのではございません。宅があの女を呼ぶといってきかなかったのです——わたくしのたっての願いも聞かずに——いいつけにも背《そむ》いて。ああ！　わたくしにとってこの家は汚《けが》されています！　あの女が宅と踊ると、ここの婦人がたはみなさん、わたくしをせせら笑ってらっしゃるような気がいたしますわ。なんの因果で、わたくし、こんな目に会うのでしょう？　わたくし、自分の命を宅に捧《ささ》げました。宅はそれをうけとって——それを使って——それを台なしにしてしまいました！　わたくしは自分のこの目にさえみっともなく見える。それだのに勇気がない——臆病者ね、わたくしって！　（ソファーに腰をおろす）

ダーリントン卿　かりにもあなたというかたを知っているとすれば、あなたは妻にこんな扱いかたをするような男と生活をともにできないことは、わたしにもわかります。どのような生活をあなたはご主人とともになさるおつもりです？　ご主人は毎日のべつにあたしに嘘《うそ》をついている、とお感じになるでしょう。かれのまなざしは偽りだ、かれの声は偽りだ、かれの接触は偽りだ、かれの愛情も偽りだ、とお感じになるでしょう。かれはほかの女に飽きると、あなたのもとへ帰ってくるでしょう。

あなたはかれを慰めてやらねばならない。ほかの女に溺《おぼ》れているときも、あなたのもとへ帰ってくるでしょう。あなたはかれを喜ばしてやらねばならない。かれの実生活の仮面、かれの秘密を隠すおおいもの、とならねばならない。

ウィンダミア卿《きょう》夫人　そのとおりですわ——ほんとうにもうそのとおりですわ。でも、わたくし、だれに頼《たよ》ればよいのでしょう？　あなたはわたくしの友達になってあげるとおっしゃいましたね、ダーリントンさま——教えてくださいまし、わたくし、どうすればよろしいのでしょう？　いまこそわたくしの友達になってくださいまし。

ダーリントン卿　男と女のあいだには友情というものはありえません。情熱とか、敵意とか、崇拝とか、恋愛なら、ある、しかし、友情など、ありはしない。わたしはあなたを愛しているのです——

ウィンダミア卿夫人　まさか、そんな！

ダーリントン卿　いや、愛していますとも！　あなたはわたしにとって世界じゅうのなにものにもまさるかたです。ご主人はなにをあなたに与えてくれます？　なにひとつ与えてはくれない。ご主人は自分のなかにあるどんなものをも、この悪い女に与えているのです、自分であなたとのおつきあいのなかへ、あなたのご家庭のなかへ押しこんできて、衆人環視のなかであなたを辱《はずか》しめたこの女に。わたしはこの命をあなたに捧げます――

ウィンダミア卿夫人　ダーリントンさま！

ダーリントン卿　わたしの命を――全生命を。これをうけとってください、そしておそれどおりに扱ってください……わたしはあなたを愛します――これまであなた以上に愛した女性はだれひとりありません。ひと目見たその瞬間から、あなたを愛しました、盲目的に、女神《めがみ》のように、気も狂わんばかりに愛しました！　当時あなたはそれをご存じなかった――いまおわかりになったのです！　今夜この家をお離れなさい。世間のことだの、世人の声だの、社会の声だの、そんなものはどうだっていい、とは申しますまい。それは極めて重大です。重大すぎるほど重大です。しかしです、人間には自分自身の人生を、充実して、全面的に、完全に生きるか――それとも、社会がその偽善から要求する虚偽の、浅薄な、下劣な生存をだらだらとつづけていくか、そのどちらかを選ばねばならぬ瞬間があります。あなたは、いま、その瞬間に立っておられる。お選びなさい！　おお、わたしの愛する人よ、お選びなさい！

ウィンダミア卿夫人　（ゆっくりとダーリントン卿のそばを離れ、はっとしたような目つきで相手を見ながら）わたくしにはその勇気はございませんわ。

ダーリントン卿　(夫人のあとを追いながら)いいや。あなたならその勇気はおありだ。半年のあいだは苦しみもあるでしょうし、屈辱さえあるかもしれません。しかしウィンダミアの姓を捨てて、わたしの姓を名乗りさえすれば、万事うまくいくでしょう。マーガレット、わたしの恋人、いつかはわたしの妻となる人——そうです、わたしの妻! おわかりのくせに! あなたは、いま、どんな立場におられる? 当然あなたのものである地位を、この女が占めているのですよ。さあ、出るのです——この家から出てゆくのです、昂然《こうぜん》と頭をあげ、唇《くちびる》に微笑を浮べ、目に勇気の色をたたえながら。ロンドンじゅうの人間があなたの家出の理由を知るでしょう。しかも、だれがあなたを責めますか? だれひとりいませんよ。かりに責める者がいるとして、それがどうしたというのです? 悪いって? なにが悪いのです? 妻を捨てて恥知らずな女のもとに奔《はし》った男こそ、悪いのだ。自分を辱しめる夫と同棲《どうせい》している妻こそ、悪いのだ。かつてあなたは妥協しないといわれた。いまこそ妥協をしてはいけない。勇気を出して! しっかりして!

ウィンダミア卿夫人　自立するのがこわいのです。考えさせてください! 待たせてください! 夫はわたくしのもとに帰ってくるかもしれませんわ。(ソファーに腰をおろす)

ダーリントン卿　そしてあなたはご主人をとりもどそうとなさる！　見そこなった。あなたも、世間の女とそっくりそのままだ。世間の賞賛を軽蔑《けいべつ》しながらも、その世間の非難に立ち向うくらいなら、どんなことでも我慢しようとなさるのだ。一週間もすれば、あなたはあの女とハイド公園で馬車を走らせているでしょうよ。あの女はあなたの常客――あなたの親友になるでしょうよ。このぞっとするような虚偽を一撃のもとに断ち切るくらいなら、どんなことをも耐え忍ぼうとなさるのだ。ごっともです。あなたには勇気がないのです。全然！

ウィンダミア卿夫人　ああ、考える時間を与えてください。いまお答えすることはできません。（神経質に片手で額を撫《な》でる）

ダーリントン卿　いますぐです、でなければだめです。

ウィンダミア卿夫人　（ソファーから立ちあがりながら）ではだめですわ！　（間）

ダーリントン卿　あなたはわたしの心をお破りになる！

ウィンダミア卿夫人　わたくしのはもうとうに破れていますわ。（間）

ダーリントン卿　あすイギリスを離れます。お目にかかるのも、これが最後です。二度とわたしを見られることもありますまい。一瞬、わたしたちの命は会い――わたしたちの魂は触れました。もう二度とふたたび会ったり触れたりすることはけっし

てありません。さようなら、マーガレット。(退場)

ウィンダミア卿夫人 この世であたしはなんと孤独なのだろう! なんと恐ろしいほど孤独なのだろう!

音楽止《や》む。ベリック公爵《こうしやく》夫人とペイズリー卿、談笑しながら登場。ほかの客たちも舞踏室からはいってくる。

ベリック公爵夫人 マーガレットさん、いまもね、アーリンさんと、とっても楽しいお話をしていたところなのよ。きょうの午後あのかたについて申しあげたこと、ほんとうにすまないと思ってますわ。もちろん、ほかならぬあなたがお招きなさるのなら、悪いかたであろうはずもありませんものね。とっても魅力のあるかたで、人生のこともよくわかっていらっしゃる。二度も結婚するような人間は全然認めないとおっしゃったわ、ですから、オーガスタスのことはまったく心配ないと思うのよ。なぜ世間であのかたのことを悪くいうのか、考えられないわ。あのおっかないわたしの姪《めい》たち――あのサヴィルの女たちだけれど――あのひとたちよ、いつも陰口をきいているのは。やっぱり、ホンバーグへ行きますわ、ねえ、ほんとうに。あのかた、ほんのすこし魅力がありすぎるわ。それはそうと、アガサはどこかしら？　あ、あそこだ。（アガサ嬢とホッパー氏、舞台奥の左手のテラスから登場）ホッパーさん、わたし、あなたにたいそう腹を立てていますのよ。アガサをテラスにおつれだしになったりして、あの子はとてもひよわですのに。

ホッパー　（左手中央）ほんとうに申しわけありません、公爵夫人。ちょっと出ていって、それからお話をしはじめたのです。

ベリック公爵夫人　（中央）ああ、例のオーストラリアのこと、ですわね。

ホッパー　はい。

ベリック公爵夫人　アガサや！　（娘を手招く）

アガサ嬢　はい、おかあさま！

ベリック公爵夫人　（わきぜりふで）ホッパーさんは、はっきり——

アガサ嬢　はい、おかあさま。

ベリック公爵夫人　で、なんとお返事したの、おまえ？

アガサ嬢　はい、おかあさま。

ベリック公爵夫人　（愛情をこめて）ねえおまえ！　おまえはいつも正しいことをいうわね。ホッパーさん！　ジェイムズ！　アガサがね、なにもかもうちあけてくれましたよ。おふたりともなんと上手《じょうず》に秘密をお守りだったこと！
ホッパー　アガサさんをオーストラリアへおつれしてもかまいませんね、それじゃあ、公爵夫人。
ベリック公爵夫人　（憤然として）オーストラリアへですって？　おお、あの恐ろしい、俗悪な土地のことなど口になさらないで。
ホッパー　でもアガサさんはぼくといっしょに行きたいとおっしゃいました。
ベリック公爵夫人　（きびしい調子で）そんなこといったの、アガサ？
アガサ嬢　はい、おかあさま！
ベリック公爵夫人　アガサ、おまえ、世にも愚かなことをおいいだね。概してグロウヴナー広場（訳注　ロンドンの中央や西寄りの高級住宅区）のほうが健康な住宅地だと思うよ。それはグロウヴナー広場にだって俗物は大勢いてよ、でもねえ、とにかくあのいやなカンガルーは一匹も這《は》いまわったりはしてないからね。でもそのことは、あす、またお話ししましょう。ジェイムズ、アガサを食堂に案内してくれていいのよ。昼食には来るでしょうね、もちろん、ジェイムズ。一時ではなく一時半にね。公爵からなにかお話があるでしょうよ、きっと。
ホッパー　ぼくも公爵とお話ししたいです、公爵夫人。まだぼくにはひとことも言葉をかけてくださらないのです。

ベリック公爵夫人　あすになってみれば、公爵も、いろいろとあなたにお話があると思いますわ。（アガサ嬢はホッパー氏とともに退場）ではお休みなさい、マーガレット。あれは古くさい物語ではないかしら、ね。愛というものは――そう、一目惚《ひとめぼ》れではなく、社交季節の終りの愛のほうこそ、それはずっともう満足なものなのよ。

ウィンダミア卿夫人　お休みなさいまし、奥さま。

ベリック公爵夫人、ペイズリー卿の腕にすがりながら退場。

プリムデイル卿夫人　ねえ、マーガレット、お宅のご主人はなんてお美しいかたと踊ってらしたことでしょう！　わたくしがあなただったら、すっかりやきもきしましてよ！　あなたのご親友？

ウィンダミア卿夫人　いいえ！

プリムデイル卿夫人　ほんとう？　お休みなさい、では。（ダンビー氏を見て、退場）

ダンビー　ホッパーの若造、すげえ行儀だな！

セシル・グレアム　ああ！　余の知るかぎりホッパーこそ一個の自然児にして最悪の

タイプの紳士なり、だ。

ダンビー　ものわかりのよい婦人ですな、ウィンダミア卿夫人は。たいていの奥方なら、アーリン夫人の訪問に反対しただろうに。ところが、ウィンダミア卿夫人ときたら、あの常識（訳注 コモン・センス）と呼ばれる異常な（訳注 アンコモン）センスをもってござる。

セシル・グレアム　そうしてウィンダミアは無分別（訳注 インディスクリーション）ほど無邪気（訳注 インノセンス）に見えるものはないってことを心得とるよ。

ダンビー　そうだよ。わがウィンダミアも、まずモダンになりつつある。ああなろうとは夢にも思わなかったな。（ウィンダミア卿夫人にお辞儀をして、退場）

ジェドバラー卿夫人　お休みなさいまし、ウィンダミアの奥さま。アーリン夫人って、なんて魅力のあるかたなんでしょう！　木曜日にお昼食に来てくださいますのよ。あなたもいらっしゃいません？　司教さまやマートン卿の奥さまも、お見えになるはずですわ。

ウィンダミア卿夫人　せっかくですけれど、先約がございましてね、ジェドバラーの奥さま。

ジェドバラー卿夫人　それはそれは残念ですこと。いらっしゃい、さあ。（ジェドバラー卿夫人とグレアム嬢退場）

アーリン夫人とウィンダミア卿登場。

アーリン夫人　楽しい舞踏会でしたわ！　すっかり昔のことを思い出してしまって。（ソファーに腰をおろす）それに、なるほど、世間にはあいかわらず愚かな人たちが大勢おりますのね。なにひとつ変ってないってことがわかって、ほんとうにうれしい！　マーガレットだけは、別だけれども。あの子を最後に見たときは——二十年前、フランネルにくるまったお化けみたいでした。お化けそのものでしたわ、断然。あの公爵夫人！　それから、あのかわいらしいアガサ！　まさにわたしの好きなタイプのお嬢さん！　ねえ、ほんとうに、ウィンダミアさん、もしわたしがあの公爵夫人の義理の姉になるのだとしたら——

ウィンダミア卿　（夫人の左側にかけながら）しかしあなたは——

セシル・グレアム氏が残りの客とつれだって退場。ウィンダミア卿夫人、アーリン夫人と夫の顔を軽蔑《けいべつ》と苦痛の面もちで見守る。ふたりは彼女の存在に気づかない。

アーリン夫人 ええ、そうですとも！　あのかた、あすの正午にいらっしゃるはずですわ。今夜、結婚の申しこみをなさりたかったの。事実、なさったわ。申しこみの話ばかりしていらしって。オーガスタスさんたら、同じことを何度も何度もおっしゃるのね。とっても悪い癖！　でもね、あすまではお返事いたしません、と申しあげたの。もちろんあのかたをお迎えするつもりよ。そしてきっとあのかたにとってりっぱな妻となってみせますわ、世間並みの妻としてみればね。それに、オーガスタスさんにも、長所がたくさんおありですもの。幸いにそれがみんな表面に出ていますわ。まさに長所というものは、そうあるべきですけれど。もちろんこの件については ご援助を仰がなければなりませんが。

ウィンダミア卿 まさかわたしにオーガスタス卿を励ませとおっしゃるのではないでしょう、ね？

アーリン夫人 ええ、そうですとも！　励まし役はわたしがいたしますわ。でもね、ウィンダミアさん、わたしのためにみごとな結着をつけてくださる、でしょ？

ウィンダミア卿 (顔をしかめながら) それが今夜のお話なのですか？

アーリン夫人 そうですわ。

ウィンダミア卿 (いらいらした身ぶりで) ここではその話をしたくありませんね。

アーリン夫人　（笑いながら）ではテラスでお話ししましょう。実務にだって絵のような背景が必要ですものね。そうじゃありません、ウィンダミアさん？　しかるべき背景さえあれば、女はなんだってできるものなのよ。

ウィンダミア卿　あすじゃいけませんか？

アーリン夫人　だめ。ねえ、あすはあのかたの申しこみに応じるつもりですもの。だから、すてきだと思うのよ、もしあのかたにいうことができたら――そうね、なんていったらいいかしら？――またまたいとこ《サード・カズン》――それともふたりめの夫から――またはだれかそういったような遠い親戚《しんせき》の者から、年に二千ポンドもらう、とでもね。それだと魅力がもうひとつ増すわけ、じゃなくって？　こんどこそわたしに敬意を表してくださる絶好の機会よ、ウィンダミアさん。でも、あなたって敬意の表しかたがあまりお上手ではないのね。マーガレットならこんなりっぱな習慣をあなたに勧めはしないでしょうよ。そこがあの子の大きな間違いですわ。人間というものはね、楽しいことをいうのをやめると、楽しいことを考えるのまでやめてしまう。でも、まじめな話、二千ポンドならどう？　二千五百ポンド、だと思うのだけれど。現代の生活では、はした金こそ大切ですもの。ウィンダミアさん、世の中って、とってもおもしろいところだとはお思いにならない？　わたしは思うわ！

アーリン夫人、ウィンダミア卿《きょう》とテラスへ退場。舞踏室で音楽が始まる。

ウィンダミア卿夫人　もうこれ以上この家にとどまることはできない。今夜、わたしを愛してくださるかたが、その全生涯をわたしにお捧《ささ》げになった。わたしはおことわりをした。わたしとしたことが、愚かであった。いまこそ、わたしの命をあのかたにさしあげよう。あのかたのところへ行こう！（外套《がいとう》を着て扉《とびら》のほうへ行き、それから引きかえす。テーブルに向って椅子《いす》にかけて手紙を書き、封筒に入れて、机の上に置いておく）アーサーはわたしのことがちっともわかっていない。これを読めば、わかってくれるだろう。やっとあのひとも、自分の生活を好きなようにできるのだわ。わたしは自分でいちばんよいと思うとおりに、正しいと思うとおりに、わたしの生活をしてきたのだ。結婚のきずなを断ち切ったのはあのひとよ――わたしじゃないわ。わたしはただその束縛を断ち切るだけなのよ。（退場）

パーカー、左手から登場、舞台を横切って右手の舞踏室のほうへ行く。アーリン夫人登場。

アーリン夫人　ウィンダミアの奥さまは舞踏室？
パーカー　奥さまならたったいまお出かけになりましたが。
アーリン夫人　お出かけになった？　テラスじゃなくって？
パーカー　いいえ。奥さまはたったいまお邸《やしき》からお出かけになりましたので。
アーリン夫人　（ぎょっとして、途方にくれたような顔つきで召使を見る）お邸から？
パーカー　はい――ご主人さま宛《あて》の手紙を机の上に置いておいたから、とおっしゃいました。
アーリン夫人　ウィンダミアさま宛の手紙ですって？
パーカー　はい。
アーリン夫人　ありがとう。（パーカー退場。舞踏室の音楽が止《や》む）家から出ていった！　夫への置き手紙！　（書き物机のところへ行って手紙を見る。手にとりあげ、恐ろしさに身震いしてまた下に置く）いいえ、いいえ！　そんなことってあろうはずはない！　人生があのように悲劇をくりかえすものか！　ああ、どうしてこんな不吉な胸騒ぎがするのだろう？　いちばん忘れたいと思っている自分の生涯のあの一瞬を、どうしていまという いま思い出すのだろう？　人生は、悲劇をくりかえすのかしら？

（手紙の封を切って読む、それから苦悩の身ぶりで椅子に倒れこむ）ああ、なんて恐ろしいこと！　二十年前にあの子の父親に書いたのとそっくりそのままの文句！　そのためどんなにきびしい罰を受けてきたことか！　いいえ。わたしの罰は、わたしのほんとうの罰は今夜なのだ、いまなのだ！（依然として舞台右手の椅子にかけている）

ウィンダミア卿、左手奥の端から登場。

ウィンダミア卿　家内にお休みをおっしゃった？（中央に出る）
アーリン夫人　（片手で手紙を揉《も》みくちゃにしながら）ええ。
ウィンダミア卿　どこにいます？
アーリン夫人　とても疲れていて。床についたわ。頭痛がするとかいって。
ウィンダミア卿　見舞ってやらなくては。お許しくださるでしょうね？
アーリン夫人　（あわてて立ちあがりながら）あ、いけません！　べつにたいしたことじゃありませんわ。ただとっても疲れてる、それだけよ。それにね、まだ食堂にはお客さまがいらっしゃるのよ。あなたからみなさんによろしく申してほしいんですって。ひとりにしておいてほしい、といってましたわ。（手紙を落とす）あなたに伝えて、ということでした。

ウィンダミア卿　（手紙を拾いあげる）なにか落されましたよ。

アーリン夫人　あら、そう、どうも、わたくしので。（手をさしのべて手紙をうけとろうとする）

ウィンダミア卿　（なおも手紙を見ながら）しかし家内の筆蹟《ひっせき》じゃありませんか？

アーリン夫人　（すばやくその手紙をとる）ええ、これ——所番地ですの。わたくしの車を呼びにやってくださいません、どうか。

ウィンダミア卿　承知しました。（左手へ行って退場）

アーリン夫人　まあよかった。でも、どうすればいいのだろう？　ついぞこれまで覚えなかったある感情が、心のなかで目覚めてくるような気がする。いったいどういうことなのかしら？　娘は母親の二の舞を演じてはいけない——それは恐ろしいことだ。どうすればあれを救ってやれるだろう？　どうすればわが子を救ってやれるだろう？　一瞬が一生を台なしにしてしまうかもしれない。だれよりもそれをよく知っているこのわたしではないか？　ウィンダミアをこの家から出さなければ。それが絶対に必要だわ。（左手へ行く）でもどんなふうにすればいいか？　ぜひなんとかしなければ。ああ！

オーガスタス卿、右手端から、花束をかかえて登場。

オーガスタス卿 やあ、どうも気が気じゃなくって！ わたしのお願いにたいするご返事がいただけないでしょうか？

アーリン夫人 オーガスタスさん、わたしのいうことをお聞きになって。あなたね、すぐさまウィンダミアさんをクラブへおつれして、なるべく長くそこにお留めしてくださいな。おわかりになって？

オーガスタス卿 しかし夜更《よふ》かしをしないようにっておっしゃったのは、あなたですよ！

アーリン夫人 （いらだたしげに）わたしのいうとおりにしてちょうだい。わたしのいうとおりにしてちょうだいってば。

オーガスタス卿 で、そのお礼は？

アーリン夫人 そのお礼？ お礼ですって？ ああ！ それはあす聞いてちょうだい。でも今夜はウィンダミアさんを見失ってはだめよ。見失いでもしたら、けっして許しはしませんから。もう二度と口をききませんからね。絶交よ。よくって、ウィンダミアさんをクラブに引きとめておいて、今夜は帰らせないようにするのですよ。

（退場）

オーガスタス卿 ふむ、なるほど、もうあの女の夫になったも同然だ。まちがいっこなし。（まごまごしながら夫人のあとを追う）

――幕――

第三幕

舞台――ダーリントン卿《きょう》の部屋。右手の暖炉の前に大きなソファーがある。舞台の奥の窓にカーテンが引いてある。左右に扉《とびら》。右手に、文房具の載っている机。中央にサイフォン、コップ、タンタロス・スタンド（訳注　鍵がないと瓶がとり出せない酒瓶台）の置いてあるテーブル。左手に葉巻と巻きたばこ入れのあるテーブル。明かりがついている。

ウィンダミア卿夫人 （炉端に立ちながら）なぜいらっしゃらないのかしら？　こうして待っているって、いやな感じ。ここにいらっしゃるべきだのに。なぜここにいて、熱烈なことばでわたしの胸の炎をかきたててくださらないのかしら？　わたしは冷たい――恋を知らぬ者みたいに冷たい。もうこの時刻なら、アーサーはあの手紙を読んでしまったにちがいない。わたしのことを思ってくれるのなら、あとを追いかけてくるだろうに、力ずくでもわたしをつれもどしてくれるだろうに。でも、思ってくれはしない。あの女に夢中になっている――魅せられている――いいようにされている。女が男をとらえたければ、男のいちばんわるいところに訴えさえすればいいのよ。わたしたちは男を神さま扱いにする、すると、男はわたしたちを捨てる。別な女たちは男をけだもの扱いにする、すると、男はこびへつらって忠実になる。人生とはなんて恐ろしいものか！……ああ！　ここへ来るなんて、気違い沙汰《ざた》だった、恐ろしい気違い沙汰だった。でも愛してくれている男に身をまかせるのと、ところもあろうに自宅で妻を辱《はずか》しめるような男といっしょにいるのと、どちらが悪いだろう？　どんな女にわかろう？　世界じゅうのどんな女に？　しかし、あのかたはいつもわたしを愛してくださるかしら、わたしがこの生命《いのち》を捧《ささ》げようとしているあのかたは？　なにをわたしはあのかたのもとにもってきただろうか？　喜びの調べを失ってしまった唇《くちびる》、涙でしおれた目、冷えきった手と氷のような心。わたしはあのかたのもとへなにひとつもってきてはいない。わたしは帰らなければならない

――いいえ。帰ることはできない、あの手紙で動きがとれなくなってしまった――アーサーはわたしをつれもどしはしないだろう！　あのとりかえしのつかない手紙！　いいえ！　ダーリントンさんはあすイギリスをおたちになる。わたしもいっしょに行こう――それよりほかに道はない。（しばらくのあいだ椅子《いす》にかける。それから、はっとして立ちあがって外套《がいとう》を着る）いえ、いえ！　帰ろう、アーサーの気のすむまで仕打ちをうけよう。ここで待っているわけにいかない。気違い沙汰だった、ここへ来るなんて。すぐ帰らなくては。ダーリントンさんといえば――ああ！　いらっしゃった！　どうしよう？　あのかたにどういえばいいかしら？　いったいわたしを帰らせてくださるかしら？　なんでも男はみんなけだもので、恐ろしいとか……ああ！（両手で顔を隠す）

アーリン夫人、左手から登場。

アーリン夫人　ウィンダミアの奥さま！（ウィンダミア卿夫人、ぎょっとして顔をあげる。それから軽蔑《けいべつ》したように身をすくめる）まあよかった、間に合って。いますぐご主人のもとへお帰りにならなくてはいけません。

ウィンダミア卿夫人　いけません？

アーリン夫人　(厳然と) そうです、いけません！　一刻の猶予《ゆうよ》もなりません。ダーリントン卿がいつなんどき帰ってこられるかもしれませんから。

ウィンダミア卿夫人　そばによらないで。

アーリン夫人　ああ、奥さまは破滅に瀕《ひん》していらっしゃるのですよ。恐ろしい絶壁の縁に立っていらっしゃるのですよ。すぐこの場所を離れなくてはいけません。わたくしの車が町角に待たせてあります。わたくしといっしょに、まっすぐお宅へお帰りなさいまし。(ウィンダミア卿夫人、外套を脱いでソファーの上に投げかける) なにをしていらっしゃいますの？

ウィンダミア卿夫人　アーリンさん――あなたさえここへおいでにならなかったら、わたしも宅へ帰ったことでしょう。でも、あなたにお会いした以上、もうどうあっても主人とはひとつ屋根の下で暮す気にはなれません。あなたを見ると、ぞっとしてしまいます。わたしの胸のなかに途方もない怒りをかきたてるものが、あなたにはありますわ。なぜここへいらっしゃったのか、よくわかっています。主人があなたをよこしたのは、わたしをおびきかえして、あなたがたふたりの関係をすべておし隠す目隠しにわたしを使うためなのよ。

アーリン夫人　ああ！　そんなことをお考えになっては――いけません。

ウィンダミア卿夫人　わたくしの夫のもとへお帰りになって、アーリンさん。あのひとは、あなたのもので、わたくしのものではありません。あのひとは醜聞を恐れているのです。男って、そんな臆病者《おくびょうもの》なのですわ。世間の掟《おきて》という掟を破りながら、そのくせ世間の口を恐れているのです。でも、夫だって、覚悟をしたほうがいいわ。醜聞沙汰になるでしょうよ。何年ものあいだ、ロンドンじゅうで、この上なくひどい醜聞沙汰になるでしょうよ。その名はどの悪徳新聞にも書きたてられるし、わたくしの名はどのいまわしいポスターにも出されるでしょうよ。

アーリン夫人　いいえ――そんな――

ウィンダミア卿夫人　いいえ、そうなりますとも、夫は！　夫が自分で来てくれていたら、なるほど、わたくしだってあなたが夫とふたりで仕組んでおいた堕落の生活へもどっていったでしょうよ――もどっていくつもりでした――でも、自分は家にいたままで、あなたを使いによこすなんて――ああ！　ひどいわ――ひどいわ！

アーリン夫人　（中央に出て）ウィンダミアの奥さま、奥さまはわたしをすっかり誤解していらっしゃいますわ――ご主人をもすっかり誤解していらっしゃいますわ。ご主人は、奥さまがここにいらっしゃるのをご存じないのですよ――お宅に無事でいらっしゃると思っておられるのですよ。ご自分の部屋で休んでいると思っておられるのですよ。ご主人宛《あて》のあの無分別なお手紙を読んではいらっしゃらないのです！

ウィンダミア卿夫人　ええ――手紙のことなど、すこしもご存じありませんわ！

アーリン夫人　（右手）読んでいないですって！

ウィンダミア卿夫人　ずいぶんわたくしを甘く見てらっしゃるのね！　（アーリン夫人のほうへ行く）嘘《うそ》をついてらっしゃるのね！

アーリン夫人　（じっとこらえながら）いいえ。ほんとうのことを申しあげているのですわ。

ウィンダミア卿夫人　夫があの手紙を読まないのでしたら、あなたがここにいらっしゃるのはどうしてなんでしょう？　あなたが厚かましくもはいってゆかれたあの家を、わたくしが出たこと、どなたからお聞きになって？　わたくしの行くさき、どなたからお聞きになって？　お話ししたのは夫で、わたくしをつれもどしにあなたをよこしたのよ。（部屋を横切って左手へ）

アーリン夫人　（右手中央）あのお手紙はご主人はけっしてごらんになっていません。わたしが――見たのです、あけたのです。わたしが――読んだのです。

ウィンダミア卿夫人　（アーリン夫人のほうに向きなおって）主人宛のわたくしの手紙を

あけた？　いくらなんでも、まさかそんな！

アーリン夫人　まさか、ですって！　ああ！　落ちかかっていらっしゃる破滅の淵《ふち》から、奥さまを救い出すためなら、わたし、どんなことだってしないではおきませんわ、どんなことだって。手紙はここにございます。ご主人は全然お読みになっていません。お読ませしては絶対にいけないのですもの。（暖炉のところまで行きながら）こんなもの、けっしてお書きになるべきではなかったのです。（手紙を引きさいて火中に投じる）

ウィンダミア卿夫人　（声と顔つきに限りない軽蔑《けいべつ》をこめて）やはりあれがわたくしの手紙だったってこと、どうしてわかります？　わたくしなら、どんなありふれた手でもだませる、とでも思ってらっしゃるのね！

アーリン夫人　まあ！　どうしてわたしの申しあげることを、そう一から十までお疑いになるのでしょう！　とりかえしのつかない破滅から奥さまを助けてさしあげよう、いまわしいあやまちから助けてさしあげよう、と思えばこそ、ここへまいりましたのに、どんな目的をわたしがもっているとお考えなさいまして？　いま燃えているあの手紙こそ、奥さまのお手紙だったのですよ。お誓いしますわ！

ウィンダミア卿夫人　（ゆっくりと）わたくしが調べないうちに燃やすとは、念のいったことですわね。あなたというかたを信じられません。あなたに、全生涯が嘘のかたまりである、そのあなたに、どうしてなにかの真実など語れるでしょう？（腰をおろす）

アーリン夫人　（せきたてるように）わたしのことなら、どうなりと好きなようにお考えなさいまし――どうなりと勝手に悪口をおっしゃいまし、でも、お帰りなさい、さあ、奥さまの愛していらっしゃるご主人のもとにお帰りになって。

ウィンダミア卿夫人　（不機嫌《ふきげん》に）夫を愛してなどいません！

アーリン夫人　愛していらっしゃいますとも、それに、ご主人も奥さまを愛していらっしゃることも、よくご存じのくせに。

ウィンダミア卿夫人　夫は愛というものはどういうものかわかっていません。あなたと同じようにわかっていません――でも、あなたの要求は、わたくし、わかっていますわ。わたくしをつれもどせば、たいへんな利益になるでしょうよ。あーあ！そうなれば、わたくしはどんな生活をおくることになるでしょう！血も涙もない女、顔を合わせるさえけがらわしい、知りあうさえ堕落であるような女、下等な女、夫婦のなかへ割りこんでくるような、そんな女のいうがままに生きていくなんて！

アーリン夫人　（絶望の身ぶりをしながら）ウィンダミアの奥さま、ウィンダミアの奥さま、そんな恐ろしいことをおっしゃらないで。それがどんなに恐ろしくてどんなに不正なことか、奥さまはご存じないのですわ。お聞きなさいまし、お聞きにならなくてはいけません！ ただご主人のもとへお帰りになりさえすれば、わたくしお約束いたしますわ、どのような口実にもせよ、もうけっして二度とご主人とは文通いたしません――けっしてお目にかかりません――けっしてご主人の生活や奥さまの生活とはかかわりをもちません。ご主人からいただいたお金は、愛ゆえにくださったのではなく、憎しみからでした、尊敬からではなく、軽蔑のためでした。ご主人をとりこにしているわたしの力は――

ウィンダミア卿夫人 (立ちあがって) まあ！ とりこにする力があると自分でお認めになるのね！

アーリン夫人 ええ、では、そのわけをお話しいたしましょう。それは、ご主人が奥さまを愛していらっしゃるからですわ、ウィンダミアの奥さま。

ウィンダミア卿夫人 わたくしがそんなことを信じるとでも思ってらっしゃるの？

アーリン夫人 それをお信じにならなくてはいけません！ ほんとうなのですもの。奥さまを愛すればこそ、屈してしまわれたのです――ああ！ 好きなようにお呼びなさいまし、暴虐《ぼうぎゃく》にとでも、脅迫にとでも、気のすむようになんとでも。でも、それは奥さまへのご主人の愛なのです。あなたに恥辱を、そうです、恥辱と不面目を与えまいとの望みなのです。

ウィンダミア卿夫人　それ、どういうこと？　失礼なかたね！　わたくしがあなたとなんのかかわりがありまして？

アーリン夫人　（つつましやかに）なんにも。それは存じております——でも、申しあげますわ、ご主人は奥さまを愛していらっしゃいます——奥さまは全生涯でけっして二度とそのような愛を知ることはないでしょう——そのような愛をけっして知ることはないでしょう——そしてもしそれをお捨てになれば、どんなに愛情に飢えても、もうそれは与えられず、愛情を乞《こ》い願っても、それの恵まれぬ日が訪れるでしょう——ああ！　アーサーは奥さまを愛しておられるのです！

ウィンダミア卿夫人　アーサー？　だのに、ふたりのあいだにはなにもないとおっしゃるの？

アーリン夫人　ウィンダミアの奥さま、神かけてご主人は、奥さまにたいする罪という罪にたいして潔白でいらっしゃるのです！　そうしてわたしは——わたしはこんないまわしい疑惑が奥さまの心にはいりこむということに気づいてさえいたら、奥さまの生活なりご主人の生活なりの邪魔をするくらいなら、いっそのこと死んでし

まったでしょうに——ああ！　死んで、喜んで死んでしまったでしょうに！（右手のソファーのほうへ歩いてゆく）

ウィンダミア卿夫人　人の心をもっているような話しかたをなさるのね。あなたみたいな女は、心などないものよ。あなたには、心はないのよ。買われて売られた女なのよ。（左手中央にかける）

アーリン夫人　（苦しげな身ぶりで、はっとする。それから自分をおさえて、ウィンダミア卿夫人のかけているところへ歩みよる。話しながら、夫人のほうへ両手をさしのべるが、夫人に触れようとはしない）わたしのことなら、なんとでもお好きなようにお考えになって。わたしは、一瞬の悲しみにも値しない女です。ですから、わたしゆえに奥さまの美しい若い人生をだめになさらないで！　すぐこの家を出ていかなければ、わが身にどんなことがふりかかることになるか、ご存じないのです。どん底まで落ちて、軽蔑され、嘲笑《ちょうしょう》され、見捨てられ、冷笑され——世間のつまはじきにされる！　どこへ行ってみても、家の戸は閉じられていて入れてもらえず、いまにも仮面がはぎとられはしないかとびくびくしながら、ぞっとするような抜け道を忍び足で歩かねばならない、しかも、そのあいだずっと、笑いを、世間の恐ろしい笑いを耳にする、これは世間の人びとが流してきたどんな涙よりも悲しいことなのですけれど、奥さまは、それをご存じないのです。それがどんなことであるか、ご存じない。ひとは自分の罪の報いを受ける、それからまた報いを受け、そして生涯その報いを受けるのです。奥さまはそのことをきっとご存じないにちがいありません。——わたしはといえば、もし苦しむのが罪滅ぼしになるものなら、それなら、この瞬間わたしは自分のあやまちをすっかり償《つぐな》いましたわ、たとえそれがどのようなものだったにせよ。と申しますのは、今夜、奥さまは心をもたない女に心を与えて——心を与えてそしてそれをお破りになったからです——でもそれはとがめないでおきましょう。わたしは自分の人生は台なしにしてしまったかもしれません、でも、奥さまにご自分の人生を台なしにさせとうはございません。奥さまは——だって、まだほんのお嬢さまなのですもの、身を滅ぼすことになりますわ。奥さまには女を立ちなおらせるだけの頭脳がおありにならない。機知も勇気もおありにならない。屈辱にも耐えきれますまい。そうですとも！　お帰りなさいまし、ウィンダミアの奥さま、奥さまを愛し、また奥さまが愛していらっしゃるご主人のもとへ。お子さまがいらっしゃるのですよ、ウィンダミアの奥さま。いまのいまでも、苦しみか喜びかで、奥さまを呼んでいらっしゃるかもしれない、あのお子さまのもとへお帰りあそばせ。

（ウィンダミア卿《きょう》夫人、立ちあがる）神さまが、あのお子さまを、奥さまに授けてくださいました。お子さまをりっぱに育てあげ、その世話をなさる義務が神さまにたいしてありますわ。もしお子さまの生涯が奥さまゆえに台なしにでもなったら、どういって神さまにお答えなさいます？　お宅にお帰りなさいまし、ウィンダミアの奥さま――ご主人は奥さまを愛していらっしゃいます。ご主人は、奥さまにたいしていだいておられる愛から、ただの一瞬だって、はずれたことはおありになりません。でも、かりにご主人に千人もの恋人がいたとしてさえ、奥さまは、お子さまのそばにいらっしゃらなければいけませんわ。ご主人がつらく当られても、奥さまは、お子さまのそばにいらっしゃらなければいけませんわ。ご主人から虐待されても、奥さまは、お子さまのそばにいらっしゃらなければいけませんわ。ご主人に捨てられても、奥さまのいらっしゃるべきところは、お子さまのそばなのです。（ウィンダミア卿夫人、わっと泣きくずれて両手に顔を埋める）（夫人のところへ駆けよって）ウィンダミアの奥さま！

ウィンダミア卿夫人　（よく子供がするように、力なく両手をアーリン夫人のほうへさしのべる）家につれて帰って。家につれて帰って。

アーリン夫人　（ウィンダミア卿夫人を抱きかかえようとする。しかし、じっとこらえる。ふしぎな喜びの色が顔に浮ぶ）さあ！　外套《がいとう》はどこ？　（ソファーから外套をとる）ここよ。

着て。すぐいらっしゃい！（ふたりは戸口のほうへ行く）

ウィンダミア卿夫人　待って！　人声がしません？

アーリン夫人　いいえ、なんにも。だれもいませんわ。

ウィンダミア卿夫人　いいえ、います！　ほら！　まあ、あれは夫の声ですわ！　はいってきますわ！　助けてください！　ああ、なにかのたくらみなのね！　あなたが呼びにおやりになったのね。（外で人声がする）

アーリン夫人　しっ！　わたし、できることならお助けしたいと思ってここに来たのに。でも、遅すぎたかしら！　あそこへ！（窓にかかっているカーテンを指す）機会のありしだい、こっそり出てゆくのですよ、機会がありさえしたらね！

ウィンダミア卿夫人　でもあなたは？

アーリン夫人　いいえ、わたしのことならご心配なく。みなさんにお会いしますわ。

ウィンダミア卿夫人、カーテンの陰に姿を隠す。

オーガスタス卿　（外で）冗談じゃないぜ、ウィンダミア、ぼくから離れちゃいかんよ！

アーリン夫人　オーガスタスさんだわ！　こうなると途方にくれるのはわたしのほうよ！　（一瞬ためらう、それからあたりを見まわし右手の扉《とびら》を見て、そこから退場）

ダーリントン卿、ダンビー氏、ウィンダミア卿、オーガスタス・ロートン卿、およびセシル・グレアム氏登場。

ダンビー　迷惑千万だ、こんな時刻にわれわれをクラブから追い出すなんて！　まだ二時だよ。（ぐったりと椅子《いす》に腰をおろす）夜のおもしろいところがちょうど始まったばかりなのに。（あくびをして目を閉じる）

ウィンダミア卿　オーガスタスがみんなで君のところへ押しかけようといったのを許してくれたのは、ダーリントン君、たいへんありがたいが、わたしはゆっくりしていられないのでね。

ダーリントン卿　そうかい！　そいつは残念だ！　ま、葉巻でもどう？

ウィンダミア卿　ありがとう！　（椅子にかける）

オーガスタス卿　（ウィンダミア卿に）おい君、帰ろうなんて考えちゃいかんぜ、それに、べらぼうに大事なことについて、どっさり話があるんだ。（ウィンダミア卿とと

もに左手のテーブルに向ってかける）

セシル・グレアム　ああ、どんな用件かわかってる！　タッピーの話ときたら、アーリン夫人のことしかないんだからなあ！

ウィンダミア卿　といって、君の知ったことでもないじゃないか、セシル？

セシル・グレアム　そうとも。だからこそ、興味があるのさ。自分自身のこととなると、いつも死ぬほど退屈なんだから。他人のことのほうが好きさ。

ダーリントン卿　いっぱいやりたまえよ、諸君。セシル、君はウィスキー・ソーダかい？

セシル・グレアム　ありがとう。（ダーリントン卿とテーブルのところまで行く）アーリン夫人、今夜ばかにりっぱだったじゃないか？

ダーリントン卿　わたしはアーリン夫人党じゃないからね。

セシル・グレアム　わたしだって以前はそうじゃなかったんだが、いまは違う。だってさ、あの人、ちゃんとわたしにあのキャロライン伯母《おば》を紹介させたんだからなあ。きっとあの人、伯母のところへご馳走《ちそう》になりにゆくぜ。

ダーリントン卿　（びっくりして）まさか。

セシル・グレアム　行くよ、ほんとに。

ダーリントン卿　ちょいと失敬するよ、諸君。あす出発するのでね、手紙を五、六本書かなくちゃいけないんだ。（書きもの机のところへ行って腰をかける）

ダンビー　賢い女だ、アーリン夫人は。

セシル・グレアム　おい、ダンビー！　寝てるとばかり思ってたのに。

ダンビー　寝てるさ、いつも寝てるさ！

オーガスタス卿　とても賢い女さ。わたしが底抜けのばかだってことを知りぬいてるからな——わたしが自分で知ってるのに劣らず知ってる。（セシル・グレアム、笑いながらオーガスタス卿のほうへやってくる）ああ！　笑ったっていいさ、君、だがね、完全に自分を理解してくれる女に出会うとは、これはたいしたことだぜ。

ダンビー　恐ろしく危険なことだよ。ふたりはつねに最後は結婚するからな。

セシル・グレアム　だがぼくはね、タッピー、君は二度とあの人には会わないつもりだと思ってたよ。そう、ゆうべもクラブでそういったからな。君は、話を聞いたといったっけね——（相手にささやく）

オーガスタス卿　おう、そのことなら、彼女、説明してくれたよ。

セシル・グレアム　それからウィースバーデン（訳注　西ドイツ中西部の行楽地）事件は？

オーガスタス卿　それも、説明ずみだ。

ダンビー　で、夫人の収入は、タッピー？　その話はしてくれたかい？
オーガスタス卿　（とても真剣な声調で）それは、あす、話をしてくれることになってる。（セシル・グレアム、中央のテーブルまでもどる）
ダンビー　おっそろしく商売じみてるな、この節の女どもは。われわれのおばあさんたちも、もちろん、無鉄砲なことをしでかしたものだが、しかし、やれやれ、その孫娘どもときたら、金になるときだけ無鉄砲なことをしやがる。
オーガスタス卿　君はあの人を悪女にしたいんだね。あの人はそうじゃない！
セシル・グレアム　おう！　悪女は人を困らせる。善女は人をうんざりさせる。両者の相違はそれだけさ。
ダーリントン卿　（葉巻を吹かしながら）アーリン夫人には未来があるよ。
ダンビー　アーリン夫人には過去があるぜ。
オーガスタス卿　わたしは過去のある女のほうが好きだな。話をすると、いつもべらぼうにおもしろい。
セシル・グレアム　なるほど、ほかならぬ彼女となら、さぞ話題もどっさりあるだろうよ、タッピー。（立ちあがってオーガスタス卿のほうへ行く）
オーガスタス卿　うるさくなってきたね、君。えらくうるさくなってきたね。

セシル・グレアム （相手の肩に手をかけて）ところで、タッピー、君は自分の面目を失ったし自分の品格も失ってしまったぜ。腹を立てるなよ。君にあるのは腹だけなんだから。

オーガスタス卿 おい君、もしわたしがロンドン一のお人よしでないとしたら——

セシル・グレアム われらはもっと君を尊敬をもって遇するだろうよ、そうじゃないかね、タッピー？ （ぶらぶらと離れてゆく）

ダンビー 現代の青年ときたら、まったくあきれたものだ。髪を染めた老人を絶対に尊敬しない。（オーガスタス卿、腹立たしげにあたりを見まわす）

セシル・グレアム アーリン夫人はタッピー先生をとても尊敬してるぜ。

ダンビー それじゃあ、アーリン夫人は、ほかの女たちにたいしてりっぱな模範を示してるわけだ。この節、自分の亭主ならざる男にたいするたいていの女の態度たるや、野蛮きわまるものがある。

ウィンダミア卿 ダンビー、君は滑稽《こっけい》だし、それから、セシル、君はぺらぺらとしゃべりすぎる。アーリン夫人のことはほっておきたまえ。夫人のことなんか、ほんとうはなにも知らないくせに、いつも夫人の悪口ばかりいってるんだから。

セシル・グレアム （左手中央のウィンダミア卿のほうへ近づきながら）おいアーサー、このぼくはだね、けっして悪口などいわんよ。このぼくは噂《うわさ》をしてるだけさ。

ウィンダミア卿　悪口と噂はどう違うかね？

セシル・グレアム　おう、噂は楽しいよ！　歴史とは噂にすぎない。ところがだ、悪口なるものは、お説教のために退屈なものとなった噂なのだ。ところで、ぼくはけっしてお説教はしないよ。お説教をする男は概して偽善者だし、お説教をする女はきまって不器量だ。およそ非国教徒（訳注　国教たるイギリス教会を信奉しない者、つまり清教徒）的良心ってやつくらい、女にふさわしからぬものはない。そしてだ、たいていの女はそれを心得てるんだよ、語るもうれしいことにはね。

オーガスタス卿　まさに同感だよ、君、まさに同感だよ。

セシル・グレアム　そういわれると困るなあ、タッピー。人が賛成してくれるといつでも、こいつはきっとおれがまちがってるんだなって気がするんでねえ。

オーガスタス卿　ねえ君、わたしが君の年ごろには――

セシル・グレアム　しかし君はけっしてならなかったよ、タッピー、それにけっしてなりもすまい。（中央へ出る）おい、ダーリントン、トランプをやろうよ。君もね、アーサー、やらないかい？

ウィンダミア卿　いや、ありがとう、セシル。

ダンビー　(ため息をつきながら) やれやれ！　結婚しちゃあ、男もおしまいだなあ。たばこと同じで人間を堕落させる、おまけに、もっとずっと金がかかる。

セシル・グレアム　君はやるだろうな、むろん、タッピー？

オーガスタス卿　(テーブルでひとりでブランデー・ソーダをつぎながら) やれないんだ、君。二度とふたたびトランプも酒もやらん、とアーリン夫人に約束したんだ。

セシル・グレアム　おいおい、タッピー、美徳の道に迷いこむなよ。改心などすると、退屈きわまる男になっちまうからな。そこが、女どものいちばんよくないところさ。かれらはいつも男に善良になってもらいたがる。ところが、せっかく善良になると、こんど会っても、全然愛しちゃくれんのだ。女ってやつはね、われわれをなんとも救うべからざる悪人として発見し、そして、なんとも魅力のない善人として捨てさるのがお好きなのさ。

ダーリントン卿　(手紙を書いていた右手のテーブルから立ちあがって) 女はいつも男を悪人とみるのだ！

ダンビー　男が悪いとは思わんがねえ。みんな善人だと思うよ、タッピーを除いて。

ダーリントン卿　いや、われわれはみんな溝《どぶ》に落っこちてるのだが、しかし星を仰いでいるのもいる。(中央のテーブルに向って腰をおろす)

ダンビー　われわれはみんな溝に落っこちてるのだが、星を仰いでいるのもいる？　いやはや、君は今夜とてもロマンチックだね、ダーリントン。

セシル・グレアム　あまりにもロマンチックだぜ！　さては恋をしてるな。だれだい、相手は？

ダーリントン卿《きょう》　ぼくの愛してる女は、自由な身じゃない、いや、自分で自由じゃないと思ってる。（話しながら本能的にウィンダミア卿をちらりと眺《なが》めやる）

セシル・グレアム　亭主持ちだな、それじゃあ！　とにかく、最高だぜ、亭主持ちの女の深情けってやつは。これは、女房持ちの男のご存じないところなんだが。

ダーリントン卿　ああ、その女はぼくを愛しちゃいないんだよ。ただ善良な女なんだ。ぼくが生れてはじめて会った、たったひとりの善良な女なんだ。

セシル・グレアム　生れてはじめて会った、たったひとりの善良な女？

ダーリントン卿　そうだよ。

セシル・グレアム　（たばこに火をつけながら）とにかく、君は果報者さ！　だってさ、ぼくなんか何百人もの善良な女に会ってきたぜ。善良な女でないような女には、ひとりも会わないような気がする。世の中は善良な女でぎっちりつまってやがる。そういうのを知るのが中流階級の教育というものなんだ（訳注　イギリスの随筆家・劇作家リチャード・スティール（一六七二―一七二九）は、善良な女を称賛したもじり文で「恋をするのは高等教育である」と書いている）。

ダーリントン卿　その女には純潔で無邪気なところがある。われわれ男性が失ってしまったものをことごとく有している。

セシル・グレアム　おい君、いったい全体、われら男性が純潔や無邪気を背負いながら歩きまわってなにをしようてんだい？　注意深く案出されたボタン穴の飾りのほうが、はるかに効果的さね。

ダンビー　その女はほんとうは君を愛してないんだね、それじゃあ？

ダーリントン卿　そうだよ、愛してないんだ！

ダンビー　おめでとう、君。この世の中にはね、ふたつの悲劇があるだけさ。ひとつは、欲するものが得られないこと、もうひとつは、それを得ることだ。後者のほうがはるかに悪いよ、後者こそ真の悲劇だ！　しかし、その女が君を愛してないと聞いて、おもしろくなってきた。君は、自分を愛してくれない女を、どれくらい愛せたかい、セシル？

セシル・グレアム　ぼくを愛してくれない女？　おお、一生涯！

ダンビー　ぼくもそうだった。しかし、そういう女に出会うのは、なかなかむずかしい。

ダーリントン卿　どうして君はそんなにうぬぼれていられるんだろうね、ダンビー？

ダンビー　ぼくはそれをうぬぼれの問題としていったんじゃない。後悔の問題としていったんだよ。ぼくは熱烈に、気違いじみて惚《ほ》れられたことがある。それが、残念なんだ。ひでえ迷惑だったからな。ときには僅《わず》かなりとも自分ひとりの時間をもたせてもらいてえや。

オーガスタス卿　（あたりを見まわしながら）自分を教育する時間、だろうね。

ダンビー　いや、習ったことをみんな忘れる時間さ。そのほうがはるかに重要なんだぜ、タッピー。

オーガスタス卿、椅子《いす》にかけたまま不安そうに身を動かす。

ダーリントン卿　君たち、なんて皮肉屋なんだ！

セシル・グレアム　皮肉屋とは何ぞや？（とソファーの背に腰をかける）

ダーリントン卿　あらゆるものの価格は知っているが、なにものの価値をも知らぬ人間のことなり。

セシル・グレアム　そして感傷家ってのはだね、ダーリントン君よ、あらゆるものにとてつもない価値を認めるが、たったひとつのものの市価さえ知らぬ人間のことさ。

ダーリントン卿　いつも笑わせるじゃないか、セシル。ひとかどの苦労人みたいな話しぶりだ。

セシル・グレアム　苦労人だもの。（暖炉の前へ進みよる）

ダーリントン卿　君はまだまだ若すぎるよ！

セシル・グレアム　そいつはたいへんな間違いさ。経験とは、人生についての本能の問題だからな。ぼくにはそれがある。タッピーにはない。経験とは、タッピーが自分の過失にたいして与えている名前なんだ。それだけの話さ。（オーガスタス卿、憤然としてあたりを見まわす）

ダンビー　経験とは、各人がおのれの過失に与える名前なり。

セシル・グレアム　（暖炉に背を向けて立ったまま）過失は犯すべきにあらず。（ソファーの上にウィンダミア卿夫人の扇を見つける）

ダンビー　過失なくんば、人生はきわめて退屈なるべし。

セシル・グレアム　むろん君は愛してるその女にたいして忠実そのものだろうね、ダーリントン、その善良な女にたいしてさ？

ダーリントン卿　セシル、ほんとうにひとりの女を愛するなら、世界じゅうのほかの女は、すべてその男にとって、絶対に無意味なものになる。愛は人間を変えるものだ――ぼくは変ったよ。

セシル・グレアム　おやおや！　こいつはなんておもしろいことだ！　タッピー、君に話がある。（オーガスタス卿、無視する）

ダンビー　タッピーに話をしたってむださ。煉瓦《れんが》の壁にものをいうのも同然なんだから。

セシル・グレアム　ところが、煉瓦の壁に話をするのが好きなのさ――世の中でけっして口答えをしないのは、それだけだからな！　タッピー！

オーガスタス卿　うん、なんだね？　なんだね？（立ちあがってセシル・グレアムのほうへ歩いてゆく）

セシル・グレアム　こっちへ来たまえ。おりいって話がある。（わきぜりふで）ダーリントンのやつ、恋愛の純潔だのなんだのと、お説教ぶったことを口にしてたがね、しょっちゅう自分の部屋に女をつれこんでやがるぜ。

オーガスタス卿　そんな、まさか！　まさか！

セシル・グレアム　（低い声で）ほんとだぜ、ほら、女の扇さ。（扇を指さす）

オーガスタス卿　（くすくす笑いながら）まったく！　まったく！

ウィンダミア卿　（舞台奥の扉口で）もうほんとうにお暇《いとま》するよ、ダーリントン君。そんなにすぐイギリスをたつとは残念だねえ。帰ったらどうか訪《たず》ねてくれたまえ！　妻もわたしも、お会いできればほんとうにうれしいよ！
ダーリントン卿　（舞台の奥でウィンダミア卿とともに）数年間は向うにいることになるだろうと思うがね。さようなら。
セシル・グレアム　アーサー！
ウィンダミア卿　なんだい？
セシル・グレアム　ちょっと話したいことがある。だめだよ、来たまえったら！
ウィンダミア卿　（外套《がいとう》を着ながら）そうしちゃいられない——帰るんだから！
セシル・グレアム　とても変った話なんだ。えらく君の興味をひくだろうぜ。
ウィンダミア卿　（微笑しながら）また例の冗談だね、セシル。
セシル・グレアム　違うよ！　ほんとに違うったら！
オーガスタス卿　（ウィンダミア卿のところへ行って）おい君、まだ帰っちゃいかんよ。話したいことが山ほどある。それに、セシルから君に見せたいものがあるんだよ。
ウィンダミア卿　（歩みよって）ほう、なんだろう？
セシル・グレアム　ダーリントンのやつ、この自分の部屋に女をつれこんでるぜ。ほ

ら、女の扇さ。おもしろいじゃない？（間）
ウィンダミア卿　おや、これは！（扇をつかむ――ダンビー、立ちあがる）
セシル・グレアム　どうした？
ダーリントン卿　ダーリントン君！
ウィンダミア卿　（振り向いて）は！
ダーリントン卿　家内の扇が君のこの部屋でなにをしてるのかね？　離したまえ、セシル！　さわるな！
ウィンダミア卿　奥さんの扇？
ダーリントン卿　そうだ、ほら！
ウィンダミア卿　（ウィンダミア卿のほうへ歩みよりながら）知らんね！
ダーリントン卿　知らんはずはない。説明願おう！（セシル・グレアムに向って）放せったら、このばか！
ウィンダミア卿　（わきぜりふで）やってきたんだな、けっきょく！
ダーリントン卿　話したまえ、君！　なぜ家内の扇がここにあるのだ？　答えたまえ、なんとしても！　君の部屋を調べてみる、そしてもし家内がここにいたら、ぼくは――（動く）

ダーリントン卿　ぼくの部屋を調べさせるものか。君にそんな権利はない。許さん！

ウィンダミア卿　このならず者め！　部屋の隅々《すみずみ》まで探《さが》してしまわぬうちは、一歩もここを出ないぞ！　何だ、あのカーテンの陰で動いているのは？　（中央のカーテンに向って駆けよる）

アーリン夫人　（右手の背後から登場）ウィンダミアさん！

ウィンダミア卿　アーリン夫人！

一同ぎょっとして振り向く。ウィンダミア卿夫人、カーテンの陰からこっそり抜け出して、左手の部屋からそっと出てゆく。

アーリン夫人　つい奥さまの扇をわたくしのとまちがえてもってきたようでございますわ、今夜お宅をお暇いたしますとき。申しわけございません。（ウィンダミア卿から扇をうけとる。ウィンダミア卿、軽蔑《けいべつ》の様子で夫人を見る。ダーリントン卿、驚愕《きょうがく》と怒りの入りまじった表情。オーガスタス卿、顔をそむける。他の連中、たがいに顔を見合せてにんまりする）

——幕——

第四幕

舞台――第一幕に同じ。

ウィンダミア卿《きょう》夫人　（ソファーに身を横たえながら）どうして夫に話せよう？　話せない。死ぬほどつらいことだわ。あの恐ろしい部屋から逃げ出したあと、どんなことが起ったのかしら。おそらく、あのかたは、あそこにいたほんとうの理由や、あの――とりかえしのつかないわたしの扇のほんとうのわけを、みなさんに話されただろう。ああ、もし夫に知れたら――どうして夫に二度と顔向けができようか！　夫はけっして許してはくれないだろう。（呼び鈴を押す）人間は自分の生活をなんと安全なものと考えていることか――誘惑や、罪悪や、愚行のとどかないところにいると。ところが、突然――ああ！　人生は恐ろしい。人生がわたしたちを支配するのであって、わたしたちが人生を支配するのではない。

ロザリー、右手より登場。

ロザリー　お呼びでございました？

ウィンダミア卿夫人　ええ。旦那《だんな》さまはゆうべ何時ごろお帰りになったか、わかった？

ロザリー　旦那さまは五時までお帰りではございませんでした。

ウィンダミア卿夫人　五時だって！　旦那さまは、けさ、この部屋の扉《とびら》をノックなさらなかった？

ロザリー　なさいました、奥さま――九時半に。奥さまはまだお目覚《めざ》めではございませんが、と申しあげました。

ウィンダミア卿夫人　なにかおっしゃった？

ロザリー　奥さまの扇のことでなにやら。なんとおっしゃったか、すこしもわかりませんでしたけれど。扇がなくなったのでございまして、奥さま？　わたくしにも見つかりませんし、パーカーもどのお部屋にも置いてなかった、と申しております。あのひと、お部屋を全部と、それにテラスまで探《さが》したのでございますが。

ウィンダミア卿夫人　いいのよ。心配しなくていいとパーカーにいっておくれ。ではいいわ。

ロザリー退場。

ウィンダミア卿夫人　（立ちあがって）あのかた、きっと夫にお話しになるわ。すばらしい自己犠牲の行為をして、しかも、みずから進んで、思いきって、みごとになしとげて——そして、あとになって、それがあまりにも大きな犠牲だと気づく人間の姿が、わたしには目に見えるようだ。どうしてあのかたは、ご自分の破滅とわたしの破滅とのあいだでためらわれるのだろう？……とても変だわ！　わたしは、自分の家で、公然とあのかたを辱《はずか》しめようとしたのだったのに。あのかたは、わたしを助けようとして、他人の家で、公然と辱しめをお受けになる……ある痛烈な皮肉が事態にひそんでるのよ、わたしたちが善《よ》い女や悪い女のことを語るその語りかたに痛烈な皮肉が……ああ、なんという教訓！　そして、人生では、教訓などいらないときに、やっとそれを学ぶとは、なんと無念なこと！　だって、たとえあのかたがお話しにならなくても、わたしは話さなければいけないのだから。ああ！　恥ずかしい、恥ずかしい！　それを話すことは、もういちどすっかりそれを経験することだ。行為が人生の第一の悲劇で、ことばは第二の悲劇。ことばこそ、もしかしたら最悪の悲劇かもしれない。ことばは無慈悲だから……ああ！（ウィンダミア卿が登場してくるのを見て、はっとする）

ウィンダミア卿（妻に接吻《せっぷん》する）マーガレット——ひどく顔色が悪いね！

ウィンダミア卿夫人　よく眠れなかったものですから。

ウィンダミア卿（妻と並んでソファーにかけながら）それは気の毒だったね。帰りがとても遅かったものだから、おまえを起したくなくって。泣いているね、おまえ。

ウィンダミア卿夫人　ええ、泣いていますわ、だってお話ししたいことがございますもの、あなた。

ウィンダミア卿　ねえおまえ、からだの調子がよくないんだよ。あんまり働きすぎたからね。田舎《いなか》へ行こうじゃないか。セルビーならすぐよくなる。社交季節もあらかた終ったしね。ここにとどまっていても仕様がないよ。ねえおまえ！　きょうにでも出かけようよ、おまえさえよければ。（立ちあがる）楽に四時半の汽車に乗れる。ファネンへ電報をうっておこう。

部屋を横切っていって、テーブルに向い、電報を書く。

ウィンダミア卿夫人　ええ、きょうまいりましょうね。いいえ、きょうは行けませんわ、あなた。町を離れるまえに、お会いしなければならないかたがいらっしゃいますの――わたくしに親切にしてくださったかたが。

ウィンダミア卿　（立ちあがってソファーの上にかがみこみながら）おまえに親切にしてくれたって？

ウィンダミア卿夫人　それよりもずっともっと。（立ちあがって夫のそばへ行く）お話しいたしますわ、あなた、でも、どうかわたくしを愛してくださいね、これまで愛してくださったとおりに愛してくださいね。

ウィンダミア卿　これまでどおりに？　ゆうべここへ来た、あの浅ましい女のことを考えているんじゃなかろうね？　（回ってきて妻の右側にすわる）まだ想像しているのではなかろうね――いや、おまえには想像などできはしない。

ウィンダミア卿夫人　していませんわ。いまになってわかりましたけれど、わたくしが愚かでまちがっていました。

ウィンダミア卿　ゆうべあの女に会ってくれたのはとてもありがたかったが――しかし、けっして二度とあの女に会うのではないよ。

ウィンダミア卿夫人　どうしてそんなことをおっしゃいますの？（間）

ウィンダミア卿　（妻の手をとって）マーガレット、わたしはね、アーリン夫人は、世間でよくいうように、犯した罪以上に罰せられた（訳注　シェイクスピア『リア王』第三幕第二場六十行に見える）女だ、と考えていた。善良になりたい、一瞬の愚行のために失ってしまった地位にもどりたい、もういちど堅気の生活を送りたい、と望んでいるとばかり考えていた。あの女のいうことを信じていた――見そこなったよ、あの女を。悪い女だ――またとない悪女だ。

ウィンダミア卿夫人　あなた、あなた、だれであろうと、女のことをそんなにひどくおっしゃらないで。いまでは、わたくし、人間というものは、ふたつの別々な人種か生物みたいに、善人と悪人とに分けられるものとは考えませんの。善い女と呼ばれているひとでも、恐ろしいものを、捨てばちな気違いじみた気もちだとか、我意だとか、嫉妬《しっと》だとか、罪だとかをもっていることもありますわ。悪女呼ばわりをされているひとだって、悲しみや、後悔、あわれみ、犠牲の念を胸中にいだいているかもしれませんもの。そしてわたくし、アーリン夫人を悪女だなどとは思いません――そうではないと知っております。

ウィンダミア卿　ねえおまえ、許しがたい人間だよ、あの女は。あの女がわれわれにどんな害を加えようとも、おまえはけっして二度とあの女に会ってはいけないよ。どこにも入れてもらえない女なのだ。

ウィンダミア卿夫人 でも、あのかたにお会いしたいのです。ここへ来ていただきたいのです。

ウィンダミア卿 いけない！

ウィンダミア卿夫人 あのかたはあなたのお客さまとして一度ここへ来られました。こんどはこのわたくしのお客さまとしておいでいただきたいのです。それでこそ公平というものでございましょう。

ウィンダミア卿 あの女はけっしてここへ来るべきではなかったのだ。

ウィンダミア卿夫人 (立ちあがって) 遅すぎますわ、あなた、いまそんなことをおっしゃるのは。(離れてゆく)

ウィンダミア卿 (立ちあがって) マーガレット、ゆうべアーリン夫人がこの家を出てからどこへ行ったかを知ったら、おまえだって、あの女と同じ部屋にいたくはないだろうよ。絶対に恥ずべきことだった、なにからなにまで。

ウィンダミア卿夫人 あなた、もうこれ以上耐えられませんわ。お話ししなければなりませんの。ゆうべ――

ウィンダミア卿夫人の扇と名刺をのせた盆をもって、パーカー登場。

パーカー　アーリン夫人が、昨夜まちがえておもち帰りになった、奥さまの扇を返しに、お見えになっております。お名刺にご用向きが書いてございます。

ウィンダミア卿夫人　まあ、どうかお通りくださいとアーリン夫人に申しあげて。（名刺を読む）ようこそおいでくださいましたと申しあげて。（パーカー退場）わたくしに会いたいとおっしゃっていますよ、あなた。

ウィンダミア卿　（名刺をとってそれを見る）マーガレット、お願いだから会わないで。わたしをさきに会わせておくれ、とにかく。あれはとても危険な女だ。わたしの知っているいちばん危険な女だ。おまえには自分で自分のしていることがよくわかっていないのだよ。

ウィンダミア卿夫人　あのかたに会うのは正しいことですわ。

ウィンダミア卿　おまえ、大きな悲しみにおちいるかもしれないのだよ。そんな悲しみに会いに行くものではない。おまえよりさきに、わたしがあの女に会うのが絶対に必要なのだ。

ウィンダミア卿夫人 どうして必要なのでございます?

パーカー登場。

パーカー アーリン夫人がお見えになりました。

アーリン夫人登場。パーカー退場。

アーリン夫人 いかがでございます、ウィンダミアの奥さま?(ウィンダミア卿に向って)ご機嫌《きげん》いかが? あのう、奥さま、扇のこと、ほんとうに申しわけございません。なんだってまたあんな愚かな間違いをしたのか、自分でもわかりませんのよ。わたくしとしたことが、ほんとうにうかつな。それでね、このあたりを馬車でまいりましたものですから、ついでにわたくしの手から奥さまのお品をお返しかたがた、自分の不注意をお詫《わ》びいたしますとともに、お別れのご挨拶《あいさつ》も申しあげたいと存じまして。

ウィンダミア卿夫人 お別れの? (アーリン夫人とともにソファーのほうへ行き、ならんで腰をおろす）おたちになりますの、それでは、アーリンさん？

アーリン夫人　ええ。また外国で暮そうと思いましてね。イギリスの気候は合いませんもの。わたくしの——心臓が、ここではさわりがございまして、それがいやなんでございますよ。南のほうで暮すほうが好きですわ。ロンドンは霧と、それから——それから、まじめなかたが多すぎましてね、ウィンダミアさん。霧がまじめな人間を生むのか、それとも、まじめな人間が霧を生むのか、それは存じませんけれど、なにもかもなんだか神経にさわりましてね、ですから、きょうの午後、特別列車でたつつもりですのよ。

ウィンダミア卿夫人　きょうの午後ですって？　でもわたくし、とてもあなたにお会いしに行きたかったのですわ。

アーリン夫人　恐れ入ります！　でも、そろそろ出かけなければなりませんので。

ウィンダミア卿夫人　もう二度とお目にかかれないのでしょうか、アーリンさん？

アーリン夫人　ないでしょうね。わたくしたちの生活は、あまりにもかけはなれすぎますもの。でも、ささやかながらひとつだけ、していただきたいことがございます。お写真を一枚いただきたいのですけれど、ウィンダミアの奥さま——くださいます？　どんなにうれしいかわかりませんわ。

ウィンダミア卿《きょう》夫人　ええ、喜んで。あのテーブルの上に一枚ございます。ごらんに入れましょう。（部屋を横切ってテーブルのところへ行く）

ウィンダミア卿　（アーリン夫人のもとへ近づいていって低い声で話す）ゆうべあんなことをしておきながら、よくもぬけぬけとここへ押しかけてこられたもんだ。

アーリン夫人　（おもしろそうに微笑しながら）ねえウィンダミアさん、お説教よりお行儀よ！

ウィンダミア卿夫人　（もどってきて）実物よりよく撮《と》れているようですわ――こんなにきれいじゃありませんもの。（写真を見せる）

アーリン夫人　ずっとおきれいですわ。あの、坊っちゃまとごいっしょのはございません？

ウィンダミア卿夫人　ありますけれど。そのほうがおよろしいんですの？

アーリン夫人　ええ。

ウィンダミア卿夫人　とってまいりましょう、ちょっとお待ちいただければ。二階にございますから。

アーリン夫人　ほんとうにあいすみません、ウィンダミアの奥さま、たいへんお手数をおかけして。

ウィンダミア卿夫人　（右手の扉のほうへ行く）どういたしまして、アーリンさん。

アーリン夫人　ほんとうにありがとうございます。（ウィンダミア卿夫人、右手から退場）けさは少々おかんむりのようね、ウィンダミアさん？　どうしてなの？　マーガレットとあたしは、とっても仲よしになってゆくのに。

ウィンダミア卿　妻といっしょのあなたの姿を、見るに耐えないのです。それに、あなたはわたしに真実を語っておられないからね、アーリンさん。

アーリン夫人　あの子にも真実を語っていない、とおっしゃるのね。

ウィンダミア卿　（中央に立って）語ってくださってたらと、ときおり思いますよ。そうすれば、この半年間の苦しみも、心配も、わずらわしい目にもあわずにすんだでしょうにね。しかしまた妻が知るくらいならむしろ、――死んだとばかり思いこませられていた母親、死んだものとして喪に服してきたその母親が、現に生きていて――わたしの知っている現在のあなたみたいに、偽名を使って歩きまわってる離婚女だ、人を食いものにする悪い女だ、と知る――それくらいならいっそ、つぎからつぎへと支払いのお金を出して、あなたに贅沢三昧《ぜいたくざんまい》をさせてあげよう、そして、きのうの出来ごとなのだが、妻とはじめて口論まであえてしたのです。それがわたしにとってどういうことであるかあなたはおわかりにならない。どうしておわかりになれよう？　だが、いいですか、これまで妻のあのかわいい唇《くちびる》から洩《も》れた、たったひとつの苦いことばも、あなたのためだったのですよ、だから、あなたが妻と並んでいるのは、見るのもいやなのだ。あなたは妻の無垢《むく》な心を汚《けが》しているのだ。（左手中央へ進む）しかしそれでもわたしは、あらゆる欠点があるにせよ、あなたは率直で正直なかただ、と思っていた。あなたはそうじゃない。

アーリン夫人　なぜそれをおっしゃるの？

ウィンダミア卿　あなたはわたしに妻の舞踏会への招待状を手に入れさせた。

アーリン夫人　あたしの娘の舞踏会のね――そうよ。

ウィンダミア卿　あなたは来た、しかもこの家を出て一時間と経《た》たぬうちに、ある男の部屋で見つけられた――みんなの前で恥をかいた。（舞台の後方に退く）

アーリン夫人　ええ。

ウィンダミア卿（振り向いて夫人のほうを見ながら）だから、わたしにはあなたをあるがままのあなた――つまらない、邪悪な女とみなす権利がある。けっしてこの家にはいるな、けっしてわたしの妻に近よろうとするな、と命じる権利がある――

アーリン夫人（冷然と）あたしの娘に、とおっしゃるのね。

ウィンダミア卿　あれをわが子呼ばわりする権利など、あなたにはないのだ。あれが、ゆりかごのなかのほんの子供だったころ、あなたはあれを置き去りにした、あれを捨てた、あれを捨てて愛人のもとに奔《はし》り、こんどは、その愛人に捨てられた。

アーリン夫人　（立ちあがって）それをあたしの愛人の誉れとなさるおつもり、ウィンダミアさん――それとも、あたしの誉れ？

ウィンダミア卿　あなたの愛人の誉れにです、もうあなたってひとがわかったから。

アーリン夫人　気をおつけになって――気をつけたほうがよくってよ。

ウィンダミア卿　おお、あなたのためにことばを飾るつもりはないですよ。あなたってかたを知りぬいてますからね。

アーリン夫人　（じっと相手を見すえながら）それはどうだか。

ウィンダミア卿　ちゃんと知ってますとも。生涯の二十年間というもの、あなたは自分の子供と別れ、子供のことなど考えずに暮してきた。ある日、新聞で、わが娘がさる富豪と結婚した、との記事を読んだ。あなたらしく卑劣にも好機いたれりと見た。あなたみたいな女があれの母親だとわかる、そんな恥ずかしい目にあわせるくらいなら、わたしがどんなことだって我慢するだろう、と考えた。あなたはゆすりをはじめた。

アーリン夫人　（肩をすくめながら）聞き苦しいことばは使わないで、ウィンダミアさん。俗悪ですわ。あたしは機会を見つけました、それはほんとうよ、そして、その機会をつかみました。

ウィンダミア卿　そう、あなたはつかんだ――そして、昨夜見つけられて、せっかくの好機をすっかり台なしにしてしまった。

アーリン夫人　(ふしぎな笑いをうかべながら)　まったくおっしゃるとおりよ、あたし、昨夜それをすっかり台なしにしてしまった。

ウィンダミア卿　そして、ここから家内の扇をもち出して、それからダーリントンの部屋に置き忘れた、あの失錯はといえば、それは許しがたいことだ。もう扇は見るに耐えない。家内には二度とあれは使わせない。扇はわたしにとって汚されてしまったのだ。あなたはあれを手もとに置いておくべきで、返すべきではなかったのだ。

アーリン夫人　あたしも手もとに置いておこうと思うのよ。(舞台の後方に退く)　とってもきれいだこと。(扇をとりあげる)　これちょうだい、とマーガレットにいってみよう。

ウィンダミア卿　家内があげてくれるといいんだが。

アーリン夫人　いえ、きっと異存はないはずよ。

ウィンダミア卿　同時に家内が、毎晩お祈りする前に接吻《せっぷん》する細密画(訳注　ふつう象牙台の上に描かれた小さ画像《いぞう》）もあげてくれるといいんだがな——美しい黒い髪の毛をした、若い、あどけない少女の細密画です。

アーリン夫人　ああ、そう、覚えてるわ。なんと遠い昔みたいな気がすること！（ソファーのところへ行って腰をおろす）結婚する前に描いてもらったの。黒い髪とあどけない表情がそのころ流行だったのよ、ウィンダミアさん！（間）

ウィンダミア卿　けさここへ来たのはどういうおつもりなのです？　目的はになになのです？（中央左手を横切っていって、ソファーにかける）

アーリン夫人　（声に皮肉の調子をこめて）あたしのかわいい娘に別れを告げるためよ、もちろん。（ウィンダミア卿、怒って下唇を噛《か》む。アーリン夫人、相手を見る、するとその声と態度が真剣になる。話すときの語調に、深い悲痛な調べが加わる。一瞬その本心をのぞかせる）ああ、あたしがあの子とお芝居じみた愁嘆場《しゅうたんば》を演じたり、あの子にとりすがって泣いて名乗りをあげたり、そういったようなことをしようとしているなどとはお考えにならないでね。母親役をやる野心などありませんわ。この生涯でたった一度だけ、母親の気もちというものを知ったの。ゆうべのことよ。恐ろしい気もちだった——あたしを苦しめたわ——あまりにも深く苦しめたわ。二十年というもの、おっしゃるとおり、あたしは子供なしで暮してきた——いまでも子供なしで暮したいのよ。（さりげない笑いで自分の感情を隠しながら）それにね、ウィンダミアさん、すっかりおとなになった娘と並んで、どうして母親らしいポーズがとれましょう？　マーガレットは二十一になります、しかも、あたしはいつも自分の年を、二十九は過ぎても、せいぜい三十どまりだといっておいたの。ピンク調のものを着たときは二十九、そうでないときは三十、とね。ですから、それがどんな困難をともなうか、おわかりでしょう。いいえ、あたし一身の関するかぎり、あなたの奥さまには、このなくなった、汚れのない母の思い出を、たえずなつかしませてあげましょう。どうしてあたしがあの子の夢をこわしたりしましょう？　あたしには、自分自身の夢をいだきつづけるのさえなまやさしいことではないんだもの。ゆうべ、あたしは、ひとつの夢をなくした。自分は心のない女だ、と思っていた。あたしにもあるのだ、とわかったけれど、でも心などというものは、あたしに似合わないのよ、ウィンダミアさん。どういうわけか、現代ふうの衣裳《いしょう》と調和しないのよ。それは人を老人くさく見せるもの。（テーブルから手鏡をとりあげて、それをのぞきこむ）しかも、それは、危機一髪のところで、人の一生を台なしにしてしまうのよ。

ウィンダミア卿　あなたの話を聞いているとぞっとする――心の底からぞっとする。

アーリン夫人　（立ちあがりながら）あたしね、ウィンダミアさん、あたしが修道女院に引きこもるか、病院の看護婦とかなんとか、そういったものにでもなればいい、と考えてらっしゃると思うの、ちかごろのくだらない小説に出てくる人物みたいにね。そこが、あなたのまぬけなところなのよ、アーサー。実生活では、だれもそんな真似《まね》なんかしませんからね——とにかく、いくらかでも美貌《びぼう》が残っているかぎりはしませんから。そうよ——当節ひとを慰めてくれるのは、後悔ではなくって、快楽なのよ。後悔なんて、まるで時代おくれよ。それに、女がほんとうに後悔するのなら、まずい婦人服屋へでも行くほかなくってよ、でなきゃ、だれも信じちゃくれませんからね。ところが、金輪際《こんりんざい》、あたしにはそんな真似はできっこないの。いいえ、あたし、あなたがたおふたりの生活から、すっかりはなれてしまうつもりよ。そのなかへはいってきたのが間違いだった——ゆうべ、そのことがわかったの。

ウィンダミア卿　致命的な間違い。

アーリン夫人　(微笑しながら) ほとんど致命的なね。

ウィンダミア卿　いまとなると、すぐいっさいを妻にうちあければよかった。

アーリン夫人　あたしは自分の悪行《あくぎょう》を悔やんでる。あなたはご自分の善行を悔やんでらっしゃる——そこがふたりの違いなのよ。

ウィンダミア卿　あなたのことなんか信じませんよ。きっと家内にうちあけるつもりです。知るほうが妻のためにはいいのだ、それも、わたしの口からね。限りない苦痛をもたらすだろう——ひどく恥ずかしい思いをさせるだろう、しかし、妻として当然知っておくべきことなのだ。

アーリン夫人　あの子に話そうとなさるの？

ウィンダミア卿　話すつもりです。

アーリン夫人　（ウィンダミア卿のそばへ歩みよって）そんなことをなさるなら、あたしは自分の名をひどく恥ずかしいものにし、そのためあの子の生涯の一瞬一瞬が傷つけられますよ。あの子を破滅させ不幸にさせますよ。たってお話しなさろうとするなら、あたしはどんな堕落の淵《ふち》へだって沈みますよ、どんな屈辱の底にだって降りていきますよ。あなたに話させません——あたしが許しません。

ウィンダミア卿　なぜ？

アーリン夫人　（間を置いて）あたしがあの子のことを心配している、もしかしたら、愛してさえいる、といったら——あなたはあたしをお笑いにならない？

ウィンダミア卿　そんなこと嘘《うそ》だ、と思うでしょうな。母の愛というのは、献身、無私、犠牲のことですよ。そうしたものについて、あなたになにがわかってるというのです？

アーリン夫人　おっしゃるとおりよ。そうしたものについて、あたしになにがわかってるだろう？　この話は、もうしないことにしようじゃありませんの——あたしの正体を娘にうちあける、そんなことは、あたし、許しません。それは、あたしの秘密なのよ、それはあなたの秘密ではなくってよ。もし娘に話す決心がつけば、そして、つくだろうと思うのですが、この家を出る前に話しましょう——さもなければ、けっして話さないわ。

ウィンダミア卿　（腹立たしげに）では即刻お引きとり願いましょう。マーガレットへはわたしから言いわけをしておきます。

ウィンダミア卿夫人、右手から登場。写真を手にアーリン夫人のほうへ行く。ウィンダミア卿、ソファーのうしろにまわり、場面の進行中、気づかわしげにアーリン夫人を見守る。

ウィンダミア卿夫人　ほんとうに失礼しましたわ、アーリンさん、お待たせしてしまって。写真がどこにもありませんでしてね。とうとう主人の着替え室で見つけました——主人が盗んでましたのよ。

アーリン夫人　（写真をうけとって眺《なが》める）思っていたとおりですわ――かわいらしいこと。（ウィンダミア卿夫人とともにソファーのところへ行き、並んで腰をおろす。ふたたび写真を見る）で、これがお坊っちゃまですのね！　お名前は？

ウィンダミア卿《きょう》夫人　ジェラルド、わたくしの父の名をとりまして。

アーリン夫人　（写真を下に置きながら）ほんとう？

ウィンダミア卿夫人　ええ。女の子でしたら、母の名前をつけていたでしょうけれど。母はわたくしと同じ名前で、マーガレットでした。

アーリン夫人　わたくしの名も、やはりマーガレットですのよ。

ウィンダミア卿夫人　あら！

アーリン夫人　ええ。（間）おなくなりになったおかあさまを、心から慕っていらっしゃるとかで、ウィンダミアの奥さま、ご主人のお話ですと。

ウィンダミア卿夫人　わたくしたちはみんな人生に理想をいだいております。少なくともいだくべきですわ。わたくしのは母でございますの。

アーリン夫人　理想というのは危険なものでございましてよ。現実のほうがましですわ。現実は人を傷つけはします、でも、そのほうがましですわ。

ウィンダミア卿夫人　（首を横に振りながら）自分の理想を失えば、いっさいを失うことになりますわ。

アーリン夫人　いっさいを？

ウィンダミア卿夫人　ええ。（間）

アーリン夫人　おとうさまは、おかあさまのことをよくお話しになりまして？

ウィンダミア卿夫人　いいえ、父にはそれがあまりにも大きな苦痛でしたの。父は、わたくしが生れて数カ月してから、母がなくなりましたときの様子を、話してくれました。話をしながらも、父の目は涙でいっぱいでした。それから、父はもうけっして二度と母の名をいってくれるな、と申しました。名を聞くだけでも苦しみました。父は——父はほんとうに傷心のあまりなくなりました。父の一生こそ、わたくしの知るかぎり、もっともむなしいものでした。

アーリン夫人　（立ちあがりながら）もうお暇《いとま》しなければならないようですわ、ウィンダミアの奥さま。

ウィンダミア卿夫人　（立ちあがりながら）あら、だめよ、いらっしゃらないで。

アーリン夫人　お暇したほうがよろしいと思いますわ。この時刻までには、きっとわたくしの車がもどってきているでしょう。ジェドバラーの奥さまのところまで手紙をもたせてやりましたのですが。

ウィンダミア卿夫人　あなた、アーリンさんのお車がもどってきているかどうか、見てきてくださいません？

アーリン夫人　どうかご主人さまのお手をわずらわさないでくださいまし、ウィンダミアの奥さま。

ウィンダミア卿夫人　いいえ、あなた、行ってきてちょうだい、ねえ。

ウィンダミア卿、いっときためらいながら、アーリン夫人を見る。夫人は平然たる顔つきをしている。ウィンダミア卿、部屋を出て行く。

（アーリン夫人に）ああ！　なんと申しあげてよいやら。ゆうべはわたくしを救ってくださいまして！　（アーリン夫人のほうへ行く）

アーリン夫人　しっ――そのことはおっしゃらないで。

ウィンダミア卿夫人　申しあげねばなりませんとも。この犠牲をわたくしが受け入れるつもりだなどと、あなたに考えさせるわけにいきませんもの。そんなことはできません。あまりにも大きな犠牲ですもの。なにもかも主人にうちあけるつもりです。それがわたくしの義務ですわ。

アーリン夫人　奥さまの義務ではございませんわ――少なくとも、奥さまは、ご主人以外の人びとにたいする義務がございます。奥さまはわたくしに、なにか借りがあるとおっしゃいますの？

ウィンダミア卿夫人　なにからなにまでお借りしておりますわ。

アーリン夫人　それなら、沈黙でその借金を払ってくださいまし。それよりほかに返済の道はございませんわ。わたくしが生涯でおこなった、たったひとつの善《よ》いことを、ひとに話したりして台なしになさらないで。ゆうべのことは、わたくしたちのあいだの秘密にしておく、と約束してくださいまし。奥さまはご主人の人生のなかへ不幸をもちこんではなりません。なぜご主人の愛情を台なしになさいます？　それを台なしにしてはなりません。愛は壊《こわ》れやすいもの。ああ、なんと愛は壊れやすいことでしょう！　お誓いになって、ウィンダミアの奥さま、けっしてご主人には話さないと。たってお願いいたしますわ。

ウィンダミア卿夫人　（頭を下げて）それはあなたのお望みで、わたしのではありません。

アーリン夫人　ええ、わたくしの望みですわ。それから、お子さまのことも、けっしてお忘れにならないで――わたくし、奥さまを、母親として考えていたいのでございます。ご自分のことを、母親として考えていただきたいのでございます。

ウィンダミア卿夫人 （顔をあげながら）いまではいつも考えていますわ。生涯でたった一度だけ、自分の母のことを忘れた——それが、ゆうべのことでした。ああ、もし母のことさえ忘れなかったら、あんなに愚かな、あんなに罪ぶかい女ではなかったでしょうに！

アーリン夫人 （かすかに身を震わせながら）しっ、ゆうべはすっかり過ぎましたわ。

ウィンダミア卿登場。

ウィンダミア卿 お車はまだもどってはおりませんよ、アーリンさん。

アーリン夫人 かまいませんわ。辻馬車《つじばしゃ》でまいりますから。上等のシュルーズベリー・トールボット（訳注　イギリスの公爵や伯爵である貴族の名を作者が辻馬車につけたのである）くらい体裁のよいものは、世の中にひとつもございませんわね。それでは、ウィンダミアの奥さま、こんどこそほんとうにお暇いたしますわ。（中央後方に退く）ああ、そうそう。おかしな女だとお考えでしょうが、じつはね、わたくし、この扇がとても気に入りましたものですから、愚かにもゆうべお宅の舞踏会からもち逃げいたしましたの。で、これ、わたくしにくださいますかしら？　さしあげるだろうよ、とご主人はおっしゃってますが。ご主人の贈りものだとは存じておりますけれど。

ウィンダミア卿夫人　ええ、ようございますとも、お気に召しましたら。でも、わたくしの名前がついておりましてね。「マーガレット」とついております。

アーリン夫人　だってわたくしたち、同じ名前なんですもの。

ウィンダミア卿夫人　ああ、忘れてましたわ。もちろん、どうかおもちになって。わたくしたちの名前が同じだなんて、なんとふしぎな偶然ですこと！

アーリン夫人　まったくふしぎですわね。ありがとうございます――これを見ると、いつも奥さまを思い出すことでしょう。（握手する）

パーカー登場。

パーカー　オーガスタス・ロートン卿がお見えになりました。アーリン夫人のお車がまいっております。

オーガスタス卿登場。

オーガスタス卿　やあ、おはよう。おはよう、奥さん。（アーリン夫人を見る）アーリンさん！

アーリン夫人　ご機嫌《きげん》いかが、オーガスタスさん？　けさはすっかりお元気でして？

オーガスタス卿　（冷淡に）いたって元気ですよ、ありがとう、アーリンさん。

アーリン夫人　ちっともお元気そうには見えませんけれどね、オーガスタスさん。あまり遅くまでわたくしたちをお引きとめあそばす――とても毒でございますよ。ほんとうにおからだを大切になさいましね。さようなら、ウィンダミアさん。（オーガスタス卿にお辞儀をして扉口のほうへ行く。急に微笑し、振りかえってオーガスタス卿を見る）オーガスタスさん！　車のところまで、見送ってくださいません？　この扇をおもちになってもよろしいですわ。

ウィンダミア卿　失礼ですが、わたしが！

アーリン夫人　いいえ、オーガスタスさんにお願いしますわ。わが公爵夫人に特別のことづてがございましてね。扇をもってきてくださらない、オーガスタスさん？

オーガスタス卿　ほんとうにお望みとあればね、アーリンさん。

アーリン夫人　（笑いながら）もちろんそうですとも。あなたなら、なんでも優雅にもってきてくださいますものね、オーガスタスさん。

扉のところまで来ると、夫人は一瞬振りかえってウィンダミア卿夫人を見る。ふたりの目が会う。それからアーリン夫人はくびすを転じて、中央から退場、オーガスタス卿がそのあとを追う。

ウィンダミア卿夫人　あなたはもう二度とアーリン夫人のことを悪くおっしゃらないでしょうね、アーサー？
ウィンダミア卿　(重々しく)思ったよりいい人だ。
ウィンダミア卿夫人　わたくしなんかよりいいかたですわ。
ウィンダミア卿　(微笑して妻の髪を撫《な》でながら)ねえ、おまえとあの人では世界が違うのだよ。おまえの世界へは、悪はけっしてはいってきたことがない。
ウィンダミア卿夫人　それをおっしゃらないで、アーサー。わたくしたちすべてにとって同じ世界があり、善と悪が、罪と無垢《むく》が、手に手をとって、その世界を歩みぬけるのですわ。安穏に暮そうとして、人生の半分に目を閉じるのは、落し穴や崖《がけ》のある土地を、もっと安全に歩こうとして目隠しをするようなものですわ。

ウィンダミア卿　（夫人とともに舞台前面へ進み出る）おまえ、なぜそんなことをいうのだね？

ウィンダミア卿夫人　（ソファーに腰をおろす）だってわたくし、人生にたいして目を閉じていたので、崖っぷちまで行ってしまったのですもの。そして、わたくしたちの仲を割《さ》いたかたが――

ウィンダミア卿　われわれはけっして分かれはしなかったよ。

ウィンダミア卿夫人　もうけっして二度と分かれてはいけませんわ。ねえ、アーサー、もとどおり愛してくださいね、そうすれば、これまでよりもっとあなたを信じますわ。絶対に信頼しますわ。セルビーへまいりましょうよ。セルビーのバラ園には白や赤のバラがありますわ。

　　オーガスタス卿登場。

オーガスタス卿　アーサー、あの人、なにもかも説明してくれたよ！（ウィンダミア卿夫人、ひどく驚いた様子。ウィンダミア卿、はっとする。オーガスタス卿、ウィンダミア卿の腕をとって、舞台の前面へつれてくる）ねえ君、あの人はね、いっさいがっさい、洗いざらい説明してくれたよ。われわれはみんな、あの人に悪いことをしてしまった。あの人がダーリントンの部屋へ行ったのは、もっぱらぼくのためだったんだ——はじめクラブを訪《たず》ねたんだがね。実はこうなんだよ、ぼくの気をもますまいとして、それに、ぼくが出ていったと聞いたものだから、あとを追ったのだ——当然ね——大勢の男がはいってくる音を聞いてぎょっとして——別な部屋に引きこんだ——ねえ君、ぼくにとって実にうれしいことに、すべてこういうしだいだったのさ。われわれはみんな、あの人に残酷な振舞いをした。あの人こそ、まさにぼくにふさわしい女性だ。どこからどこまでぼくにぴったりだ。あの人の出す条件というのはね、イギリス国外で暮すということだけなんだ——これも、すこぶる結構なことだ！——いやなクラブ、いやな気候、いやな料理、いやなものばかりさ！　なにもかもいやになっちゃった。

ウィンダミア卿夫人　（ぎょっとして）アーリンさんは——

オーガスタス卿　（一礼して夫人のほうへ進み出て）そうです、ウィンダミアの奥さん、かたじけなくもアーリンさんは結婚を承諾してくださいましたよ。

ウィンダミア卿　そうかい、確かに君はとても賢明な女性と結婚するわけだよ。

ウィンダミア卿夫人　（夫の手をとりながら）ああ！　あなたはとても善良な女性と結婚

なさってるのですわ！

——幕——

まじめが肝心

登場人物

ジョン・ワージング　治安判事
アルジャノン・モンクリーフ
キャノン・チャジュブル師　神学博士
メリマン　執事
レイン　下男
ブラックネル卿《きょう》夫人
グウェンドレン・フェアファックス嬢
セシリー・カーデュー
プリズム　家庭教師

舞台

第一幕　ロンドン西部ハーフ・ムーン通り（訳注　ピカディリーとカーゾン通りのあいだの高級住宅区で、劇中のジョン・ワージングのクラブのあるオールバニーに近い便利なところ）にあるアルジャノン・モンクリーフのフラット（注訳　各階に一家族が住めるように作られたアパート）
第二幕　ウールトンの領主邸《マナー・ハウス》の庭園
第三幕　ウールトンの領主邸の居間

時

現代

所

ロンドンとハートフォードシャー

第一幕

舞台――ハーフ・ムーン通りにあるアルジャノンのフラットの居間。（訳注　原語は「モーニング・ルーム」。だからアルジャノンのアパートには、ちゃんとした客間が別にあることがわかる）豪華で芸術的な家具つきの部屋。隣室からピアノの音が聞える。

レイン、食卓に午後のお茶を並べている、そして音楽が止《や》んでしまってから、アルジャノン登場。

アルジャノン　ぼくの弾《ひ》いてたのを聴《き》いたかい、レイン？

レイン　お聴きしては失礼かと存じまして、はい。

アルジャノン　そいつは残念だな、おまえのために。ぼくは正確には弾かないんだ――正確に弾くのなら、だれだってできるさ――ぼくは、すばらしい表情でもって弾くんだ。ピアノに関するかぎり、感じってものこそ、ぼくのおはこ《フォルテ》（訳注　長所・得意・得手の意味と、ピアノの強音の意味とにかけた洒落）なんだ。科学のほうは生活のためにとっておくのさ。
アルジャノン　さようでございますか（訳注　上流社会では召使は主人にことばを返さないのが常である）。
レイン　ときに、生活の科学といえば、ブラックネルさんにさしあげるきゅうりのサンドイッチ、できてるかい？
アルジャノン　はい、旦那《だんな》さま。（サンドイッチを盆にのせてさしだす）
レイン （サンドイッチを吟味してみて、ふたきれとって、ソファーに腰をおろす）おう！……ところで、おまえの帳簿（訳注　ぶどう酒の購入や使用を記入してあるもの）を見るとだ、ショアマン卿《きょう》やワージング君と晩餐《ばんさん》をともにした木曜日の夜、シャンパンを八瓶《びん》あけた、と記入されてるね。
レイン　はい。八瓶と一パイント（訳注　〇・五七リットル弱）でございます。
アルジャノン　独身者の住まいだと、きまって召使がシャンパンを飲んじまうってのは、どうしてかな？　ただ後学のために聞くだけなんだが。
レイン　それは、お酒が上等のためかと存じますが、はい。わたくし、よく気づきますところでございますが、奥さまのいらっしゃるご家庭ですと、シャンパンが一級品ということは、まずございません。
アルジャノン　へえ！　結婚って、そんなに人を堕落させるものかい？

レイン　たいそう楽しい状態であると存じますが。わたくし自身は、現在までのところ、あまりそのほうの経験はございません。たったいっぺん結婚しただけでございますから。それは、このわたくしと若い娘《もの》（訳注　召使がこれを口にするのは未知の下層の女の場合である）が誤解しあった結果でございまして。

アルジャノン　（ものうげに）おまえの家庭生活にはあまり関心がないんでねえ、レイン。

レイン　さようでございましょうとも、はい。あまりおもしろい話でもございませんから。わたくし自身も、けっして考えないくらいで。

アルジャノン　すこぶる当然だね、確かに。もういいから、レイン、ありがとう。

レイン　かしこまりました、はい。（レイン退場）

アルジャノン　レインの結婚観、いささかたるんどるぞ。じっさい、下流階級が手本を示してくれないとすりゃあ、いったい全体、かれらの用途はどこにあるんだ？（訳注　しばしば作者は上流階級が下流階級にたいして行為の模範を示すべき責任を有する旨を語っている。ここは逆説）かれらには、ひとつの階級として、まるで道徳的責任感がないらしいや。

レイン登場。

レイン アーネスト・ワージング（Ernest Worthing）さまがお見えでございます。

ジャック（訳注 ジョンの別形）登場。レイン退場。

アルジャノン どうだい、アーネスト？ なんで上京してきたんだ？

ジャック おう、遊びさ、遊びさ！ ほかのなににでどこかへ出かけたりするものかね？ 相変らず食ってるな、ふむ、アルジー（訳注 アルジャノンの愛称的略称）！

アルジャノン （四角ばって）五時になにか軽いものをつまむ、これが上流社会の習慣だと思うがねえ。この木曜日以来どこにいたんだい？

ジャック （ソファーに腰をおろしながら）田舎《いなか》さ。

アルジャノン いったい全体そこでなにをしてるんだい？

ジャック （急いで手袋（訳注 第二幕の庭園の場からでもわかるとおり、季節が夏であるのに手袋をはめているのは、紳士としてのたしなみであり証明なのである）をとりながら）都会にいるときは自分で遊ぶ。田舎にいるときは他人を遊ばせる。ひどく退屈さ。

アルジャノン で、その遊ばせる相手ってのは？

ジャック　（快活に）おう、お隣さんさ、お隣さんさ。

アルジャノン　シュロップシャー（訳注　イギリス中西部の州）の君のあたりに、いいお隣さんでもいるのかい？

ジャック　どうにもこうにもやりきれん。連中のだれにもけっして口をきかんのだ。

アルジャノン　とてつもなく君は連中を遊ばせてるわけだなあ！　（歩いていってサンドイッチをとる）ところで、君の州はシュロップシャー、じゃない？

ジャック　え？　シュロップシャー？　そうだよ、むろん。おや！　この茶碗《ちゃわん》はどうしたんだ？　きゅうりサンドイッチは？　君みたいな青二才が、なんだってこんな無茶なぜいたくをするんだ？　だれがお茶に来るんだ？

アルジャノン　おう！　ただ伯母《おば》のオーガスタとグウェンドレンのふたりさ。

ジャック　なんて願ってもない楽しさだ！

アルジャノン　そうさ、たいして悪くもないさ。だがね、オーガスタ伯母は君がここにいるのを全然認めないだろうな。

ジャック　それはまたどうして？

アルジャノン　おい君、君がグウェンドレンといちゃつくさまときたら、まったくもって見ちゃおれんからなあ。グウェンドレンが君といちゃつくのと、いい勝負さ。

ジャック　ぼくはグウェンドレンを愛してるんだ。上京してきたのも、とくにあの人に結婚の申しこみをするためなんだ。

アルジャノン　遊びに上京したのだと思ったのに……ぼくなら、それを仕事と呼ぶな。

ジャック　なんてロマンチックなところのない男だ、君は！

アルジャノン　じっさい結婚の申しこみには、ロマンチックなところなどひとつもないぜ。恋をするのは、とてもロマンチックさ。ところがだよ、はっきりとした申しこみとなると、まるでロマンチックなところがない。だってさ、承諾されるかもしれんからな。通例そうなる、と思うよ。すると、興奮がすっかり冷《さ》めちまう。ロマンスのロマンスたるゆえんはね、まさに不確実な点にある。かりにも結婚するとなりゃあ、ぼくは結婚してるっていう事実をきっと忘れるようつとめるつもりさ。

ジャック　その点は疑いなしだよ、アルジー。離婚裁判所なるものは、記憶がそんなふうに奇妙にできてる連中のためにとくに発明されたのだから。

アルジャノン　おう！　その問題なら思案してみてもむだというものさ。離婚は天の配剤（訳注　結婚は天の配剤、ということわざをもじったもの）だからな——（ジャック、手をのばしてサンドイッチをとろうとする。アルジャノン、すぐにさえぎる）どうかそのきゅうりサンドイッチに手をつけないでくれたまえ。オーガスタ伯母のために特別に作らせたんだからな。（ひと

つとって食う)

ジャック だって、君は食いつづけじゃないか。

アルジャノン そいつはまったく別問題さ。ぼくの伯母なんだからな。(下から皿をとる)バタつきパンでも食いたまえ。このバタつきパンは、グウェンドレン用だ。グウェンドレンときたら、バタつきパンに首ったけだからな。

ジャック (テーブルのところまで進みよって、ひとりでとって食いながら)それに、これはまたとても結構なバタつきパンときてる。

アルジャノン おい、君、なにもそんなにすっかり平らげそうな食いかたをしなくてもいいぜ。まるでもう、あの子と結婚したみたいなやりかただな。君はまだあの子と結婚しちゃいないんだし、また、するとも思えんし。

ジャック いったいなんだってそんなことをいうんだ?

アルジャノン うん、第一にだね、娘ってものは、いちゃついてる相手とは結婚しないからさ。それは正しくないと考えるんだな。

ジャック おう、そんなばかな!

アルジャノン そうじゃない。偉大なる真理さ。いたるところで、やたらに独身者が多いのも、それで説明がつく。第二にだな、ぼくが承諾しないよ。

ジャック 君の承諾だって！

アルジャノン おい君、グウェンドレンはぼくのいとこなんだぜ。だからさ、あの子との結婚を許すわけにいかんのだ、セシリーの問題をすっかり解決してくれてからでなきゃあ。（ベルを鳴らす）

ジャック セシリーだって！ いったい全体なんのことだい？ セシリーってのは、アルジー、なんのことなんだ！ セシリーなんて名の女、だれも知らんよ。

レイン登場。

アルジャノン ワージングさんがこの前ここで食事をされたとき喫煙室にお忘れになった、あのシガレットケースをもってきておくれ。

レイン かしこまりました。（レイン退場）

ジャック あれからずっとぼくのシガレットケースをもってた、っていうつもりかい？ せめて知らせてくれりゃよかったのになあ。そのことで、気違いみたいに警視庁へ手紙を書いてたんだぜ。莫大《ばくだい》な懸賞金を出そうかと思ってたところだった。

アルジャノン そうかい、出してくれるといいんだがな。あいにく当方ひでえ金欠病でね。

ジャック　品物が見つかったからにゃ、莫大な懸賞金を出したって仕様ないさ。

レイン、盆にシガレットケースをのせて登場。アルジャノン、すかさずとりあげる。レイン退場。

アルジャノン　そいつは君、アーネスト、いささか卑怯《ひきょう》というもんだぞ。（ケースをあけてなかを調べる）しかしまあ、それはどうだっていいや、だって、なかに彫ってある字を見さえすりゃ、つまりはこの品が君のものじゃないとわかるからな。

ジャック　むろん、それはぼくのだぜ。（相手に近よりながら）ぼくのもってるところを君は百遍も見てるんだ、それに、なかに書いてあることを読む権利など、なんら君にはないんだ。私物のシガレットケースを読むなんて、はなはだ紳士らしからぬことだぞ。

アルジャノン　おう！　なにを読むべきか、なにを読むべからざるかなどと、厳格な規則をこしらえるなんて、ばかげてるよ。現代の文化はなかば以上、読むべからざる書物のおかげなんだからな。

ジャック　その事実はよく承知してるし、現代の文化を議論する気もない。内々で語りあうべき事柄じゃないからね。ぼくのシガレットケースを返してほしいだけさ。

アルジャノン　そうかい。でもね、これは君のシガレットケースじゃないんだぜ。このシガレットケースはだ、セシリーって名前の女からの贈りものなんだが、君はそんな名前の女はだれも知らんといったね。

ジャック　えい、いっちまおう、実はそのセシリーってのはぼくの伯母なんだよ。

アルジャノン　君の伯母さんだって！

ジャック　うん。魅力ある老婦人でね、それに。タンブリッジ・ウェルズ（訳注　ケント州の温泉地。十八世紀には華やかな上流階級の社交場であったが、この当時はしずかな上品な土地になっていた）に住んでる。さあ、それ返しなよ、アルジー。

アルジャノン　（ソファーの背のほうへ引きさがりながら）だけどなぜ彼女は自分のことを、小さきセシリーだなんて呼ぶのかね、君の伯母さんでタンブリッジ・ウェルズに住んでるんなら？（読む）『いと深き愛をこめて、小さきセシリーより』か。

ジャック　（ソファーに歩みよりその上に膝《ひざ》をつきながら）ねえ君、いったい全体どうだっていうんだ？　背の高い伯母さんもおれば、高くない伯母さんもいるさ。それは疑いなく伯母さんが自分で決めていい事柄だよ。伯母さんてのはだれでも、自分の伯母そっくりでなくちゃならんと君は考えてるらしいな！　そいつあばかげてるぜ！　後生だから、ぼくのシガレットケースを返してくれよ。（アルジャノンのあとから部屋を歩きまわる）

アルジャノン　そうさ。だがねえ、なんだって君の伯母さんは君を伯父《おじ》さまだなんて呼ぶんだい？　『いとしきジャック伯父さまへ、いと深き愛をこめて、小さきセシリーより』。伯母なる人が背の低い伯母であることには、なるほど、異議ないさ、しかしだよ、なぜ伯母さんが、背が高かろうと低かろうと、実の甥《おい》を伯父さまと呼ぶのか、ぼくにはとんと腑《ふ》に落ちんな。それにさ、君の名前は絶対にジャックじゃない。アーネストだ。

ジャック　アーネストじゃない。ジャックなんだ。

アルジャノン　君はいつもアーネストだとぼくにいってたぜ。ぼくもみんなにアーネストだと君を紹介してきた。アーネストと呼ばれると君は返事をする。顔つきからしてまじめ《アーネスト》（訳注　Ernest〔アーネスト〕という名をEar-nest〔アーネスト。まじめな〕にかけての洒落）ってところだ。これまで会った人間のなかで、君がいちばんまじめそうな顔をしてるよ。アーネストって名じゃないというなんて、愚の骨頂さ。名刺にも書いてある。ほらね、ここに一枚あるぜ。（名刺入れから一枚とり出す）『オールバニーB4（訳注　オールバニー・クラブ二組四番。この大アパートは、十九世紀の初期から、施設の優雅と居住者の社会的名声によって知られていた）アーネスト・ワージング』これをとっておいて、君がアーネストだってことを、ぼくになり、グウェンドレンになり、あるいはほかのだれなりに、否定しようなどとしたら、証拠にするつもりだ。（名刺をポケットにしまう）

ジャック　それはだね、ぼくの名は、町ではアーネスト、田舎《いなか》じゃジャックなんで、そのシガレットケースは田舎でもらったんだ。

アルジャノン　そうかい、だがそれだけじゃあ、タンブリッジ・ウェルズに住んでる、背の低いセシリー伯母さんがだよ、いとしき伯父さまと君を呼んでるってことの説明にはならんねえ。さあ、君、いますぐ事実を吐《ぬか》したほうがいいぜ。

ジャック　アルジー、君の話は歯医者そっくりだな（訳注　「事実を吐す」を、歯医者のいう「ここを抜きとる」とか「悪い歯を抜く」とかに解したもの）。歯医者でもないのに歯医者みたいな口をきくのは、すこぶる低級だぜ。まちがった印象を与えるからな。

アルジャノン　さよう、それこそ歯医者の常習だよ（訳注　前の「印象」を、この語の別な意味の「歯型」に解したわけである）。さあ、つづけろよ！　すっかり吐しちまえよ。いまだからいうが、ぼくはいつも君を隠れたる常習的バンベリー主義者じゃないかとにらんでたんだ。こうなると、それに間違いなしさ。

ジャック　バンベリー主義者？　いったいバンベリー主義者ってなんのことだい？

アルジャノン　その比類のないことばの意味は、すぐにでも教えてあげるよ、なぜ君が町ではアーネストで田舎じゃジャックなのか、そいつを聞かせてさえくれりゃあね。

ジャック　とにかく、まずぼくのシガレットケースを出しなよ。

アルジャノン　ほら。（シガレットケースを渡す）こんどは君の説明を出しなよ、奇想天外ってやつをな。（ソファーに腰をおろす）

ジャック　おいおい、ぼくの説明には奇想天外なところなんて全然ありゃしないぜ。じっさい平凡きわまることなんだ。トマス・カーデューさん、ぼくは子供のころこの人の養子になったんだがね、この人が遺言でぼくを孫娘のセシリー・カーデューの後見人にしたんだよ。セシリーはね、敬意を払う気もちから、ぼくを伯父さんと呼んでいてね、たぶんこの気もちは君にはわかるまいが、田舎のぼくの家（訳注　少なくとも当時は、いわゆる上流階級は田舎の家のほうが本邸であった）にいて、ミス・プリズムというりっぱな家庭教師の監督をうけてるんだ。

アルジャノン　その田舎の家ってどこなんだい、ついでに聞くが？

ジャック　君には関係ないことさ、とにかく。招待をうけることもあるまいし……まあこれだけは率直にいっといてもよかろう、シュロップシャーじゃないと。

アルジャノン　と思ってたよ、ぼくも！　シュロップシャーなら、前後二回にわたって、隈《くま》なくバンベリーしてまわったからな。さあ、つづけて。なぜ君は町ではアーネストで田舎じゃジャックなんだ？

ジャック　おいアルジー、君にはぼくのほんとうの気もちなどわかりそうもないね。君には真剣さが足りんからなあ。後見人という立場におかれるとねえ、なにかにつけて修身の先生みたいな口をきかなくちゃならない。それが義務なんだから。ところが、お説教ってやつ、たいして健康にもまた幸福にもよろしいとはいえない、だもんだから、上京する口実としてね、アーネストって弟がおって、こいつがオールバニーに住んでて、とんでもないしくじりをしでかしたってことに、いつもしてきてるんだ。これが、ねえアルジー、嘘《うそ》も隠しもない真相なんだ。

アルジャノン　真相なんてものが嘘もないことはめったにないし、隠しもないことはけっしてない。もしそうだったら、現代の生活はとっても退屈だろうし、現代の文学など全然ありえないだろうよ！

ジャック　それも全然悪くはなかろうよ。

アルジャノン　文芸批評は君のおはこじゃないぜ、おい君。やめなよ。そいつは、大学へ行ったこともない連中にまかせるこった。連中、新聞でとってもうまくやってるよ。君の正体は、バンベリー主義者なのさ。君のことをバンベリー主義者だっていったが、そのとおりなんだよ。ぼくの知るかぎり、君こそもっとも進歩したバンベリー主義者のひとりなんだよ。

ジャック　いったい全体どういうことなんだい？

アルジャノン　君はアーネストというすこぶる便利な弟を作りあげたわけだ、好きなだけ頻繁《ひんぱん》に上京できるようにね。ぼくはぼくで、バンベリーという調法きわまりない万年病人を作りあげたわけさ、いつでも好きなときに田舎へ行けるようにね。バンベリーの調法なことこの上なしだ。もしバンベリーの健康が異常に悪いということでもなければ、たとえばだね、君と今夜ウィリシズ（訳注　元来は一七六五年にセント・ジェイムズのキング通りに設けられたクラブ。ワイルドのころには同じ場所に料理店があった）で食事をするわけにいかなかったろうよ、一週間以上も前からオーガスタ伯母さんとほんとに約束してあったんだからなあ。

ジャック　今夜どっかで君と飯を食おうなんて誘いはしなかったぜ。

アルジャノン　知ってるさ。君は招待状を出すことにかけちゃあばかばかしいほど無《む》頓着《とんじゃく》なんだよ（訳注　出すべき相手にちゃんと招待状を出す、ということをしないで、相手の気を悪くする、という意味）。そこが君のすこぶる愚かなところさ。招待状をもらわないぐらい気にさわることはないからなあ。

ジャック　君はオーガスタ伯母さんと飯を食ったほうがずっといいぜ。

アルジャノン　そんなことをする気なんかこれっぽちもねえや。まず第一にだね、ぼくは月曜日にあそこで飯を食ったが、親類と飯を食うのは週一回でたくさんさ。第二にだ、あそこで飯を食うとなるとそのたんびに、いつでも家族扱いで、食堂のお伴《とも》をする女がひとりもいないか、それともふたりかなんだ。第三にだね、今夜、伯母さんがだれの隣にぼくをすわらせようとしているか、もうすっかりわかってるんだ。メアリー・ファーカーの隣でね、あいつときたら、食卓ごしに亭主といつもいちゃつきやがる。あんまりぞっとしねえや。じっさい、上品でさえないんだ……しかも、こういったようなことは、めっぽうふえるばかりさ。ロンドンじゅうで、てめえの亭主といちゃつく女どもの数たるや、まことに恥ずべきものがある。いかにもみっともねえ話さ。てめえの夫婦仲のよさをおおっぴらに見せびらかしてるわけじゃないか（訳注　原文では「きれいなリンネルを公然と洗う」で、これは「よごれたリンネルを公然と洗う」（内輪の恥を外へ出す）をもじっていったもの）。おまけに、君が常習的バンベリー主義者だとわかったとなりゃ、バンベリーするとはどういうことか、君に話してみたくもなろうというものさ。その規則を君に教えてやりたいんだよ。

ジャック　ぼくは全然バンベリー主義者じゃないよ。グウェンドレンが結婚を承知してくれるんなら、弟なんか殺しちまうつもりでね、なあに、どのみち、かたづけちまおうと考えてるが。セシリーがね、弟のやつにいささか関心をもちすぎてるんだよ。どうも面倒くさくなった。だからアーネストとは手を切るつもりなんだ。強く忠告するが、君もそうしたほうがいいぜ、その君の……なんとかっていうばかげた名前の病気の友人とさ。

アルジャノン　なにものをもってしてもバンベリーと別れたりするもんか、それに、かりにも君が結婚する、これはきわめて疑わしいと思うんだが、まあ結婚すればだね、君もバンベリーを知って大喜びするだろうよ。バンベリーを知らずして結婚する男なんて、とても退屈な人生だろうぜ。

ジャック　そんなばかな。グウェンドレンみたいな魅力のある娘と結婚したら、そしてわが人生において出会った女で結婚したいと思ったのは、あの人だけなんだが、バンベリーと知りあいになりたいなどと思うもんか。

アルジャノン　それなら、細君のほうで思うだろうぜ。君はご存じないらしいが、結婚生活じゃあ三人よればうまくゆく、二人だけだとぶちこわしだよ（訳注「二人だけだとよい連れとなるが、三人よればしっくりいかない」ということわざをもじったもの）。

ジャック　（もったいぶって）それは、ねえ君、腐敗せるフランス演劇が、ここ五十年間も、提議しつつある理論だよ。

アルジャノン　そうさ。そして、幸福なるイギリス家庭が、その半分の期間で、証明してみせたところの理論だよ。

ジャック　後生だから、皮肉屋ぶるのはよしてくれよ。皮肉屋になるなんて朝飯前だからな。

アルジャノン　おい君、当節はなんになるんだって朝飯前ってわけにゃいかんぜ。なにしろ、どこもかしこも、どえらい競争だからなあ。（電鈴（訳注　とくにこの装置を示すことによって、アルジャノンのアパートがいかにモダンであるかをほのめかすわけである）の音が聞える）ああ！　あれはオーガスタ（訳注　これはオーガストの女性名で、オーガストには、威厳ある、威風堂々たる、の意味がある）伯母さんに相違ない。あんなワーグナー（訳注　ドイツの作曲家・近代オペラの創始者リヒャルト・ワーグナー〔一八一三—八三〕の歌劇は、一八九〇年代のロンドンで大流行をきたした。よくいえば堂々とした、悪くいえば大袈裟な調子や動作を指す）ばりの鳴らしかたをするのは、親戚《しんせき》か、借金とりにきまってらあ。ところで、もしぼくが十分以内に彼女をかたづけてだ、そのため君がグウェンドレンに結婚の申しこみをする機会がもてたら、今夜ウィリシズをおごってくれるかい？

ジャック　よかろう、お望みとあれば。

アルジャノン　お望みさ、だがそれに真剣でなくちゃいけないよ。食事に真剣でないような人間は大きらいさ。いかにもあさはかだよ。

レイン登場。

レイン　ブラックネルの奥さまとフェアファックスのお嬢さまでございます。

アルジャノン歩み出てふたりを迎える。ブラックネル卿《きょう》夫人とグウェンドレン登場。

ブラックネル卿夫人　こんにちは、アルジャノン、お行儀よくしておいでだろうね。

アルジャノン　とても気分よくしておりますよ、オーガスタ伯母さん。

ブラックネル卿夫人　それはすこしちがいますよ。事実そのふたつはめったに両立しませんね。（ジャックを見てきわめて冷淡に会釈《えしゃく》する）

アルジャノン　（グウェンドレンに）やあ粋《いき》（訳注　とくにイギリスでは整った魅力のある容姿もしくは高度の流行性を指していう）だなあ！

グウェンドレン　あたし、いつだって粋よ！　そうじゃなくって、ワージングさん？

ジャック　非の打ちどころもないですよ、フェアファックスさん。

グウェンドレン　あら！　それじゃあ困るわ。発展の余地がありませんし、あたしはいろんな方面に発展したいんですもの。（グウェンドレンとジャック、並んで片隅《かたすみ》に腰をおろす）

ブラックネル卿夫人　あたくしたちちょいとおくれたんだったら、ごめんなさいね、アルジャノン、どうしてもハーベリーの奥さまをお訪《たず》ねしないわけにいかなかったもんだから。ご主人がおなくなりになって以来、まだお伺いしてなかったのよ。あんなに変ってしまった女のかた、見たことないわ。二十年も若返ったみたい。さあお茶をいただきましょう、かねてお約束のこのおいしいきゅうりのサンドイッチもひとつね。

アルジャノン　どうかどうか、オーガスタ伯母さん。（茶卓のほうへ行く）

ブラックネル卿夫人　こちらに来てかけたら、グウェンドレン？

グウェンドレン　ありがとう、ママ（訳注　上流階級の令嬢が母との話や母に関して使う）、こことても気もちいいわ。

アルジャノン　（からの皿をとりあげて愕然《がくぜん》とする）や、こいつは一大事！　レイン！　どうしてきゅうりのサンドイッチがないんだ？　特別に注文しといたんだが。

レイン　（真顔で）けさ市場には、きゅうりが一本もございませんでした。二度もまいりましたが。

アルジャノン　きゅうりが一本もないって！

レイン　はい、さようで。現金でと申しましてもだめで（訳注　これで普段から大分借りのあることがわかる）。

アルジャノン　じゃ、いいから、レイン、ありがとう。

レイン　かしこまりました、はい。（退場）

アルジャノン　これは弱りましたねえ、オーガスタ伯母さん、きゅうりが一本もなくって、現金払いでもですよ。

ブラックネル卿夫人　なあに、ちっともかまわないよ、アルジャノン。ハーベリーさんのお宅でホットケーキをいただいてきたけれど、あのかた、いまじゃ贅沢三昧《ぜいたくざんまい》で暮していらっしゃるらしいよ。

アルジャノン　悲嘆のあまり髪の毛がすっかり金色になっちまったそうですね（訳注　夫を失った悲しみで髪が白くなる、というところを、反対に元気がよくなった、と皮肉ったわけ）。

ブラックネル卿夫人　たしかに髪の色は変ったよ。なにが原因だか、あたしには、むろん、わからないけれど。（アルジャノン、部屋を向うからやってきてお茶を手渡す）ありがとう。今夜はおまえにたっぷりご馳走《ちそう》をこしらえてあるんだよ、アルジャノン。メアリー・ファーカーのお相手をさせてあげるつもりだからね（訳注　客間はおそらく食堂の階上にあるから、パートナーとして貴婦人を下へ案内するわけである）。あの人、それはそれはいい人だし、とてもご主人を大切になさってね。おふたりを見てると、楽しくってね。

アルジャノン　残念ながら、オーガスタ伯母さん、やっぱり今夜お伺いするのはあきらめねばなりませんが。

ブラックネル卿夫人　（眉《まゆ》をひそめながら）それは困ったねえ、アルジャノン。それでは会食が台なしになってしまうもの（訳注　客たちの然るべき席順のことをいっているわけである）。伯父《おじ》さまはお二階で食事をしなければならなくなるし。幸い、それには慣れっこだけれど。

アルジャノン　大弱りでしてね、それに、いわでものことですが、ぼくにとって恐ろしい失望です、でも実は、たったいま電報がとどきましてね、友人のバンベリーがまた重態におちいったというんです。（ちらっとジャックと目くばせする）ぼくに来てほしいらしいんです。

ブラックネル卿夫人　とてもおかしいわねえ。そのバンベリーさんてかた、よほど容態がお悪そうだね。

アルジャノン　そうなんです。バンベリーときたら、ひでえ病人なんですよ。

ブラックネル卿夫人　ねえ、あたしとしては、アルジャノン、そのバンベリーさんとかってかた、生きるつもりか死ぬ気なのか、どちらかに決心する潮時だと思うんだけれど。こんなふうに生死の問題でどっちつかずっていうのは、ばかげてるよ。それに、ちかごろみたいに病人に同情するのも、あたし、どうしても賛成できない。あれは病的ですよ。どんな病気だろうと、ひとさまにお勧めできる代物《しろもの》とはいいかねるからねえ。人生第一の義務は、健康よ。あたし、いつも伯父さまにそれをいってるんだけれど、あんまり注意してくださらないらしいの……伯父さまのわずらいがちっともよくならないところをみるとね。バンベリーさんに、あたしからだといって、どうか土曜日には病気がぶり返さないようにしていただきたい、とお頼みしてくれるとありがたいんだけれどね、だって、おまえに音楽の番組を作ってもらおうと当てにしてるんだから。うちの最後のパーティーのことでもあり、なにか話をはずませるようなものが必要なのよ、とりわけ、社交季節《シーズン》も終りで、どなたもいうべきことはもうみんないいつくしたも同様だしねえ、もっとも、話たって、たいていは、たいしてなかっただろうけど。

アルジャノン　バンベリーにはいいますよ、オーガスタ伯母さん、まだ意識があればね、それに、土曜日までにはかれもよくなると約束できると思います。むろん音楽ってやつ、厄介きわまるものでしてね。なにしろ、いい音楽をやれば、だれも聴《き》かないし、悪い音楽をやれば、だれも話をしない（訳注　イギリスの上流階級は私邸で音楽が演奏されているあいだしゃべっているという、ブラックネル卿夫人の洒落とも関連することば）。でもまあ、ぼくの作った番組をざっとやってみましょう、ちょっとつぎの部屋まで来ていただければ。

ブラックネル卿夫人　ありがとうよ、アルジャノン。思いやりがあるわね、おまえ。（立ちあがって、アルジャノンのあとにつづく）きっとその番組、すばらしくなるわよ、ちょっと削りさえすれば。フランスの歌、あたしはなんとしても許せないね。とんでもない歌だとみなさんお思いになるらしくって、ぎょっとした顔をなさる、これは俗っぽいことだし、さもなければ、お笑いになるが、これは余計いけません。ところが、ドイツ語なら、ほんとうにりっぱなことばに聞えるし、またじっさい、そうだと思うんだよ。グウェンドレン、いっしょにくるのよ。

グウェンドレン　はい、ママ（訳注　すでに二二八ページで注をつけたが、この語は後の「マ」に強いアクセントがおかれ、前の「マ」はほとんど音にならない）。

ブラックネル卿夫人とアルジャノン、音楽室にはいり、グウェンドレンはあとに残る。

ジャック　すばらしいお天気ですね、フェアファックスさん。

グウェンドレン　お天気の話などなさらないで、ワージングさん。お天気の話をされると、そのたびにいつも、きっとこれは別なことをおっしゃりたいんだなって気がしちゃって。そのためひどく神経質になりますのよ。

ジャック　実は、ぼくも、ほかのことをいいたいんです。

グウェンドレン　そうだと思いましたわ。ほんとに、あたしの予感、はずれっこなしなのよ。

ジャック　で、ブラックネルの奥さまがいちじ席をはずしておられる、この機会を利用させていただいて……

グウェンドレン　ぜひそうなさるといいわ。ママったら、だしぬけに部屋へもどってくる癖があって、これまでもたびたび、小言をいわなくてはならなかったのよ。

ジャック　（びくびくしながら）フェアファックスさん、お会いしてこのかた、あなたほど熱愛した女性はだれひとり……これまで会った人で……あなたにお会いしてこのかた。

グウェンドレン　ええ、そのことならよく存じてますわ。そして、とにかく、人前で、もっとはっきり示してくだされば、とよく思いますわ。あたしにとって、あなたはいつもたまらないほど魅力的でしたわ。お目にかかる前でさえ、あなたに無関心どころじゃなかったのよ。（ジャック、あっけにとられて相手を見る）あたくしたち、ご存じでしょうけれど、ワージングさん、理想を掲げる時代に生きています。この事実はお値段の張る月刊誌にたえず出ていますし、いまでは田舎の説教壇にまで達した、とか。ところで、いつもあたしの理想はね、だれかアーネストという名前のかたを愛することでした。その名前には、なにか絶対の信頼感を起させるものがありますわ。アルジャノンから、アーネストというお友達があるって、はじめて聞かされた瞬間、あなたを愛する運命にあるのだと知りました。

ジャック　ほんとうに愛してくれる、グウェンドレン？

グウェンドレン　心から！

ジャック　ああ！　きみのおかげでぼくがどんなに幸福になったか、わかってもらえたらなあ。

グウェンドレン　あたしの、あたしのアーネスト！

ジャック　だけど、ぼくの名前がアーネストでなかったら、ぼくを愛せなかったなんて、まさか本気でいうんじゃないだろうね？

グウェンドレン　だけど、あなたのお名前はアーネストよ。

ジャック　うん、それはわかってる。だけどさ、かりにほかの名前だったとしたら？　それなら、ぼくを愛せなかったと本気でいう？

グウェンドレン　（ぺらぺらと）ええ？　そんなの、明らかに形而上学《けいじじょう》的考察よ、そして、形而上学的考察なんてたいていそうだけれど、わたしたちの知るかぎりでの実生活のもろもろの現実の事実とは、全然ごく僅《わず》かな関連しかないわけよ。

ジャック　ぼく個人としてね、君、あくまで率直にいえばだ、ぼくは、アーネストなんて名前、あんまり好きじゃないんだ……そんな名前は、全然ぼくにぴったりとは思わない。

グウェンドレン　完全にぴったりだわ。すてきな《ディヴァイン》（訳注「ディヴァイン」は「神聖な、こうごうしい、神わざのような」という意味であるが、俗語では「すてきな、すばらしい、すごくいい」となり、主に女性のあいだで使われる）名前よ。一種独特の音楽があって。心が震えてくるわ。

ジャック　とにかく、ほんとはね、グウェンドレン、実はほかに、もっとずっといい名前がたくさんあると思うんだが。たとえばだよ、ジャックなんて、魅力的な名前だと思うんだがなあ。

グウェンドレン　ジャック？　だめ、ジャックだなんて名前、かりに音楽があるとしたって、じっさい、ほんのちょっぴりよ。スリルがないわ。なんの震えも絶対に起さないわ……ジャックって人なら何人も知ってるけれど、みんな例外なしに、並はずれて醜男《プレイン》（訳注「プレイン」という形容詞は、ふつう女性について「不器量な、美しくない」の意味だが、これを男性に用いたもの）だったわ。おまけに、ジャックってのは、ジョンの悪名高き愛称よ！　だから、ジョンなんて名前の男と結婚している女の人、お気の毒だわ。その人、ただの一瞬も、あの恍惚《こうこつ》とするような孤独の喜びを味わうことはおそらく一度もできないでしょうよ。ほんとうに安全な名前といえば、たったひとつ、アーネストだけ。

ジャック　グウェンドレン、ぼくはさっそく洗礼を受けなくちゃあ——つまり、さっそく結婚しなくちゃあ。ぐずぐずしてられない。

グウェンドレン　結婚ですって、ワージングさん？

ジャック　（どぎもを抜かれて）だって……そうですよ。ご承知のように、ぼくはあなたを愛している、そしてあなたのお話では、フェアファックスさん、あなたもまんざらぼくに無関心じゃないと思ったものですから。

グウェンドレン　あなたは大好き《アドーア》（訳注　この「アドーア」というのも、女性語のひとつである）よ。だけど、あなたはまだあたしにプロポーズなさってないじゃないの。結婚の「け」の字も出てないわ。この問題には触れてさえいないもの。

ジャック　じゃあ……いまプロポーズしてもいいでしょうか？

グウェンドレン　絶好の機会よ。それから、万が一にもあなたを失望させるようなことがないように、ワージングさん、前もって率直に申しあげとかなくてはいけないと思いますけど、あたし、お申しこみをおうけしようとはっきり心に決めていましたの。

ジャック　グウェンドレン！

グウェンドレン　はい、ワージングさん、あたしになにをおっしゃるおつもり？

ジャック　ぼくのいいたいことはわかってるじゃありませんか。

グウェンドレン　はい、でも、おっしゃってないわ。
ジャック　グウェンドレン、ぼくと結婚してくれますか？　（ひざまずく）
グウェンドレン　もちろんですわ、あなた。ずいぶん手間をおかけになったこと！プロポーズの仕方にはあまりお慣れになっていないらしいわね。
ジャック　ぼくのいとしいひとよ、ぼくはあなたのほか、この世で、だれひとり愛したことはなかったのです。
グウェンドレン　ええ、でもね、殿がたって、よく練習のためにプロポーズなさいますもの。兄のジェラルドが、そうよ。あたしの女の友達も、みんなそういってるわ。なんてすばらしく青い目をしてらっしゃるんでしょう、アーネスト！　ほんとうに、真《ま》っ青《さお》だわ。いつもちょうどそんなふうにあたしを見てちょうだいね、とくにほかの人がいるときはね。

ブラックネル卿《きょう》夫人登場。

ブラックネル卿夫人　ワージングさん！　お立ちになって、もし、そんな半分もたれかかってるみたいな姿勢をしないで。みっともないったらありませんよ（訳注　愛する女性の前にひざまずくのは、ただ舞台や挿絵でだけ見られるしぐさ）。

グウェンドレン　ママ！（かれは立ちあがろうとする。彼女、それを制する）どうかお引きとり願いたいわ。ママの出る幕じゃないのよ。それに、ワージングさんは、まだすっかりすませていらっしゃらないんですもの。

ブラックネル卿夫人　すませてって、なにをだい？

グウェンドレン　あたし、ワージングさんと婚約しましたのよ、ママ。（ふたりは揃《そろ》って立ちあがる）

ブラックネル卿夫人　ことばを返すようだが、おまえはね、どなたとも婚約などしてはいないのだよ。ほんとにだれかと婚約するときは、わたしなり、おからだささえよければ、おとうさまなりが、そのことをおまえに知らせます。婚約というものは、場合によりけりだけれど。とにかく、本人が自分で決めてよいものじゃありませんよ。不意打ちとして若い娘のもとにとどかなくちゃいけないの、愉快か不快かは、場合によりけりだけれど。とにかく、本人が自分で決めてよいものじゃありませんよ。……ところで、少々お尋ねしたいことがありますがね、ワージングさん。わたしがこれから質問をしてるあいだ、おまえはね、グウェンドレン、下の車（訳注　むろん自動車ではなく、自家用の四輪馬車のこと）のなかで待ってらっしゃい。

グウェンドレン　（非難がましく）ママったら！

ブラックネル卿夫人　車のなかでね、グウェンドレン！

グウェンドレン、扉口のほうへ行く。ブラックネル卿夫人の背後でジャックと投げキッスをかわす。その音の正体がわからないらしく、ブラックネル卿夫人はぼんやりとあたりを見まわす。とうとう振り向く。

グウェンドレン、車よ！

グウェンドレン　はい、ママ。（ジャックのほうを振りかえりながら、出てゆく）

ブラックネル卿夫人　（腰をおろしながら）おかけになってもよろしいですわ、ワージングさん。

ポケットのなかを見て、手帳と鉛筆を探《さが》す。

ジャック　ありがとうございます、ブラックネルの奥さま、立ってるほうが勝手ですから。

ブラックネル卿夫人　（鉛筆と手帳を手に）申しあげとかなくてはならないと思います

がね、わたくしの結婚適齢者名簿には、あなたは載ってないのですよ、ボウルトン公爵《こうしゃく》夫人と同じ名簿をもってるのですがね。あのかたと共同で作ってますのよ、実は。ですけれどね、いつでもお名前を書き加えてさしあげますわ、もしあなたのお答えが、心から娘を愛している母親の望みどおりのものでしたら。おたばこはお吸いになります？

ジャック　それはその、はい、正直に申して吸います。

ブラックネル卿夫人　結構ですわ。殿がたはいつもなにかしらお仕事がなければいけませんもの。現在のロンドンには怠け者が多すぎます。おいくつになられます？

ジャック　二十九です。

ブラックネル卿夫人　結婚にうってつけのお年ね。あたくし、いつも考えてるのですけど、結婚を望む男のかたは、なんでも知ってるか、それとも、なんにも知らないか、どちらかでなければ、とね。あなたはそのどちら？

ジャック　（しばらくためらってから）なんにも知らないほうですね、ブラックネルの奥さま。

ブラックネル卿夫人　うれしいこと。生れながらの無知をいじくりまわすようなことは、なにごとによらず、あたくし、認めません。無知というものは、デリケートな舶来の果物《くだもの》みたいなものですわ。触れると、たちまちその味はなくなってしまいます。現代の教育理論なんて全部、根本的に不健全です。幸いなことに、とにかく、イギリスでは、教育はおよそなんらの効果もあげてはいません。万一あげでもしたら、それこそ、上流階級にとってゆゆしい危険で、おそらくグロウヴナー広場で暴動が起るようになるでしょう（訳注　グロウヴナー広場はロンドンの中心部、ハイド公園のすぐそばの高級住宅地。この近くに各国の公館があり、近年アメリカ大使館の前ではげしいデモがおこなわれた。ブラックネル卿夫人（もしくは作者のオスカー・ワイルド）は、一八九五年当時すでに、下層階級の教育のこの政治的・社会的成果を予言したのであろうか）。ご収入は？

ジャック　年に七千から八千ポンド。

ブラックネル卿夫人　（手帳に記入する）土地で、それとも株券で？

ジャック　株券ですが、主《おも》に。

ブラックネル卿夫人　いうことなしですわ。土地なんて、生存中は税金をかけられるやら、死後《デス》も税　金《デューティーズ》（訳注　相続税（デス・デューティーズ）、つまり故人の財産から支払われるべき税金〔ただし、該当するだけの十分な金銭を残した場合に限る〕にひっかけたごろ合わせ）をとられるやらで、もう利益でも楽しみでもなくなりましたもの。土地があれば、地位は得られます、でも、その地位を維持していくだけのあがりはありません。土地なんてものは、要するに、それくらいが関の山ですわ（訳注　ひとつの重要なイギリスの忠純を犯すことばである。土地を所有して少なくとも年に何か月かはそこで暮すのが、ある程度の社会的卓越を与えると考えられ、利害を度外視して実行されていた）。

ジャック　田舎《いなか》に家がありましてね、もちろん、土地も若干ついています、たしか、千五百エーカーくらい（訳注　一エーカーは約四〇四六・八平方メートルであるから、千五百エーカーは「若干」どころではない）。しかし、実収入としては、そんなもの、当てにはしていません。事実、ぼくの知るかぎりじゃあ、そこからなにか利益をあげてる者があるとすれば、まず密猟者ぐらいのものでしょうね。

ブラックネル卿夫人　田舎のお屋敷ですって！　寝室はいくつございまして？　まあ、その点はのちほどはっきりご説明願えますわね。都会の別宅《タウン・ハウス》（訳注　田舎に屋敷〔本宅〕を有する上流階級の都会での住居）もおありでございましょう、ね？　グウェンドレンみたいな、うぶな、無垢《むく》な性質の娘が、田舎住まいをするなんて、とても考えられませんもの（訳注　ふつうなら「都会住まいをするなんて」となるところであろう）。

ジャック　ええと、ベルグレイヴ広場（訳注　既出グロウヴナー広場の近くで、同じく高級な住宅区）に一軒もっていますが、年極《としぎ》めでブロクサム卿夫人にお貸ししてあります。もちろん、半年前に予告すれば、いつでも好きなときに返してもらえます。

ブラックネル卿夫人　ブロクサム卿夫人？　存じませんねえ。

ジャック　おう、あまり出歩かないかたですから。もうかなりのお年です。

ブラックネル卿夫人　ああ、当節じゃ、それもりっぱなおかただという保証にはなりませんわね。ベルグレイヴ広場の何番地？

ジャック　百四十九番地です。

ブラックネル卿夫人　（首を振りながら）あまりぱっとしない側《アンファッショナブルサイド》（訳注　ふつう通りは奇数番地と偶数番地が左右に分かれている。百四十九番という奇数番地の側は、あまりはやらない、というわけ）だことね。なにかあるとは思ってましたよ。でも、そんなことは変えようと思えば、すぐにでも変えられますわ。

ジャック　とおっしゃると、はやり《ファッション》のほうですか、それとも側のほうですか？

ブラックネル卿夫人　（厳然として）両方です、もし必要とあればね、あたくしの考えでは。あなたの政見は？

ジャック　さあ、残念ながらほんとうはなんにもないんでしてね。自由統一党（訳注　ウィリアム・グラッドストン〔一八〇九―一八九八〕のアイルランド自治案に反対して、一八八六年、自由党を脱した人びと。アイルランド自由国〔現在のアイルランド共和国〕は一九二一年に建国したが、保守党のなかには、この古い感情が消えて久しいいまなお、保守党という名のうちに統一党を含める者がいる。作者がアイルランド生れであるだけに、この法案を通過させようとするグラッドストン首相の努力に言及したもの）ってところですか。

ブラックネル卿夫人　ああ、あれなら保守党の部ですわ。あのかたたち、宅でも食事をともになさいますよ。いえ、とにかく、夜分いらっしゃいます。さて、ちいさな問題に移るとして。ご両親はお揃《そろ》いですか？

ジャック　両親ともなくしました。

ブラックネル卿夫人　片親をなくすのはね、ワージングさん、不運とも考えられましょう。両親をなくすとは、不注意なようですわね。お父上はなんというかたでした？　さだめし相当の富豪でいらっしゃったんでしょうね。急進派の新聞いうところの財界の帝王《パープル》（訳注　パープル〔紫〕は昔ローマ皇帝のまとった「紫衣」のこと。転じて、帝位、主権、高位の意味）の末であられたのですか、それとも、貴族階級《ランクス》（訳注「ランクス」にはまた兵卒の意味があり、兵卒から将校となる、は低い身分から出世すること。ここでは貴族階級を兵卒に見たもの）からご出世なさいましたの？

ジャック　残念ながら、ほんとうはわからないのです。じつのところ、ブラックネルの奥さま、さきほど申しましたとおり、両親をなくしてしまったものですから。両親のほうでぼくをなくしてしまったらしい、といったほうが真相に近いでしょうね……自分がだれの子なのか、全然知らないんです。ぼくは……それがその、ぼく、捨て子だったんです。

ブラックネル卿夫人　捨て子ですって！

ジャック　なくなったトマス・カーデューさん、とても慈悲深い親切なお年よりですが、このかたが、ぼくを拾われて、ワージングという名前をつけてくださいました、というのは、たまたまそのときポケットにワージング行きの一等切符を入れておられたからです。ワージングというのはサセックス（訳注　イングランド南東部、イギリス海峡にのぞむ州）にあります。海岸の保養地ですが。

ブラックネル卿夫人　その海岸の保養地行きの、一等切符をもっておられた慈悲深いお年よりね、どこであなたを拾われましたの？

ジャック　（重々しく）手さげ鞄《かばん》のなかでした。

ブラックネル卿夫人　手さげ鞄？

ジャック　（きわめて真剣に）はい、ブラックネルの奥さま。ぼくは、手さげ鞄のなかにいたのです——やや大ぶりの、黒い革《かわ》の手さげ鞄で、柄《え》がついていて——じっさい、ありふれた手さげ鞄でした。

ブラックネル卿夫人　いかなる現場において、そのジェイムズとか、トマスとか、カーデュー氏は、そのありふれた手さげ鞄をたまたま入手されたのです？

ジャック　ヴィクトーリア駅（訳注　市の中央部、グロウヴナー遊園地がバッキンガム宮殿道路とまじわるところにある。十五の終着駅のひとつ）の手荷物《クローク》預かり所《・ルーム》（訳注　今日ではレフト・ラギッジ・オフィスと呼ばれている）において。カーデューさんとまちがえて渡されたのです。

ブラックネル卿夫人　ヴィクトーリア駅の手荷物預かり所ですって？

ジャック　はい。ブライトン（訳注　ワージングの東よりにある、ロンドンの真南に当る海岸の遊楽地）線です。

ブラックネル卿夫人　何線だろうと、それはどうでもよろしい。ワージングさん、ただいまのお話を伺って、正直なところ、いささか当惑してるんですのよ。手さげ鞄は、それに柄があろうとあるまいと、そのなかで生れた、いえ、とにかく育ったってことはですね、家庭生活の通常なしきたりを軽蔑《けいべつ》しているとしか考えられないし、あのフランス革命の最悪の過激行為を思いおこしますわ。そしてあの不運な運動が、けっきょくどういうことになったか、ご存じでしょう？　手さげ鞄が見つかった、ほかならぬその場所についてですがね、停車場の手荷物預かり所というのは、社会的に軽はずみなおこないを隠すために使われないものでもありませんし――たぶん、これまでにも、そうした目的で使われたことも、じっさいあったでしょうよ――でも、それでもって、上流社会でちゃんとした地位を占める確かな根拠になるとはいいかねますよ。

ジャック　それじゃあ、ぼくはどうすればいいとおっしゃるのです？　申しあげるまでもありますまいが、ぼくはグウェンドレンの幸福を確保するためなら、水火も辞さぬつもりです。

ブラックネル卿夫人　ぜひお勧めしますけれどね、ワージングさん、できるだけ早くご親類を手に入れること、それから、社交季節がすっかり終ってしまわないうちに、男でも女でも結構ですから、とにかく親ごさんをとりだして見せるように懸命の努力をなさることですね。

ジャック　でも、いったいどうしてそんな芸当がうまくやってのけられるものだか。手さげ鞄なら、いつなんどきでもとり出して見せられますが。宅の化粧室（訳注　ふつう寝室の隣にあり、着替え室ともなる）にあります。なんとかそのへんでご満足願えないでしょうかねえ、ブラックネルの奥さま。

ブラックネル卿夫人　あたくしが、ですか！　あたくしになんのかかわりがありまして？　うちのひとり娘——手塩にかけて育てあげた娘が——手荷物預かり所にお嫁に行って、小荷物と縁組する、そんなことを、このあたくしと主人が許すなどとは、まさかお考えじゃありますまいね？　失礼しますわ、ワージングさん！

ブラックネル卿夫人、憤然としながらも堂々と退場する。

ジャック　失礼いたします！　（アルジャノン、別室で、結婚行進曲を弾《ひ》きはじめる。ジャック、怒り心頭に発して、扉口まで行く）おーい、後生だから、そのいまいましい曲を止《や》めてくれ、アルジー！　なんて阿呆《あほう》なんだ、君ってやつは！

音楽が止み、アルジャノン陽気にはいってくる。

アルジャノン　うまくいかなかったのかい、君？　よもやグウェンドレンが拒絶したってんじゃなかろうな？　あれのやりかたは、いつもそうなんだよ。いつも拒絶ばかりしてるんだ。意地が悪いったらありゃしない。

ジャック　おう、グウェンドレンのほうは大丈夫なんだ（訳注　原文は「三脚台のように万事順調」ということわざ。ジャックの口から出ると変に聞える）。あの娘《こ》に関するかぎりじゃあ、ぼくらは婚約してるんだからね。ところが、あれの母親なる者が、絶対に我慢ならぬ。あんなゴルゴン（訳注　ギリシア神話に見える三人姉妹の魔女で、頭髪が蛇で見る者を石に変えたという。とくに末娘のメドウサがもっとも醜怪）なんて、お目にかかったこともねえや……ゴルゴンってどんなものか、ほんとは知らねえんだがね、しかし、間違いなく、ブラックネル卿《きょう》夫人が、それよ。いずれにせよ、あのばばあは怪物だぜ、そのくせ、神話にゃなってねえってんだから、こいつあなんとも片手落ちさ……おっと失敬、アルジー、君の伯母さんのことを、君の前でこんなふうに話しちゃまずかったなあ。

アルジャノン　なに、君、ぼくは親戚《しんせき》の悪口を聞くのが大好きなんだ。そうでもしなけりゃ、とてもあんな連中を辛抱できるもんじゃない。親戚なんてものは、ただもう退屈な連中で、生きる生きかたもてんで知らなければ、死期もまるで心得てないんだから。

ジャック おう、そんなばかな！

アルジャノン ばかなもんか！

ジャック まあ、その問題は議論しないとしよう。君ときたら、いつだってなにかを議論したがるんだからな。

アルジャノン 元来ものごとってのは、議論をするためにできてるのさ。

ジャック とんでもない、もしそんなことを考えてたら、ぼくはピストル自殺しちまうだろうぜ……（間）君、百五十年もしたらグウェンドレンも、あの母親そっくりになる、なんてことないと思う、だろう、アルジー？

アルジャノン 女という女はね、母親そっくりになるものさ。それが女の悲劇だ。男は、ならん。それが男の悲劇よ。

ジャック 気の利《き》いたことをいったつもりかい？

アルジャノン 言い回しは完璧《かんぺき》さ！ それに、およそ文明社会の意見は、こうでなくちゃあと思われるほど真実なんだぜ。

ジャック 気が利いてるなんてことにはもう、うんざりした。当節じゃ猫も杓子《しゃくし》も気が利いてらあ。どこへ行こうが、気の利いた連中にぶっつからないことはない。こいつはもう完全な世間の厄介者になっちまったよ。せめてすこしは阿呆も残っていてくれたらなあ。

アルジャノン　残ってるさ。

ジャック　ぜひお目にかかりたいもんだね。どんな話をしてるんだい？

アルジャノン　阿呆がかい？　ああ！　気の利いた連中の話さ、もちろん。

ジャック　なんて阿呆なんだ！

アルジャノン　ところで、グウェンドレンにはうちあけたのかい、君が町ではアーネストで、田舎じゃあジャックだという真相を？

ジャック　（すこぶる恩きせがましい調子で）君、君、真相なんてものはね、きれいな、かわいい、洗練された女の子に話して聞かせるべきものじゃないんだよ。君って男は、女のあしらいかたについて、とんでもない考えをもってるんだなあ！

アルジャノン　女のあしらいかたはたったひとつ、相手が美人なら、口説く、おかめ（訳注　お多福、みにくい女。さしずめ今なら「ぶす」というところ）なら、だれかほかのを口説く。

ジャック　おう、そんなばかな。

アルジャノン　弟のほうは、どうする？　道楽者のアーネストは、どうするつもりだい？

ジャック　おう、今週中にかたづけちまうさ。パリで卒中で死んだ、といってやろうか。卒中で、ぽっくり死ぬやつが大勢いる、じゃないか？
アルジャノン　そうだよ、だがそいつは遺伝だぜ、君。血統をひく質《たち》のものだ。おこり、ってことにしといたほうがずっといい。
ジャック　おこりが遺伝だとか、なんだとかっていうようなもんじゃないこと、確かなんだろうな？
アルジャノン　むろん確かだとも！
ジャック　結構だ、それなら。弟アーネスト儀、おこりのため、パリにおいて急逝《きゅうせい》いたしました。これでやつのかたがつく。
アルジャノン　だが、君の話だと……例のミス・カーデューは、その弟のアーネストに、いささか関心をいだきすぎるというんじゃなかった？　かれの死を大いに嘆きはしないかな？
ジャック　おう、それなら心配ないさ。セシリーは愚かなロマンチックな娘じゃないんだ、ありがたいことにね。食欲は旺盛《おうせい》だし、長い散歩はするし、勉強にはさっぱり身を入れないって子なんだから。
アルジャノン　ひとつセシリーに会ってみたいな。
ジャック　絶対に会わせせんように、あくまで警戒するよ、ぼくは。並々ならぬ美人だし、やっと十八になったばかりだからね。

アルジャノン　グウェンドレンにはもう話したのかい、やっと十八になったばかりの並々ならぬ美人の後見人をしてるってこと？

ジャック　おう！　そんなことはうっかり人に洩《も》らすべきことじゃないよ。セシリーとグウェンドレンは、きっと大の仲よしになる。請け合っていうが、会ってものの半時間もすれば、ふたりはたがいに姉さん妹って、呼びあうぜ。

アルジャノン　女がそんな呼びかたをするのは、まずさんざん悪口をいいあったあげくのことさ。さあ、君、ウィリシズでいい席をとりたければ、ほんとうに着替え（訳注　燕尾服に白いネクタイに替えるわけで、タキシードに黒いネクタイ姿は二十五年ほどのちにようやく見られるようになった）しなくちゃあ。そろそろ七時なんだぜ。

ジャック　（いらだたしげに）おう！　いつだってそろそろ七時だ。

アルジャノン　だって、ぼくは腹ぺこなんだぜ。

ジャック　君は腹ぺこでないときなんて全然ないんだからなあ……

アルジャノン　晩飯のあと、なにをしよう？　芝居でも観《み》るか？

ジャック　おう、まっぴらだ！　せりふを聞くなんて、閉口さ。

アルジャノン　じゃ、クラブへ行こうか？

ジャック　おう、まっぴらだ！　しゃべるなんて、いやなこった。

アルジャノン　じゃ、ぶらついて十時に帝国劇場（訳注　当時の演芸館のひとつ）へ行くとするか？

ジャック　おう、まっぴらだ！　見るなんて、我慢できない。いかにも愚かなことさ。

アルジャノン　じゃ、なにをする？

ジャック　なんにもしない！

アルジャノン　なんにもしないってのは、えらく骨の折れる仕事だぜ。しかし、骨の折れる仕事でもかまわんよ、これといってはっきりした目的のない場合は。

　レイン登場。

レイン　フェアファックスのお嬢さまでございます。

　グウェンドレン登場。レイン退場。

アルジャノン　グウェンドレン、これはまたどうして！

グウェンドレン　アルジー、どうか向うを向いててね。ワージングさんにおりいって申しあげたいことがあるの。

アルジャノン　とんでもない、グウェンドレン、そんなことを許すわけにいかんよ。

グウェンドレン　アルジー、あなたって、いつだって人生にたいしてこちこちの不道徳な態度をとるのね。そんなことをするの、まだ早いわよ。（アルジャノン炉端のほうへ退く）

ジャック　かわいいひと。

グウェンドレン　アーネスト、あたしたちね、結婚できないかもしれなくってよ。ママのあの顔色じゃあ、とてもできそうもないわ。ちかごろの親なんて、子供のいうことをてんで聞こうとしないのね。若者を尊敬するあの古風な習慣は、どんどんすたれつつあるわ。ママに向っていくらか言い分を通したことあるけれど、それも三つになるまでだったのよ。でもねえ、ママの反対でふたりが夫婦になれず、あたしがだれかほかの人と結婚する、しかも、なんべんも結婚するにしても、たとえママがどんなことをしようと、あなたにたいする永遠の愛情を変えることはできないわよ。

ジャック　ぼくのグウェンドレン。

グウェンドレン　あなたのロマンチックなお生れのこと、不愉快な注釈までつけて、ママから伺って、当然ながら心の奥底から感動しちゃったわ。あなたのお名前、たまらないほどの魅力があってよ。あなたの性格の単純さも、あなたをえもいわれぬほど不可解な人物にしてますわ。オールバニーのご住所はわかってるの。田舎のところは？

ジャック　ハートフォードシャー（訳注　イングランド南部、ロンドンの北にある州）、ウールトン、領主邸《マナー・ハウス》。

アルジャノン、注意深く聞き耳をたてていたが、ひとりでほくそ笑みを洩《も》らし、ワイシャツの袖口《カフス》（訳注　当時はワイシャツのカフスは、のりづけで堅くなっていたので、メモを書きつけるのに便利だし、その記入は洗濯すればすぐ洗い落せた）に住所を書きつける。それから『鉄道時刻表』をとりあげる。

グウェンドレン　郵便の便はよろしいのでしょうね？　なにか思いきったことをしなければならないかもしれないわ。それには、むろん、まじめに考える必要がありますけれど。毎日ご連絡しますわ。

ジャック　ぼくひとりのひとよ！

グウェンドレン　町にはいつまでいらっしゃいますの？

ジャック　月曜日まで。

グウェンドレン　すてき！　アルジー、もうこちらを向いてもよくってよ。
アルジャノン　ありがとう、もう向いてるよ。
グウェンドレン　ベルを鳴らしてくださってもよくってよ。
ジャック　馬車まで送らせてくださるでしょうね、ぼくの愛するひと？
グウェンドレン　どうぞ。
ジャック　（はいってきたレインに）フェアファックスのお嬢さんはぼくがお見送りするから。
レイン　はい、かしこまりました。（ジャックとグウェンドレン退場）
　レイン、盆にのせた数通の手紙をアルジャノンにさしだす。どうやら勘定書らしい、というのは、アルジャノンは、封筒を見ただけで、きれぎれに引きさいてしまったからである。
アルジャノン　シェリーを一杯おくれ、レイン。
レイン　はい、かしこまりました。
アルジャノン　あすは、レイン、バンベリーをしに出かけるよ。

レイン　さようでございますか。

アルジャノン　たぶん月曜日まではもどらないだろう。燕尾服《えんびふく》に、喫煙服（訳注　刺し子にした絹かビロードの短い上着で地方の邸で男客たちが寝る前に喫煙室で着用して一服した）そのほかバンベリー用の服をすっかり荷作りしておくれ……

レイン　はい、かしこまりました。（シェリーを手渡しながら）

アルジャノン　あす、お天気だといいがね、レイン。

レイン　お天気にはなりっこございません、はい。

アルジャノン　レイン、おまえは徹底した悲観論者だね。

レイン　ご満足いただけるようせいぜいつとめておりますわけで。

ジャック登場。レイン退場。

ジャック　なんてものわかりのいい、知的な娘だろう！　生れてこのかた好きになったのはあの娘だけだ。（アルジャノン、げらげら笑っている）いったいなにをそんなにおもしろがってるんだ？

アルジャノン　おう、バンベリーのやつがちょいと心配でね、それだけのことさ。

ジャック 気をつけないと、その友人のバンベリーのためにいつかひどい目にあうぞ。

アルジャノン ひどい目が大好きなんでね。真剣にならなくてすむのは、そのときぐらいのものさ。

ジャック おう、なんてばかな、アルジー。ばかなことしかいわん男だ。

アルジャノン だれだってそうさ。

ジャック怒ってアルジャノンをにらみつけ、部屋を出てゆく。アルジャノンはたばこに火をつけワイシャツの袖口《そでぐち》の字を読んで、にやりとする。

——幕——

第二幕

舞台——領主邸《マナー・ハウス》の庭園。灰色の石段があって邸《やしき》へ通じている。バラが咲きみだれる古風な庭園。時は、七月。籐《とう》の椅子《いす》数脚と、数冊の本の載っているテーブルが、大きなイチイ（訳注　墓地などに植える常緑樹）の下に据《す》えてある。

プリズム女史、テーブルに向ってかけている。セシリーは後方で花に水をやっている。

プリズム女史　（呼びながら）セシリー、セシリー！　花に水をやるなんて、そんな実利的な仕事は、あなたのよりもモウルトンの勤めでしょ？　とくに知的な楽しみが待ちうけているおりにですよ。ドイツ文法の本がテーブルに載ってますね。十五ページをおあけなさい。きのうのところからおさらいしましょう（訳注　女史の名は「プルーンズ（干しすもも）・アンド・プリズムズ」（気どった話しぶり、生半可な教育）にひっかけて選ばれたもの）。

セシリー　（のろのろとやってくる）だけど、あたし、ドイツ語好きじゃないんですもの。全然映りのわるい言語よ。すっかり知ってるのよ、ドイツ語のお勉強をしたあと、あたしとても不器量に見えるってこと。

プリズム女史　ねえ、あんたも知ってるでしょ、ご後見のかたは、あんたがあらゆる点で伸びるようにって、とってもご熱心なのですよ。ドイツ語には特に力を入れるようにって、いい残していらっしゃったのですからね、きのう町へおたちになるときも。そういえば、あのかた、町へおたちになるときはいつも、ドイツ語には力を入れるようにっておっしゃるのだけれど。

セシリー　ジャック伯父《おじ》さまったら、とっても大まじめ！　ときどきあんまりまじめなんで、おからだがよくないんじゃないかと思うくらい。

プリズム女史 （胸をそらせて）ご後見人さまはこの上なくご健康でいらっしゃいます、それに、あのかたの振舞いの重々しいのは、あのかたみたいにお若いかたの場合、とりわけ結構なことなのですよ。あのかたほど義務と責任感の強い人を知りません。

セシリー それだからなのよ、あたしたち三人がいっしょだと、よく伯父さまが少々退屈そうな顔をなさるのは。

プリズム女史 セシリー！　あきれたことをいうわねえ。ワージングさまは、いろいろとご苦労がおありなのよ。のんきな冗談や軽口は、あのかたのお話には場違いなのです。あの不運な弟さんのことを、たえず心配してらっしゃるのを忘れちゃいけませんよ。

セシリー ジャック伯父さまが、あの不運な青年である弟さんを、ときどきここへ来させてあげられたらいいのにねえ。あたしたち、かれにいい感化を与えるかもしれなくってよ、プリズム先生。きっと先生ならそうだと思うわ。ドイツ語でも、地学でも、ご存じだし、そういったようなものは、男の人に、とても大きな感化を与えるのよ。（セシリーは日記に書きこみをはじめる）

プリズム女史 （首を振りながら）もう手のつけようもないほど薄志弱行の徒だって実

のお兄さまが認めてらっしゃるんだもの、そんな男には、いくらわたくしだって、なんの効目《ききめ》もないと思いますよ。それどころか、かれを矯正《きょうせい》してあげようなんて、考えませんね。即座に悪人を善人に変えてしまおうと、最近みなさん熱中しておられるけれど、わたくし、賛成いたしかねますわ。自業自得《じごう》ですよ。日記なんかおやめなさい、セシリー。いったいなんだって日記なんかつけるんでしょうかねえ、よくわかんないわ。

セシリー　自分の人生のすばらしい秘密を書きこむために、日記をつけてるの。書きとめておかないと、すっかり忘れてしまいそうですもの。

プリズム女史　どこへでもねえ、セシリー、もって歩ける記憶という日記がありますよ。

セシリー　ええ、でも、それは、通例けっして起ったこともない事柄や、まず起りっこないような事柄を、記録するものよ。ミューディー（訳注　一八四二年にミューディー社が創設した貸本の文庫で、予約金をとって回覧させ、大いに繁昌した。一九三七年に閉業）から送ってくる三冊本の小説（訳注　十九世紀の小説は、読書をも含む娯楽の社会的状況と趣味によって、今日のそれよりもはるかに長いのを常とした）なんか、たいていどれも記憶のせいだわ。

プリズム女史　三冊本の小説をけなさないで、セシリー。わたくし自分でも、若いころ、ひとつ書いたことがあるのですからね。

セシリー　ほんとう、プリズム先生？　先生って、なんて頭がいいんでしょう！　ハッピー・エンドじゃなかった、でしょ？　ハッピー・エンドの小説、好きじゃないの。とてもがっかりしちゃうもの。

プリズム女史　善人はハッピー・エンドで、悪人は哀れな末路。小説というのはね、そういうものなんですよ（訳注　つまり、実生活においてはそうはいかない、とそれとなくいっているわけである）。

セシリー　あたしも、そう思うわ。でも、ずいぶん不公平みたいねえ。で、先生の小説、出ましたの？

プリズム女史　それがねえ！　出なかったんですよ。原稿に運悪く不始末《アバンドンド》がありましてね。（セシリー、ぎくりとする）（訳注　「アバンドンド」を「置き忘れる」という意味にではなく、もうひとつの「捨てばちな、あばずれの」と解したからである）というのは、なくした、置き忘れた、という意味ですけれど。さあ、お勉強にかかりましょう、こんなことを考えたってなんの役にもたちませんからねえ。

セシリー　（微笑しながら）でも、チャジュブル（訳注　この名は、司祭が聖餐・ミサに用いる袖のない式服であるカズラの意味でもある。つまり、着用しているその僧服の名をとって師の名とし、それによって師の性格を暗示しようとしたわけである）先生が、お庭をこちらへ歩いてらっしゃるわ。

プリズム女史　（立ちあがって進み出る）チャジュブル先生！　ほんとうにようこそ。

チャジュブル師登場。

チャジュブル　おはよう、いかがです？　プリズム先生、お元気、でしょうな？

セシリー　プリズム先生は、たったいま、軽い頭痛がするっておっしゃってたところですわ。ごいっしょに荘園《パーク》（訳注　この邸の土地のこと）をすこし散歩しておあげになれば、ずっとよくおなりになると思いますけれど、チャジュブル先生。

プリズム女史　セシリー、頭痛のことなどいった覚えはありませんよ。

セシリー　ええ、プリズム先生、それは知ってますわ、でも、頭痛だって本能的に感じましたのよ。ほんとうにそのことを、ドイツ語の勉強のことじゃなくて、考えていたのですわ、先生がおいでになったとき。

チャジュブル　まさか、セシリー、勉強に身を入れないんじゃないでしょうな。

セシリー　あら、そのとおりですわ。

チャジュブル　それはおかしい。もしわたしが運よくプリズム先生のお弟子だったら、先生の唇《くちびる》に吸いつきますがなあ。（プリズム女史、にらみつける）いや、比喩《ひゆ》的に申したわけで。――この比喩は蜜蜂《みつばち》からとったのでして。えへん！　ワージングさんは、どうやら、まだ町からおもどりじゃないですな？

プリズム女史　月曜日の午後まではお帰りにならないはずですわ。

チャジュブル　ああ、さよう、通例好んで日曜日はロンドンですごされますな。あのかたは、享楽《きょうらく》を唯一《ゆいいっ》の目的とする連中とは違う、ところが、みなさんのお話だと、弟ごの、あの不運な青年のほうは、そうらしい。いや、これ以上、エゲリア（訳注　ローマ神話で、第二代ローマ王ヌマ・ポンピリウス（伝承によれば在位は紀元前七一五―六七三）の助言者であった女神もしくはニンフ。プリズムの本名はリティシアで、これは喜び、あるいは愛を表わすラテン語であるから、ここでは二重の意味で効果的な呼称といえるであろう）とそのお弟子の邪魔をしてはなりませんわい。

プリズム女史　エゲリアですって？　わたくしの名はリティシアでございますわ、先生。

チャジュブル　（頭を下げながら）なに、ただ古典の引喩でしてな、異教の作家からとった。夕べの祈り（訳注　イギリス国教会での晩禱）のさいは、かならずやおふたりにお目にかかれますな？

プリズム女史　わたくしね、先生、ごいっしょに散歩いたしますわ。やっぱり頭痛がするようですし、散歩すればよくなるかもしれませんから。

チャジュブル　喜んで、プリズム先生、喜んで。学校のあたりまで往復してもよろしいですな。

プリズム女史　楽しいですわ。セシリー、留守のあいだ、経済学を読んでおくのですよ。「ルピー（訳注　インドの貨幣単位、一ルピー銀貨。インドで退役したイギリスの軍人・官吏に深刻な関係があった）の下落」の章は省いていいわ。

すこしセンセーショナルすぎるから。こうした金属的な問題にさえ、メロドラマ的な面があるんだもの。

チャジュブル師とつれだって庭から出てゆく。

セシリー (本を何冊かとりあげてそれをまた卓上に投げ返す) いやないやな経済学! いやないやな地理学! いやないやな、いやないやなドイツ語!

メリマン、盆に名刺を載せて登場。

メリマン アーネスト・ワージングさまがただいま停車場から車でお着きでございます。お荷物もご持参でございまして。

セシリー (名刺をとりあげて読む)「ロンドン西区オールバニーB4号 アーネスト・ワージング」。ジャック伯父《おじ》さまの弟さんよ! 主人は上京中って申しあげた?

メリマン はい、お嬢さま。たいそうがっかりなさったようでございました。お嬢さまとプリズム先生はお庭にいらっしゃいます、と申しあげました。ほんのちょっとでいいからお嬢さまに内々でお話がしたい、とおっしゃってでございますが。

セシリー　アーネスト・ワージングさまにこちらにおいでを願ってちょうだい。お客さまのお部屋のことは家政婦と相談したほうがいいと思うわ。

メリマン　はい、お嬢さま。（メリマン退場）

セシリー　ほんとうの不良に会うの、これがはじめて。なんだかこわいみたい。とても心配だわ、いたって平凡な顔つきをしてるんじゃないかと。

アルジャノン登場、すこぶる陽気で愛想がよい。

セシリー　そのとおりよ！

アルジャノン　（帽子をとりながら）あなたがぼくのちいさいいとこのセシリー、ですね。

セシリー　なにか妙な誤解をしてらっしゃいますわ。あたし、ちいさくはございません。実のところ、年のわりにはふつうより大きいと思っているくらいですもの。（アルジャノン、いささか面くらう）でも、いとこのセシリーはセシリーですわ。あなたは、お名前から察して、ジャック伯父さまの弟さんで、あたしのいとこのアーネスト、不良のいとこのアーネストね。

アルジャノン　おう！　ぼくは、ほんとうは、ちっとも不良じゃないですよ、いとこのセシリー。不良だなんて考えちゃいけません。

セシリー　じゃないとしたら、とても許しがたいやりかたで、あたしをすっかりだましつづけてこられたのですわ。まさか二重生活をしてきて、不良らしく見せかけながら、その実、ずっと善良だった、というんじゃないでしょうね。それなら、偽善というものよ。

アルジャノン　（あきれて相手の顔を見る）おう！　むろん、ぼくだって、いくらか向う見ずではありましたがね。

セシリー　それを聞いてうれしいわ。

アルジャノン　実はですね、あなたのほうからお話が出たからいいますが、ぼくも、自分なりのけちな流儀ながら、相当の悪《わる》でしたよ。

セシリー　それはあまり自慢になさるべきではないと思いますわ、きっとずいぶんおもしろかったでしょうけれど。

アルジャノン　あなたとここにいるほうが、ずっとおもしろいですよ。

セシリー　どうしてここへいらっしゃったのか見当がつかないわ。ジャック伯父さまは月曜の午後までお帰りにならないのよ。

アルジャノン　それはがっかりですね。ぼくはまた、月曜の朝の一番列車で、上京しなくちゃならないんです。仕事の約束がありましてね、どうしてもそれを……すっぽかしたいんですが。

セシリー　ロンドン以外のどこかで、すっぽかすわけにはいかないの？

アルジャノン　いかないんです。ロンドンでの約束なんですから。

セシリー　そうね、あたしだって、むろん、知ってるもん、人生の美しさを解する心を保ちたければ、仕事の予約など守らないのがどんなに大切だか、ってことぐらい、でもねえ、やっぱりジャック伯父さまがお帰りになるまで、お待ちになったほうがよいと思いますわ。伯父さまはお話しになりたがってらっしゃるんだもの、あなたの移住のことを。

アルジャノン　ぼくのなんのことを？

セシリー　あなたの移住のこと。伯父さまはね、あなたの仕度品《したくひん》を買いに上京なさったのよ。

アルジャノン　ジャックにぼくの仕度品など断じて買わせてやるもんか。全然ネクタイの趣味がないんだから。

セシリー　ネクタイはいらないと思うわ。ジャック伯父さまがあなたをおやりになるのは、オーストラリア（訳注　大陸と呼ぶにはやや小さく、島と称するにはあまりにも大きな国。一七七〇年、イギリス人クックがここの東岸を探険して以来、十八年後、アーサー・フィリップを初代総督として囚人により最初の植民地が開かれた。イギリス人犯罪者の流刑地となり、牧羊業や金鉱が開発された十九世紀には多くのヨーロッパ人が移住し、一八二九年にイギリスが全土の領有を宣言した。イギリス連邦の自治領）だもの。

アルジャノン　オーストラリアだって！　死んだほうがましだ。

セシリー　とにかく、水曜日の夜のお食事のとき、伯父さまがおっしゃったのよ、あなたは、この世か、あの世か、オーストラリアのどれかひとつを選ばなくてはなるまいって。

アルジャノン　やれやれ！　ぼくの聞いたところじゃあ、オーストラリアも、あの世も、特別おもしろそうじゃない。ぼくはこの世で満足ですよ、セシリー。

セシリー　そうね、でも、この世のほうではあなたで満足かしら？

アルジャノン　どうやらそうらしいですね。だから、ひとつあなたの力で、ぼくを矯正してほしいのですよ。それをあなたの使命にしてもらえませんかねえ、もしおいやでなければ、いとこのセシリー。

セシリー　あいにくと暇がありませんわ、きょうの午後は。

アルジャノン　じゃあ、きょうの午後、ぼくが自己矯正するのならかまいませんか？

セシリー　あなたって少々ドン・キホーテ的ね。でも、おやりになったほうがいいわ。

アルジャノン　やりましょう。もう善良になったような気がしますよ。

セシリー　お顔色のほうはすこし悪くなってますけれど。

アルジャノン　おなかがすいてるからですよ。

セシリー　あたしとしたことが、なんとうかつな。人間は全面的に新しい生活をいとなもうとするとき、営養たっぷりの食事を三度三度とる必要がある、ということを、思い出すべきでしたのにねえ。おはいりになりません？

アルジャノン　ありがとう。まず胸につける花（訳注　フランス語のいわゆるブトニエで、ボタン穴にさす飾り花。当時ひろくおこなわれ、とくにワイルドはそれで有名だった）を一輪いただけませんか？　まず胸に花をつけないと食欲がすこしも起らないんです。

セシリー　黄バラ《マレシャル・ニエル》？（鋏《はさみ》をとりあげる）

アルジャノン　いや、ピンクのバラのほうが結構ですね。

セシリー　どうして？（花を一輪切りとる）

アルジャノン　あなたがピンクのバラのようですから、いとこのセシリー。

セシリー　あたしにそんな口をおききになるもんじゃなくってよ。プリズム先生はけっしてそんなことをおっしゃらないわ。

アルジャノン　とすると、プリズム先生は近眼のおばあちゃまですね。（セシリー、かれの胸のボタン穴にバラの花をさす）あなたみたいにきれいな人には会ったこともない。

セシリー　きれいな顔はみんな罠《わな》って、プリズム先生おっしゃってるわ。

アルジャノン　そんな罠なら、ものわかりのいい男だったらだれでもかかりたいでしょうね。

セシリー　あら、あたし、ものわかりのよい男のかたなんかひっかけたいとは思わなくってよ。どんなお話をしていいかわからないくらいですもの。

ふたりは家のなかへはいってゆく。プリズム女史とチャジュブル師がもどってくる。

プリズム女史　先生はあんまりひとりぼっちすぎましてよ、チャジュブル先生。結婚なさるべきですわ。人間ぎらい《ミサンスロウプ》というのならわたくしにもわかります——女性ぎらい《ウーマンスロウプ》（訳注　「人間ぎらい」は語源的には「ミセオ」（憎む）＋アントロポス（人間）、だからその語頭だけを英語流に直したのでは意味が通じなくなるのを知らずにこういう新語を作り出したわけである）なんて、とてもわかりませんわ！

チャジュブル　（学者らしく身震いしながら）（訳注　こうした才女ぶった無学に、さすがに恐れをなしたのである）とんでもない、わたしにはそんな新語派好みの造語を使っていただく値打ちはありません。原始キリスト教会（訳注　キリストの死後から一五〇年ごろまでの、使徒時代・使徒後時代のキリスト教会で、いわばここでキリスト教の基礎が築かれた）では、名実ともに、はっきり結婚に反対していました。

プリズム女史　（もったいぶって）それなればこそ、原始キリスト教会は今日まで存続しなかったのですわ。それに、先生、先生はお気づきでないらしいのですが、いつまでも独身を通していると、殿がたは女性にとって永遠の誘惑の種になるものでしてよ。殿がたにはもっと気をつけていただかなくては。この独身ってことこそ弱い女性（訳注　『ペテロの第一の手紙』第三章七「夫たる者よ、あなたがたも同じように、女は自分よりも弱い器であることを認めて……」に由来する）を誤らせるのですから。

チャジュブル　しかし、男ってものはね、結婚しても同じように魅力があるんじゃないでしょうか？

プリズム女史　結婚した男は、その妻以外には、けっして魅力ありませんわ。

チャジュブル　しかも、噂《うわさ》によると多いとか、その妻にさえ魅力のない場合が。

プリズム女史　それは、相手の女に知的共感があるかないかによりますわ。いつも頼《たよ》りになるのは成熟ということです。信頼できるのは円熟ということです。若い女は青《グリーン》くさい（訳注　むしろ新鮮に近い意味での「未熟」と「経験の足りない」のふたつのうち、チャジュブルは「性的に未熟な」と解するのである）ですもの。（チャジュブル師、ぎくりとする）園芸学的な意味で申しましたのよ。比喩は果物から借りてまいりましてね。それはそうと、セシリーはどこなんでしょう？

チャジュブル おそらくわたしたちのあとを追って学校へ行ったのですよ。

ジャック、庭園のうしろからゆっくりと登場。黒ずくめの正式の喪服をつけ、黒絹の喪章を帽子に巻き黒の手袋をはめている（訳注 こうした身づくろいは厳守され、ハンカチにまで広い黒のふちがついていた。ト書には出てこないが、それをワージングは胸のポケットから二度とり出すのである）。

プリズム女史 ワージングさま！

チャジュブル ワージングさん？

プリズム先生 ほんとうに思いがけないことですわ。月曜の午後まではお帰りにならないと思っておりましたのに。

ジャック （悲痛な様子でプリズム先生と握手する）予定より早く帰ってきました。チャジュブル先生、お元気でしょうね？

チャジュブル ワージングさん、まさかその喪服は恐ろしい災難の前兆ではありますまいね？

ジャック 弟が。

プリズム女史　またぞろ恥ずかしい借金や放蕩《ほうとう》？

チャジュブル　あいかわらずお道楽ですかな？

ジャック　（首を振りながら）死にました！

チャジュブル　弟ごのアーネストさんが、なくなられた？

ジャック　すっかりなくなりました。

プリズム女史　ほんとにいい薬だこと！　きっとこれでお懲《こ》りになるでしょう。

チャジュブル　ワージングさん、衷心より哀悼の意を表します。自分ほどいつも弟にたいして寛大な情けぶかい兄はなかったのだ、とご自分でもお考えになって、せめてもの慰めとなさるのですな。

ジャック　かわいそうに、アーネストのやつ！　欠点だらけでしたが、大きな、大きな痛手です。

チャジュブル　まことにたいへん大きな。臨終にはお立ちあいでした？

ジャック　いいえ。外国でなくなったものですから。パリでね、実は。昨夜グランド・ホテルの支配人から電報がとどきました。

チャジュブル　死因のことは書いてありました？

ジャック　おこり、らしいですが。

プリズム女史　自業自得《じごう》ですわ。

チャジュブル　（片手をあげながら）いつくしみを、プリズム先生、いつくしみを！　われらはだれひとり完全なるものはいないのですから。このわたしにしてからが、西洋碁《ドラーフツ》にはとくに弱いほうでしてね。埋葬はここでなさいますか？

ジャック　いいえ。パリに埋めてほしいと遺言したらしいですよ。

チャジュブル　パリに！　（首を振る）それでは、ご臨終のときも、あまりまじめな精神状態じゃなかったようですな。あなたもかならずやわたしに、つぎの日曜日、この痛ましい家庭の苦悩にいささか言及するようお望みのことでしょう。（ジャック、発作的に師の手を握りしめる）荒野《あらの》のマナ（訳注　荒野で苦しむイスラエルの民に神が与えた食物。「それはコエンドロの実のようで白く、その味は蜜を入れたせんべいのようであった」（『出エジプト記』第十六章三一））の意味に関するわたしの説教は、ほとんどいかなる場合にも当てはまります、喜ばしきおりにも、あるいは、現状のごとく、心痛のおりにも。（三人ともため息をつく）収穫感謝祭にも、洗礼式にも、堅信礼にも、屈辱の日々にも祝祭の日々にも、その説教をしてまいりました。最近ではセント・ポール寺院において、上流階級不満防止協会のための慈善説教として、これをおこないました。ご臨席の僧正さまは、わたしの用いた比喩《ひゆ》のいくつかに、いたく感動なさいました。

ジャック　あ！　それで思い出しましたが、たしか洗礼式とかおっしゃいましたね、チャジュブル先生？　洗礼の仕方はよくご存じでございましょうね。（チャジュブル師、どぎもを抜かれた態）と申しますのは、もちろん、先生はたえず洗礼をおやりでしょう、という意味ですが、そうじゃありませんか？

プリズム女史　それなのですわ、困ったことに、この教区内で、明けても暮れても、先生のなさらねばならないお仕事のひとつというのが。この問題については貧民階級の人びとによくいって聞かせているのですけれどねえ。でも、あの人たちは節約ってことがどういうことかわからないようですわ（訳注　節約して、あまり子供を作らないように説いているのだが、彼らはそれを理解せず、いわゆる貧乏人の子だくさんで、せっせと洗礼を受けさせる、という意味である）。

チャジュブル　しかしね、だれかとくに目をかけておられる幼いお子さんでもおありですかな、ワージングさん？　弟ごは、たしか、結婚しておられなかったんじゃないですか？

ジャック　ええ、そうです。

プリズム女史　（苦々しげに）快楽ばかり追って暮してる人って、いつもそうですわ。

ジャック　でもべつに子供のためじゃないんです、先生。子供は大好きではありますが。いや！　実はその、ぼく自身が洗礼をしていただきたいんです、きょうの午後にでも、先生さえおさしつかえなければ。

チャジュブル　ですがたしか、ワージングさん、あなたはもう洗礼をすませておられましたね？
ジャック　そのことはなにも覚えていないのです。
チャジュブル　しかしその問題について、なにか重大な疑問でもおもちなので？
ジャック　むしろ疑問をもちたいと思ってるんです。むろん、なにかの形でご迷惑になるかどうか、あるいはぼくがいまではすこし年をとりすぎてるとお考えになるかどうか、ぼくにはわかりませんが。
チャジュブル　いいえちっとも。おとなでも、水をふりかけたり、浸礼（訳注　洗礼のとき、全身を水にひたすこと）をさせたりするのは、完全に教会法による行事なのですから。
ジャック　浸礼ですって！
チャジュブル　ご懸念《けねん》には及びません。水をかけるだけで十分、いや、そのほうが、よろしいでしょう。ここの天気は、まったく変りやすいですからな。式は、何時にあげることにいたしましょうか？
ジャック　おう、よろしければ五時ごろお伺いしたいと思いますが。
チャジュブル　結構、結構！　実を申すと、その時刻には、同様の儀式をふたつおこないますから。ご領内のはずれの小屋で、つい先日生れたふたごの事例なんでしてね。かわいそうに荷馬車屋のジェンキンズ、たいへんな働き者なんですが。

ジャック　おう！　よその赤ちゃんとおそろいで洗礼をうけるなんて、あまりぞっとしませんなあ。子供じみてる。五時半ではいかがでしょう？

チャジュブル　よろしいですとも！　よろしいですとも！　（時計をとり出す）それでは、ワージングさん、忌中の家にこれ以上お邪魔いたしますまい。ただどうかくれぐれもあまり気をお落しになりませんように。つらい試練と見えるものも、変装した祝福であることが多いのですからねえ。

プリズム女史　こんなにはっきりした祝福はないと思いますわ。

セシリー、家から出てくる。

セシリー　ジャック伯父《おじ》さま！　ああ、お帰りになってうれしいわ。だけど、なんていやらしいお洋服を着てらっしゃること！　さあ、着替えてらっして。

プリズム女史　セシリー！

チャジュブル　これ！　これ！　（セシリー、ジャックのほうへ進む。ジャック、陰鬱《いんうつ》な様子で彼女の額に接吻《せっぷん》する）

セシリー　どうなさったの、ジャック伯父さま？　元気をお出しになって！　まるで歯痛って顔つきよ、ところがね、あたしのほうには、とっても伯父さまをびっくりさせることがあるの。食堂にいる人、だれだとお思いになる？　弟さんよ！

ジャック　だれだって？

セシリー　弟さんのアーネストなのよ。三十分ほど前にお着きになったの。

ジャック　そんなばかな！　ぼくには弟などありゃしないよ。

セシリー　まあ、そんなことおっしゃっちゃだめ。これまで伯父さまにいくらひどいことをしてきたって、弟さんはやっぱり弟さんよ。それを弟として認めないなんて、そんな薄情なことなさるもんじゃないわ。出てくるようにって弟さんにいってこよう。そしたら、握手してあげるわね、ジャック伯父さま？　（家のなかへ駆けもどる）

チャジュブル　まことにうれしいたよりですなあ。

プリズム女史　せっかくあの人はなくなったものとあきらめていたのに、突然もどってくるなんて、がっかりもいいところだわ。

ジャック　弟が食堂にいる？　さっぱりわけがわからん。そんなばかげたことがあるもんか。

アルジャノンとセシリー、手をたずさえて登場。ゆっくりとジャックのほうへ歩みよる。

ジャック　ちくしょう！《グッド・ヘヴンズ》（アルジャノンに立ち去れと身ぶりで合図する）

アルジャノン　ジョン兄さん、兄さんにはずいぶん苦労をかけて、ほんとにすみません、これからは、真人間になります、とこれを申しあげようと、ロンドンからやってきたんです。（ジャックは相手をにらみつけたまま、その手をとろうとしない）

セシリー　ジャック伯父さま、実の弟さんの手をはねつけようとなさるんじゃないでしょ？

ジャック　金輪際《こんりんざい》こいつの手なんか握ってやるもんか。ここへやってくるってのが恥知らずだ。わけを知りつくしていながらね。

セシリー　ジャック伯父さま、お願い、やさしくしてあげて。どんな人にだって、なにかいいところはあるものよ。たったいまアーネストから聞いたばかりだけれど、お気の毒なバンベリーさんという病人のお友達があってね、まめに見舞いにいらっしゃるんですって。病人に親切で、ロンドンの楽しみを捨てて苦しんでいる人のベッドにつき添ってあげる、そんな人には、きっといいところがたくさんあるにきまってるわ。

ジャック　おう！　バンベリーのことを話してたんだって？

セシリー　ええ、お気の毒なバンベリーさんのことや、危篤《きとく》状態のことなど、すっかり話してくださったわ。

ジャック　バンベリーか！　ふん、バンベリーのことだろうと、なんだろうと、こいつに口をきかせるものか。それだけでも気が狂いそうなほど腹が立つ。

アルジャノン　むろん、非はすべてぼくにある、それはそうですが。それにしても、ジョン兄さんに冷たくされると、正直なところ、ほんとうにつらいです。もっとあたたかく迎えられるものと思ってましたよ、とくにここへ来たのはこれがはじめてだってことを考えますとね。

セシリー　ジャック伯父さま、もしアーネストと握手をなさらなければ、あたし、伯父さまをけっして許さなくってよ。

ジャック　けっして許さないって？

セシリー　けっして、けっして、けっして！

ジャック　じゃ、こんどかぎりだぞ。（アルジャノンと握手をしながらにらみつける）

チャジュブル　うれしいじゃありませんか、こんなにりっぱな仲なおりができるとは？　さあ、ご兄弟をふたりだけにしてあげようじゃないですか。

プリズム女史　セシリー、あなたもいらっしゃい。
セシリー　はい、プリズム先生。あたしのささやかな仲裁のお仕事もすみましたから。
チャジュブル　きょうは美しい行為をしましたねえ、あんた。
プリズム女史　先走って判断してはなりませんわ。
セシリー　とってもいい気もち。（ジャックとアルジャノンを残して、三人とも退場）
ジャック　このチンピラやくざめ、アルジー、とっととこの土地から出ていくんだ。
ここでバンベリー主義は許さんぞ。

メリマン登場。

メリマン　アーネストさまのお荷物は、旦那《だんな》さまの隣のお部屋に入れておきました。
それでよろしゅうございましょうか？
ジャック　なんだって？
メリマン　アーネストさまのお荷物でございます、はい。荷をといて旦那さまの隣の
お部屋にお入れいたしました。
ジャック　こいつの荷物を？

メリマン　はい、旦那さま。旅行鞄《ポートマントウ》（訳注　大型の革製かばん）が三つ、化粧道具入れが一つ、帽子箱が二つ、それに大きなお弁当箱が一つ。

アルジャノン　残念ながら、こんどはせいぜい一週間しかいられないんでね。

ジャック　メリマン、すぐ一頭立て二輪馬車《ドッグ・カート》（訳注　昔、座席の下に猟犬を乗せるようになっていた）を用意してくれ。アーネストさまは急にロンドンへ呼び返されたんだ。

メリマン　はい、旦那さま。（家のなかへもどってゆく）

アルジャノン　なんて恐ろしい嘘《うそ》つきなんだ、ジャック。ぼくはロンドンに呼び返されてなどいないぜ。

ジャック　いや、いるんだ。

アルジャノン　だれかぼくを呼んでるなんて初耳だな。

ジャック　紳士としての君の義務が君を呼び返すのだ。

アルジャノン　紳士としてのぼくの義務が、かりそめにもぼくの楽しみの邪魔をしたことなど、一度もなかったぞ。

ジャック　なるほど、それはそうだな。

アルジャノン　ところで、セシリーって、いい娘《こ》だなあ。

ジャック　カーデュー嬢のことをそんなふうに話すのはよせよ。好かん。

アルジャノン　いや、好かんのは君の服装だ。そんななりをするとは、愚の骨頂さ。なんだってまた、部屋へもどって着替えをしないんだい？　客として君の家に丸一週間もちゃんと泊ろうとしている人間のためにだよ、正式の喪服を着用するなんて、なんともはや子供じみてらあ。奇々怪々と呼びたいな。

ジャック　客だろうとなんだろうと、丸一週間も泊めてやるものか。君は立ち去らねばならんのだ……四時五分の汽車でね。

アルジャノン　君が喪服《イン・モーニング》を着てるかぎり絶対に立ち去らんよ。およそ友達甲斐《がい》のないことだからな。ぼくが喪　中《イン・モーニング》なら、君だってぼくを泊めてくれるだろう、ねえ。そうしてくれなきゃ、ぼくだってずいぶん思いやりのない仕打ちだと思うだろうぜ。

ジャック　じゃ、着替えをしたら帰ってくれるね？

アルジャノン　うん、暇がかかりすぎなければね。君ぐらい着替えに暇どって、そのくせさっぱり見栄《みば》えのしない男、見たことないからなあ。

ジャック　ふうん、とにかく、君みたいにいつもめかしすぎてるよりはましさ。

アルジャノン　たまにはちょいとめかしすぎるとしてもだ、その埋合せに、いつも大いに教養がありすぎるからな。

ジャック　君の虚栄心は滑稽《こっけい》だ、君の行動は乱暴だ、この庭での君の存在は愚劣だ。

しかし、まあいいや、君は四時五分発に乗らなくちゃならんのだからな、ひとつロンドンへの帰りの旅は楽しくやんなよ。君のいわゆるバンベリー主義も、こんどはあんまりうまくいかなかったな。（家のなかへはいる）

アルジャノン　大成功だったと思うんだ。ぼくはセシリーを愛してる、そしてそれだけでいうことなしだ。

セシリー、庭の後方から登場。如露《じょろ》をとりあげて花に水をやりはじめる。

だが、たつ前にあの人に会って、つぎのバンベリーの打合せをしなくちゃ。あ、あそこにいる。

セシリー　あら、あたし、ただバラに水をやりに来ただけよ。ジャック伯父さまとごいっしょと思ってたわ。

アルジャノン　かれはぼくのために馬車をいいつけに行きましたよ。

セシリー　まあ、あなたをつれて楽しいドライヴってわけ？

アルジャノン　ぼくを追い返そうってわけ。

セシリー　それじゃお別れしなけりゃならないのね？

アルジャノン　残念ながらそうなんです。とてもつらい別れです。
セシリー　ついさっき知りあったばかりのかたとお別れするの、いつだってつらいものよ。昔からのお友達なら会えなくても平気で我慢できるわ。でもね、たったいま紹介されたかたとは、ほんのしばしの別れさえ、とても耐えられないくらいよ。
アルジャノン　ありがとう。

メリマン登場。

メリマン　お車が門口にまいっております。（アルジャノン、訴えるようにセシリーを見る）
セシリー　待たせておいてね、メリマン……その……五分間ほど。
メリマン　はい、お嬢さま。（メリマン退場）
アルジャノン　ねえ、セシリー、まったく率直にあけすけにこう申しあげても、お怒りにならないでしょうね、あなたこそ、あらゆる点において、絶対的な完全の、目に見える権化《ごんげ》とぼくには思われると。
セシリー　その率直さで、あなたはとてもりっぱなかただってことがわかると思うわ、

アーネスト。もしよろしかったら、あなたのおことばを日記に写しとくわ。（テーブルのところへ行き日記に書きこみはじめる）

アルジャノン　ほんとうに日記をつけてらっしゃるんですか？　ぜひとも拝見したいですなあ。いいでしょう？

セシリー　あら、だめよ。（日記を手で蔽《おお》う）だってねえ、これはただ、ごく若い娘が自分の考えや印象を記録しただけのもので、だから出版するつもりなの。本の形で出たら一冊注文してくださるわね。でもお願い、アーネスト、やめないで。口述を筆記するの、あたし、大好きなの。「絶対的な完全」まで書いたわ。つづけてちょうだい。先をいってくださっていいのよ。

アルジャノン　（いささか不意を打たれて）えへん！　えへん！

セシリー　あら、咳《せき》しないで、アーネスト。口述してるときは流暢《りゅうちょう》にしゃべって、咳をするもんじゃなくってよ。それに、あたし、咳って字、どう綴《つづ》ればいいか知らないんだもの。（アルジャノンが語るままに書く）

アルジャノン　（とても早口で）セシリー、あなたのすばらしい無類の美しさをひと目見て以来、ぼくはあえてあなたに恋をしてしまいました、熱狂的に、情熱的に、献身的に、絶望的に。

セシリー　あたしを熱狂的に、情熱的に、献身的に、絶望的に愛する、だなどとおっしゃるものじゃなくってよ。絶望的だなんて、あんまり意味ないんじゃないかしら？

アルジャノン　セシリー！

メリマン登場。

メリマン　車がお待ちしておりますが。

アルジャノン　来週、同じ時刻に来るように命じてくれたまえ。

メリマン　（セシリーを見るが、彼女は知らん顔をしている）かしこまりました。

セシリー　ジャック伯父さま、とてもお困りよ、来週、同じ時刻まであなたがずっといらっしゃると知ったら。

アルジャノン　なあに、ジャックのことなどかまうもんですか。ぼくのかまうのは世界じゅうであなたたったひとりです。ぼくはあなたを愛しています、セシリー。結婚してくださるでしょう、ね？

セシリー　このおばかさん！　もちろんよ。だって、あたしたち三カ月も前から婚約してるんだもの。

アルジャノン　三カ月も前から？

セシリー　そうよ、この木曜で満三カ月になってよ。

アルジャノン　しかしどんなふうに婚約したんです？

セシリー　それはねえ、ジャック伯父さまが、自分にはとても不良の弟があるって、はじめておうちあけになった、それからというものずっと、あなたのことが、もちろん、あたしとプリズム先生との話題の中心になったのよ。そしてもちろん、なにかと噂《うわさ》にのぼるような人って、だれでもとても魅力があるものなの。そんな人にはなにかがあるにちがいないって感じがするもの、けっきょく。それはあたしとして愚かではあったろうけれど、あなたに恋してしまったのよ、アーネスト。

アルジャノン　いとしいひと！　で、婚約がじっさいに決ったのはいつでした？

セシリー　この二月十四日（訳注　三世紀の殉教聖者ヴァレンタインの記念日、聖ヴァレンタイン祭。この日に恋人を選ぶ、また恋人どうしが手紙や贈りものを交換する）よ。あたしのことをあなたが全然ご存じないのにうんざりしちゃって、あたし、どっちかに事の結着をつけてしまおうと決心したの、そして長い煩悶《はんもん》のあげく、とうとうここのこのなつかしい古い木の下であなたの申し出をお受けしたの。翌日あなたのお名前でこの小さな指輪を買ってね、それからこの小さな腕輪（訳注　ふつう留め金がついていない）には縁結び（訳注　愛のしるしとしてリボンに結びを作ったもの）がついていて、かたときもこれをはずすまいと、あなたにお約束したの。

アルジャノン　ぼくがこれをあげたんですか？　とてもきれいじゃありませんか、ねえ？

セシリー　ええ、あなたってすばらしくいい趣味をもってらっしゃるわ、アーネスト。あんなよくない生活をしていても、これだからと、あたしいつも許してあげていたのよ。それから、これはあなたの大事なお手紙がみんなしまってある箱なの。（テーブルのところでひざまずいて、箱をあけ、青いリボンでしばってある手紙をとり出す）

アルジャノン　ぼくの手紙ですって！　しかし、ぼくのかわいいセシリー、ぼくは一度も手紙をあげたことないよ。

セシリー　そんなこと、おっしゃるまでもなくってよ、アーネスト。あたし、とてもはっきり覚えてるわ、あなたにかわって手紙を書かないわけにいかなかったことを。いつも週に三べん、ときにはもっと書いたのよ。

アルジャノン　おう、どうか読ませてくださいよ、セシリー。

セシリー　ああ、とてもだめだわ。あなたをすっかりうぬぼれさせてしまうもの。（箱をもとにもどす）あたしが婚約を解消したあとでいただいた三通など、あんまり美しくって、そしてあんまり誤字だらけなんで、いまでもそれを読むと、どうしてもすこし泣けてくるのよ。
アルジャノン　しかしぼくたちの婚約、解消したことあった？
セシリー　むろんあったわ。この三月二十二日よ。なんならそこをお読みになってもいいわ。（日記を見せる）「本日アーネストとの婚約を解消。そうするほうがよいと思う。あいかわらずすばらしいお日和《ひより》つづき。」
アルジャノン　しかしいったいなぜ解消したのです？　ぼくがなにをしました？　全然なにもしなかったですよ。セシリー、君が解消したと聞いて、胸が痛んでならない。ことにお天気がこんなにいいというのに。
セシリー　少なくとも一度は解消したのでなくては、ほんとうに真剣な婚約ではなくってよ。でも、その週が終らないうちにあなたを許してあげたわ。
アルジャノン　（彼女のところへ歩いていって、ひざまずきながら）君はなんてやさしいひとなんだ、セシリー。
セシリー　このロマンチックな坊やちゃん。（かれはセシリーに接吻《せっぷん》し、彼女はかれの髪に指を入れる）この髪の毛、自然にカールしてるんでしょ？
アルジャノン　そうだよ、君、ちょっと人手を借りはするけど。

セシリー うれしいわ。
アルジャノン 二度と婚約を解消するようなことはないでしょうね、セシリー？
セシリー じっさいにあなたにお目にかかってしまったからには、もう解消しようたってできないと思うわ。それに、むろん、あなたのお名前のこともあるし。
アルジャノン そう、むろんね。（いらいらしながら）
セシリー お笑いになってはいやよ、あなた、少女らしい夢だけど、あたしいつもアーネストって名前のかたを愛したいと思っていたの。（アルジャノン立ちあがる、セシリーも）その名前には、なにか絶対の信頼の念を起させるものがあるような気がするわ。アーネストって名前じゃない男と結婚した女の人、気の毒だと思うわ。
アルジャノン しかし、君、もしぼくがほかの名前だったら、ぼくを愛せないというの？
セシリー でも、どんな名前？
アルジャノン おう、どんな名前だっていいけど——アルジャノンってのは——たとえばさ……
セシリー でも、アルジャノンだなんて名前、好きじゃないわ。
アルジャノン しかしだね、ぼくの大切な、かわいい、愛するいとしい君よ、どうしてアルジャノンって名前に反対するのか、ぼくにはさっぱりわからないなあ。けっして悪い名前じゃないですよ。それどころか、むしろ貴族的な名前なんだ。破産裁判所（訳注　借金その他が払えない者が入れられる特殊な裁判所、ここで破産の宣告を受けるほどの連中は金持ちで貴族が多い、との意）へ行った連中、半分までがアルジャノンって名前なんですよ。しかし、冗談はやめにして、セシリー……（彼女のほうに近づきながら）……もし、ぼくの名前がアルジーだったとしたら、ぼくを愛せない？

セシリー　（立ちあがりながら）あなたを尊敬することはあるかもしれなくてよ、アーネスト、いいかただと思うことはあるかもしれなくてよ、でも、あなただけを一途《いちず》に思いつめることは、できない気がするの。

アルジャノン　えへん！　セシリー！　（帽子をとりあげながら）ここの牧師さんは、たぶん、教会の儀式ならなんでもそのやりかたに通暁《つうぎょう》してられるでしょうね？

セシリー　ええ、そうよ。チャジュブル先生、たいへんな学者なのよ。一冊も本をお書きになったことがないの、ですから、どんなに学問がおありか想像できるでしょ。

アルジャノン　さっそく先生にお目にかからなくちゃあ、きわめて重大な洗礼が――いや、きわめて重大な仕事があるんでね。

セシリー　まあ！

アルジャノン　三十分もしたら帰ってきますからね。
セシリー　二月十四日から婚約していて、そしてきょうはじめてお会いしたばかりなのよ、それなのに、三十分も、そんな長いあいだ置き去りにするなんて、ひどいと思うわ。二十分にできない？
アルジャノン　すぐ帰ってきますよ。

彼女に接吻して庭を走りさる。

セシリー　なんてせっかちな人なんだろう！　あの人の髪の毛、大好きだわ。結婚の申しこみを日記につけとかなくては。

メリマン登場。

メリマン　フェアファックスとおっしゃるお嬢さまがお見えになって、旦那《だんな》さまにお目にかかりたいそうでございます。たいそう重要な用件で、とおっしゃっていらっしゃいます。

セシリー　伯父さまはお書斎にいらっしゃらないの？
メリマン　さきほど牧師館のほうへお出かけになりました。
セシリー　そのかたをこちらへお通ししてちょうだい。伯父さまはきっとまもなくおもどりだろうから。それから、お茶をもってきてね。
メリマン　はい、お嬢さま！（出て行く）
セシリー　フェアファックスのお嬢さん！　ジャック伯父さまが、ロンドンで慈善事業をしていらっしゃる、その関係者で、大勢の人のいい年配のご婦人がたのひとりなのよ。慈善事業に興味のある女の人って、あんまり好きじゃないけれど。とても出しゃばりだと思うわ。

メリマン登場。

メリマン　フェアファックスのお嬢さまでございます。

グウェンドレン登場。メリマン退場。

セシリー　（歩みよって迎える）自己紹介をさせていただきます。セシリー・カーデューと申します。
グウェンドレン　セシリー・カーデューさん？　（相手に近づき握手しながら）まあなんていいお名前なんでしょう！　なんだか、あたしたち、とても仲よしになれそうな気がいたしますわ。もう口でいえないほど好きになっておりますもの。あたしの第一印象、めったにまちがったことありませんのよ。
セシリー　お会いしてからまだあんまり時がたっておりませんのに、そんなに好きになってくださって、ほんとうにご親切さま。どうぞおかけになって。
グウェンドレン　（まだ立ったままで）セシリーってお呼びしてもよくって？
セシリー　どうぞ！
グウェンドレン　そして、あなたもあたしをいつもグウェンドレンって呼んでくださるわ、ね？
セシリー　お望みでしたら。
グウェンドレン　じゃ、そのことはすっかりきまりましたわ、ね？
セシリー　そうですとも。（間。ふたりはいっしょに腰をおろす）
グウェンドレン　たぶんよい機会だと思いますから、あたしのことを申しあげましょう。父はブラックネル卿《きょう》ですの。パパのこと、ご存じないでしょう、ね？

セシリー　存じあげませんけれど。

グウェンドレン　家庭外ではね、パパは、ありがたいことに、全然知られておりませんの。当然そうあるべきだと思いますわ。殿がたにふさわしい領分こそ家庭なのだって気がいたしますもの。ですから、いったん家事上の義務を投げやりにしだすと、殿がたって、きまって痛ましいくらい女々《めめ》しくなるのですわ、そうでしょ？　そこが、あたし、気に入らないんですの。そうなると殿がたって、とっても魅力的ですものね。セシリー、ママはね、いちじるしくきびしい教育観の持主なので、あたしを極度の近視に育ててあげてしまったの。それがママの方針の一部なのよ。それで、めがねをかけてあなたを見てもお気になさらないわね？

セシリー　いいえ！　ちっとも、グウェンドレン。あたし見られるの大好きですもの。

グウェンドレン　（長柄つきのめがね《ローニェット》（訳注　いんぎん無礼な中年すぎの女ならかけそうなのに、それを若いグウェンドレンが使うものだから、楽しくなる）で丹念にセシリーを観察してから）ここへはちょっと泊りにいらっしゃってるのですわねえ。

セシリー　いいえ！　あたし、ここに住んでおりますのよ。

グウェンドレン　（きびしく）ほんとう？　じゃ、きっと、おかあさまか、それともお年を召した女のご親戚《しんせき》も、ここにお住まいなんでしょうね？

セシリー　いいえ！　あたしには母も、それに、実は、ひとりの親戚もありませんわ。

グウェンドレン　まさか？

セシリー　あたしの後見人が、プリズム先生の助力を得て、あたしの世話をするっていうとても骨の折れる仕事をしてくださってるの。

グウェンドレン　あなたの後見人ですって？

セシリー　ええ、ワージングさんがあたしの後見人なの。

グウェンドレン　まあ！　変ねえ、あの人、後見してる人がいるなんて一度もあたしにいわなくってよ。なんて秘密主義なんでしょう！　あの人、一時間ごとにおもしろくなってくるわ。あたしは、でも、それを伺ってただ一途にうれしがってるとはいいきれないの。（立ちあがって相手のほうへ進みながら）あたし、あなたが大好きよ、セシリー。お会いしたときからずっと好きになってるのよ。でも、これだけは申しあげとかなくてはと思うわ、つまりね、ワージングさんがあなたの後見人だとわかってみると、あなたが――そうね、お見受けするよりほんのすこし年上だったら――それにそんなに誘惑的なお姿でなかったらと、そんな気もちをお伝えしないではいられないのよ。実のところ、もし率直に申しあげてよければ――

セシリー　どうぞおっしゃって！　なにか不愉快なことをいわなくてはならないとき

はいつだって、すっかり率直であるべきだと思うわ。

グウェンドレン　じゃ、嘘《うそ》も隠しもなくお話しするとね、セシリー、あなたが満四十二だったら、年のわりに並みはずれて不器量だったら、と思うの。アーネストって、強いまっすぐな性質よ。真実と高潔の化身だわ。不実なんてことは、詐欺《さぎ》と同様、あの人にはできっこないのよ。でもねえ、この上もないような高潔な道義心の持主でさえ、ほかの人の肉体的魅力にはきわめて影響されやすいものなのよ。古代の歴史に劣らず、近代の歴史にだって、いまいってることの、それはそれは痛ましい実例がたくさん出てきてよ。そうじゃなかったら、それこそ、歴史なんて、まったく読めたもんじゃないけれど。

セシリー　失礼ですけれど、グウェンドレン、アーネストとおっしゃったわね？

グウェンドレン　ええ。

セシリー　あら、でも、それはあたしの後見人であるアーネスト・ワージングさんじゃなくってよ。ご兄弟の——お兄さまのほうなの。

グウェンドレン　（ふたたび腰をおろしながら）兄弟があるなんて、アーネストはついぞあたしにいったことなくってよ。

セシリー　それがお気の毒におふたりは長らくうまくいってなかったの。

グウェンドレン　ああ！　道理で。そういえば、男の人が兄弟のことを口にするのを一度も聞いたことないわねえ。こういう話題は、たいていの男の人にはうとましいらしいのね。セシリー、おかげで、あたし、気が軽くなったわ。あたし、もうすこしで不安になりかけてたの。あたしたちのような友情にすこしでも影がさすようなことがあったら、恐ろしいことだもの、ねえ？　もちろん絶対に、絶対に確かなんでしょうね、それがあなたの後見人たるアーネスト・ワージングさんじゃないってことは？

セシリー　絶対に。（間）実はね、あたし、もうじき、あの人のものになるのよ。

グウェンドレン　（不審そうに）なんですって？

セシリー　（やや恥じらいながら内緒ごとみたいに）ねえグウェンドレン、あなたになにも隠しごとするいわれはないわ。こちらのちいさな地方紙にも来週きっと記事が出るもの。アーネスト・ワージングさんと婚約したのよ。

グウェンドレン　（立ちあがりながら、いとも丁重に）ねえセシリー、なにかちょっとした間違いがあるにちがいないと思いますわ。アーネスト・ワージングさんは、あたしと婚約してるのよ。遅くとも土曜日の『モーニング・ポスト』（訳注　一七七二年創刊のロンドンの有力紙のひとつ）に発表があるわ。

セシリー　（立ちあがりながら、とても丁重に）なにか勘違いしてらっしゃるにちがいないと思いますわ。アーネストは、かっきり十分前に、あたしに結婚を申しこんだのですよ。（日記を見せる）

グウェンドレン　（長柄つきのめがねで丹念に日記を調べる）ほんとうにとてもおかしな話だこと、だってあの人、きのうの午後五時三十分に、自分の妻になってくれっていったんだもん。この件を確かめたいとお思いでしたら、どうぞそうしてちょうだい。（自分の日記をとり出す）あたし、旅行するときはかならず日記をもってゆくのよ。車中なにか煽情《せんじょう》的な読みものが必要だもん。あなたをすこしでもがっかりさせるようだったら、ねえセシリー、ほんとにお気の毒ですけれど、どうやらあたしのほうに優先権がありそうね。

セシリー　あなたにすこしでも精神的もしくは肉体的な苦悶《くもん》を与えるようだったら、ねえグウェンドレン、いうにいえないほど心苦しいんですけれど、これだけははっきり申しあげておかなくてはと思いますわ、あなたに結婚の申しこみをしたあとで、アーネストは明らかに心変りしたんだと。

グウェンドレン　（考えこみながら）かわいそうにあの人が罠《わな》にかかってなにかばかばかしい約束でもしたんなら、ただちに、断乎《だんこ》として助けだすのが、あたしの義務だと思うわ。

セシリー　（考え深そうに、かつ悲しげに）あの人がたとえどんな不運な罠にかかっていらっしたにせよ、結婚してからそのことであの人を責めるようなことはけっしてしないわ。

グウェンドレン　罠って、カーデューさん、あたしのことをおっしゃってるの？　失礼よ。もうこうなったら、思ってることを洗いざらいぶちまけるのが、道徳的義務以上のものになるわ。ひとつの快楽になるわ。

セシリー　あなたはね、フェアファックスさん、あたしがアーネストを罠にかけて婚約させた、とでもおっしゃるの？　あなたこそ、どうなのよ？　もうこうなったら、礼儀のなんのってうわっつらの仮面などつけてる場合じゃないわ。鋤《すき》を見ればあたしは鋤と呼ぶの（訳注　イギリスのことわざに「鋤を鋤と呼べ（そのものずばりといえ、ありのままいえ）」というのがある）。

グウェンドレン　（皮肉に）ありがたいことに、あたし、一度も鋤ってもの見たことございませんのよ。はっきりしてるわね、あたしたちの住んでる社会の領域が大分かけはなれてるってことが。

　メリマン、従僕をつれて登場。従僕は盆、テーブル・クロース、皿立てを運んでくる。

セシリーはしっぺい返しをしようとしていたところ。召使たちが出てきたので、ふたりは自制するが、そのためふたりともやきもきする。

メリマン　いつものとおりお茶はここにお置きしましょうか、お嬢さま？

セシリー　（おちついた声だが、きびしく）ええ、いつものとおりに。

メリマン、テーブルの上をかたづけてテーブル・クロースをかけはじめる。長い間《ま》。セシリーとグウェンドレンはにらみあっている。

グウェンドレン　ご近所にはおもしろい散歩道がたくさんございます、カーデューさん？

セシリー　ええ！　ございますわ！　たくさん。ごく近くの丘では、頂上から五つの州が見渡せましてよ。

グウェンドレン　五つの州ですって！　それは感心しませんわねえ。ごたごたしてるの、大きらいですもの。

セシリー　（愛想よく）それでロンドンにお住まいなのですね？　（グウェンドレン、唇《くちびる》を嚙《か》み、いらだたしげにパラソルで自分の足をたたく）ほんとうに手入れのゆきとどいたお庭ですことね、カーデューさん。

セシリー　お気に召してうれしゅうございますわ、フェアファックスさん。

グウェンドレン　田舎《いなか》にも花があるなんて、思ってもみませんでしたわ。

セシリー　まあ、田舎に花はつきものでしてよ、フェアファックスさん、ロンドンに人がつきものであるようにね。

グウェンドレン　あたし個人としてはどうしてもわかりませんの、いったいどうして田舎になんかいられるんでしょうかしら、まあひとかどの人物でしたらねえ。田舎には、あたし、いつも死ぬほど退屈させられますわ。

セシリー　ああ！　それが新聞に出ている農業不景気《デプレッション》（訳注「デプレッション」には「不況」、「不景気」のほかに「意気銷沈」「憂鬱」の意味もある。両意に用いて相手をひやかしたわけである）っていうんですわ、ね？　貴族階級は目下それでひどく苦しんでいらっしゃるとか。ほとんど流行病みたいなものですって、世間の話だと。お茶をさしあげましょうか、フェアファックスさん？

グウェンドレン　（念を入れた丁重さで）ありがとうございます。（わきぜりふで）いけ好かない娘！　でも、お茶はほしい！

セシリー　（愛想よく）お砂糖は？

グウェンドレン　（高慢ちきに）いいえ、結構でございますわ。お砂糖なんてもう流行おくれでしてね。（セシリー、怒って相手をにらみつけ、角砂糖ばさみをとりあげて角砂糖を四つ茶碗《ちゃわん》に入れる）

セシリー　（きびしく）ケーキ、それともバタつきパン？

グウェンドレン　（うんざりしたという調子で）バタつきパンを、どうぞ。ちかごろ上流のお宅ではケーキはめったに出しませんわ。

セシリー　（ケーキをとても厚く切って、盆にのせる）これをフェアファックスさんにさしあげて。

メリマン、指図どおりにして、従者といっしょに出て行く。グウェンドレン、お茶を飲んで顔をしかめる。すぐ茶碗を下に置き、手をのばしてバタつきパンをとろうとして、見ると、ケーキだとわかる。憤然として立ちあがる。

グウェンドレン　あなた、お茶に砂糖をどっさり入れたわね、それに、あんなにはっきりバタつきパンをお願いしたのに、ケーキをくれたのね。あたし、気だてのやさしい、人並みすぐれておだやかな性質だといわれてるけれど、用心なさらないと、カーデューさん、度がすぎましょうよ。

セシリー　(立ちあがりながら)あたしのかわいそうな、無邪気な、人を信じやすいあの人を、ほかの女のたくらみから救い出すためなら、あたし、どんなことをしたって度がすぎるなんてことないわ。

グウェンドレン　会った瞬間から、あたし、あなたを信用しなかった。不実な人をだます女だと思った。こういうことでは、あたし、けっしてだまされたことないのよ。あたしの第一印象、きまって正しいんですからね。

セシリー　なんだかね、フェアファックスさん、あなたの貴重なお時間の邪魔をしてるようね。きっとほかにも同じような訪問をなさるところがこの近所にたくさんおありでしょうから。

ジャック登場。

グウェンドレン　(かれの姿を認めて)アーネスト! あたしだけのアーネスト!

ジャック　グウェンドレン! いとしいひと! (接吻《せっぷん》しようとする)

グウェンドレン （身を引いて）ちょいと待って！　お尋ねしますけれど、あなた、こちらのお嬢さまと婚約なさったの？　（セシリーを指さす）

ジャック （笑いながら）うちのセシリーと！　そんなばかな！　なんでまたそんな考えがあなたのかわいいちいさな頭にはいりこんだんだろう？

グウェンドレン ありがとう。さあどうぞ！　（頰《ほお》をさしだす）

セシリー （とても愛想よく）なにか誤解があるにちがいないと思ってましたわ、フェアファックスさん。いまあなたの腰に手をまわしてらっしゃるその紳士こそ、あたしの後見人、ジョン・ワージングさんなのよ。

グウェンドレン なんですって？

セシリー これはジャック伯父さまよ。

グウェンドレン （あとずさりしながら）ジャックですって！　まあ！

アルジャノン登場。

セシリー アーネストが来たわ。

アルジャノン （ほかの者には気づかず、まっすぐセシリーのところへ行く）ぼくだけの恋

人！（接吻しようとする）

セシリー　（身を引いて）ちょいと待って、アーネスト！　お尋ねしますけれど――あなた、こちらのお嬢さまと婚約なさったの？

アルジャノン　（あたりを見まわしながら）どのお嬢さんと？　おやっ！　グウェンドレン！

セシリー　そうよ！　おやっ、グウェンドレンの、その、グウェンドレンとよ。

アルジャノン　（笑いながら）そんなばかな！　なんでまたそんな考えがあなたのかわいいちいさな頭にはいりこんだんだろう？

セシリー　ありがとう。（接吻してもらおうと頬をさしだしながら）さあどうぞ。（アルジャノン接吻する）

グウェンドレン　なにかちょっとした間違いがあるんじゃないかと思ってましたわ、カーデューさん。いまあなたを抱いてらっしゃるその紳士こそ、あたしのいとこの、アルジャノン・モンクリーフさんなのよ。

セシリー　（アルジャノンから身をふりほどいて）アルジャノン・モンクリーフですって！　まあ！　（ふたりの娘は歩みよって、保護を求めるかのように抱きあう）

セシリー　アルジャノンというお名前なのね？

アルジャノン　否定はできません。
セシリー　まあ！
グウェンドレン　あなたのお名前、ほんとうはジョンなの？
ジャック　（むしろ得意然と）否定する気になれば否定できますがね。否定する気になれば、ぼくはなんだって否定できますがね。しかしぼくの名前はいかにもジョンです。もう長年ジョンですよ。
セシリー　（グウェンドレンに）あたしたちふたりともひどい詐欺《さぎ》にかかったのよ。
グウェンドレン　かわいそうに傷つけられたセシリー！
セシリー　辱《はずか》しめられたやさしいグウェンドレン！
グウェンドレン　（ゆっくりと、まじめに）あたしのことをお姉さまと呼んでくださるわね？　（ふたり抱きあう。ジャックとアルジャノン、呻《うめ》きながら庭を行ったり来たりする）
セシリー　（どちらかといえば快活に）あたしの後見人に質問させていただきたいことが、たったひとつだけ、あるわ。
グウェンドレン　すばらしい考えよ！　ワージングさん、あなたに質問させていただきたいことが、たったひとつだけ、あるわ。弟さんのアーネストはどこにいらっしゃるの？　あたしたちはふたりとも、弟さんのアーネストと婚約してるのよ、ですから、かれが現在どこにいるかを知るのは、あたしたちにとってどうでもいいことじゃないわ。

ジャック　（ゆっくりと、ためらいがちに）グウェンドレン――セシリー――真相をうちあけざるをえないのは、ぼくにとって、その、実につらいんです。こんなにつらい立場に追いつめられたのは、生れて、その、はじめてですし、また、こういったことをするのに、ぼくはまるで慣れてもいないもんですからねえ。しかしながら、率直にうちあけましょう、ぼくには、アーネストという弟は、ないんです。弟など、全然ないんです。これまで弟をもったことは一度もなく、これからも弟をもつ気など、さらさらありません。

セシリー　（びっくりして）弟など全然ないんですって？

ジャック　（陽気に）ひとりも！

グウェンドレン　（きびしく）どんな種類の弟ももったことがないのですか？

ジャック　（楽しそうに）けっして。どんな種類のもね。

グウェンドレン　どうやらはっきりしたようね、セシリー、あたしたちふたりとも、だれとも婚約してはいないってことが。

セシリー　突然こんな羽目になるなんて、若い娘の身にとって、あまり愉快なことじゃないわね。そうでしょ？

グウェンドレン　家のなかへはいりましょうよ。あの人たち、そこまであたしたちのあとを追いかけてくる勇気なんかありはしないわよ。

セシリー　そうよ、男なんて、ほんとうに臆病《おくびょう》だもの、ねえ？

ふたりは軽蔑《けいべつ》の顔つきで家のなかへ引きあげる。

ジャック　こんなとんでもない事態が、君のいわゆる、バンベリー主義ってやつなんだな？

アルジャノン　うん、しかもだ、この上なくすばらしいバンベリーだよ。こんなすばらしいバンベリーなんて、生れてはじめてさ。

ジャック　とにかく、ここでバンベリーをやるいかなる権利も君にはないんだぞ。

アルジャノン　そんなばかな。人間には、どこでも好むところで、バンベリーをやる権利があるんだ。まじめなバンベリー主義者なら、だれだってそれは知ってるよ。

ジャック　まじめなバンベリー主義者だって！　やれやれ！

アルジャノン　とにかくだ、人間はなにかにまじめでなくちゃいけない、もし人生になんらかの楽しみをもちたければだ。ぼくは、たまたまバンベリー主義にまじめになってるってわけさ。いったい君はなんにまじめになってるのか、ぼくにはさっぱりわからん。あらゆることに、だろうな。君ときたら、まったくもってけちくさい性質だぜ。

ジャック とにかくだ、こんどの情けない事件全体にもたったひとつ、いささかの満足を覚えるのは、君の友人のバンベリーが、こっぱみじんになっちまったことさ。これまでみたいに、君も、そうちょくちょく田舎《いなか》へお出かけってわけにもいくまいぜ、アルジー。それもとても結構なことさ。

アルジャノン 君の弟も、いささか色が剝《は》げてるじゃないか、おい、ジャック? 君だって、これまでの悪習どおり、そうしょっちゅうロンドンへ雲隠れするってわけにもいくまいぜ。それも悪かあないことさ。

ジャック カーデュー嬢にたいする君の振舞いについちゃあ、あんなかわいい、単純な、無邪気な娘をだますなんて、まったく許すべからざることだといわなければならん。ぼくがあれの後見人だってことを別としてもだ。

アルジャノン フェアファックス嬢みたいな頭の鋭い、利口な、すっかり世慣れた令嬢を欺《あざむ》くなんて、まったく弁護の余地がない。彼女がぼくのいとこだってことを別としてもだ。

ジャック　グウェンドレンと婚約したかった、それだけの話さ。愛してるんだ。

アルジャノン　そうかい、ぼくだって、セシリーと婚約したかったまでさ。熱愛してるんだ。

ジャック　カーデュー嬢と結婚できる見こみは絶対にないね。

アルジャノン　フェアファックス嬢と結ばれる可能性も、ジャック、たいしてなさそうだと思うな。

ジャック　そうかい、君の知ったことじゃないさ。

アルジャノン　ぼくの知ったことなら、しゃべりゃせんよ。（マフィン（訳注　トウモロコシ粉などを加えてちいさく丸く軽焼きにしたパン。バターをつけて、朝食またはお茶のときに、出来たての熱いのを食べる）を食べはじめる）自分の知ったことをしゃべるのはすこぶる俗悪なことだぜ。そんなことをするのは株屋みたいな連中だけさ、それだって晩餐会《ばんさんかい》のときだけにね。

ジャック　こんな恐ろしい心配ごとがあるってのに、そんなところでおちつき払ってマフィンを食ってられるなんて、ぼくには解《げ》しがたいな。薄情きわまる人間としか思えん。

アルジャノン　だってさ、あわてふためいてたら、マフィンなど食えやせんよ。バターがカフスにくっついちまわあ。マフィンはいつだっておちつき払って食うべきだよ。マフィンの食いかたはそれしかない。
ジャック　おいおい、こんな状況で、そもそもマフィンを食うってのが、薄情きわまることだぞ。
アルジャノン　心配ごとのあるとき、ぼくを慰めてくれるのはね、食うことだけさ。じっさい、ほんとうに大きな心配ごとがあると、ぼくをよく知ってる連中ならだれでも君に話してくれるだろうが、ぼくは、食いものと飲みもの以外、なにひとつ受けつけないんだよ。現在ただいまマフィンを食ってるのは、ぼくが不幸だからさ。おまけに、マフィンは大好物だからな。(立ちあがりながら)
ジャック　(立ちあがりながら)だからって、そんなにがつがつと平らげちまうって法はあるまい。(アルジャノンからマフィンをとりあげる)
アルジャノン　(ティー・ケーキをさしだしながら)代りにティー・ケーキ(訳注　午後のお茶のとき、焼いてバターをつけて食べる小さな形の菓子パン、クッキー)にしてもらいたいがなあ。ティー・ケーキは好きじゃないんだ。
ジャック　やれやれ!　人間、わが家の庭でわが家のマフィンを食っていいと思うがなあ。
アルジャノン　だが、マフィンを食うのは薄情きわまると、君、いったばかりだぜ。

ジャック　ぼくのいったのは、こんな状況では、薄情きわまる、という意味だ。まったく別のことだよ。

アルジャノン　そうかもしれん。だが、マフィンはマフィンさ。（ジャックからマフィンの皿を引ったくる）

ジャック　アルジー、後生だから帰ってくれよ。

アルジャノン　晩飯も食わさずに帰れなどといえた義理じゃないぜ。無茶だよ。ぼくはけっして晩飯を食わずに帰らないんだ。だれだってそうさ、菜食主義者とかなんとかって連中は別だがね。おまけに、ぼくはチャジュブル先生と、六時十五分前に、アーネストって名で洗礼してもらう手はずをつけたばかりだ。

ジャック　おい君、そんなばかげたことは一刻も早くあきらめたほうがいいよ。ぼくは、けさ、チャジュブル先生と、五時半に洗礼してもらう手はずをつけたんだから、むろん名前はアーネストだがね。グウェンドレンが望むだろうからな。ぼくたちふたりともアーネストって名をもらうわけにいくまいぜ。無茶だよ。それに、ぼくには、洗礼を受けたければ受けてよい完全な権利があるんだ。だれかに洗礼を受けたという確証は、まるでないんだからな。一度も受けなかったと考えてまず間違いあるまいし、チャジュブル先生も、そう考えておられる。君の場合は全然違う。君はすでに洗礼を受けてるんだから。

アルジャノン　うん、だがもう何年も洗礼を受けてないんだぜ。

ジャック　うん、だが、洗礼を受けてはいるんだからね。そこが大事なところさ。

アルジャノン　まさにそのとおり。だから、自分の体質がそれに耐えられることはわかってるのさ。もし君が洗礼を受けたかどうかはっきりしないんなら、いまそれをあえてするのはいささか危険だと思う、といわなくちゃならん。からだをひどくこわすかもしれんからなあ。君もまだ忘れちゃいまいが、君のごく近しいだれやらが今週パリで、おこりのため危うくこの世をおさらばするところだったぜ。

ジャック　うん、だが君は自分でもいったじゃないか、おこりは遺伝性じゃないって。

アルジャノン　以前はそうだったさ、いかにも——しかし、いまはそうじゃないのじゃないかな。科学というものは、つねに物事に驚くべき改良を加えつつあるからな。

ジャック　（マフィンの皿をとりあげながら）おう、ばかばかしい。君は、いつもばかばかしいことをいってばかりいる。

アルジャノン　ジャック、またマフィンに手を出す！　よしてくれないかなあ。もうふたつしか残ってないんだから。（ふたつとも取る）マフィンは大好物だっていったろ。

ジャック　ところが、ぼくはまた、ティー・ケーキが大きらいなんだ。
アルジャノン　じゃいったいなぜお客にティー・ケーキを出させておくんだい？　客のもてなしってことを、君はなんと心得てるんだ！
ジャック　アルジャノン！　さっきもいったじゃないか、帰ってくれって。ここにいてもらいたかないんだ。なぜ帰ってくれないんだ！
アルジャノン　まだお茶をすっかりすませてないからな！　それに、マフィンもまだひとつ残ってらあ。（ジャック、呻《うめ》き声をあげて、椅子《いす》に沈みこむ。アルジャノン、依然として食いつづける）

——幕——

第三幕

舞台——領主邸の居間。
グウェンドレンとセシリー、窓辺《まどべ》で、庭のほうを眺《なが》めている。

グウェンドレン ほかの人なら、すぐさまあたしたちのあとを追って家のなかへはいってくるのに、それをしないところを見ると、あのふたりも、まだいくらか廉恥心《れんちしん》が残ってるようね。
セシリー マフィンを食べてるわよ。後悔してるらしいわね。
グウェンドレン (間を置いてから) あたしたちのこと、ちっとも気づいてないみたい。あなた、なんとかして咳《せき》出せない?
セシリー でも、きょうは咳出ないもの。
グウェンドレン こちらを見てるわ。なんてずうずうしい!
セシリー こちらへやって来るわ。よくもぬけぬけと。
グウェンドレン つんとして口をきいてやらないほうがよくってよ。
セシリー そうよ。こうなればそれより手がないわ。
　ジャック、つづいてアルジャノン登場。イギリス歌劇のぞっとするような流行歌を口笛で吹く。
グウェンドレン こうやってつんとして黙ってると、気もちが悪くなってくるみたいよ。

セシリー　ほんとうにいやな気もちね。

グウェンドレン　でも、こちらから声をかけないようにしましょうよ。

セシリー　そうですとも。

グウェンドレン　ワージングさん、あたし特別にお尋ねしたいことがあるのよ。お返事しだいで、たいへんなことになりますわ。

セシリー　グウェンドレン、あなたの常識ってえらいものだわねえ。モンクリーフさん、どうぞつぎの質問に答えて。なぜあたしの後見人の弟だなんておっしゃったの？

アルジャノン　あなたにお目にかかる機会を得るために。

セシリー　（グウェンドレンに）りっぱな説明になってるわ、ねえ？

グウェンドレン　ええ、あの人が信用できればね。

セシリー　信用しないわ。でも、だからといっていまの答えのすばらしい美しさに変りはなくってよ。

グウェンドレン　ほんとう。ゆゆしい重大問題になると、誠意のあるなしより、いいかたこそ肝心なのよ。ワージングさん、弟がいるようなふりをなさることに、どんな説明がおできになって？　あれは、できるだけしげしげと上京して、あたしに会う機会を作るためでしたの？

ジャック　それが信じられないんですか、フェアファックスさん？

グウェンドレン　その点はいたって疑わしいと思うの。でも、そんな疑いなんか粉砕してやるわ。いまはドイツ懐疑論（訳注　たとえばショーペンハウアーのようなドイツの哲学者たちのいだいた哲学上の懐疑主義で、ロマンチックな女性観にたいして弾劾的。それとも、神の存在の証明などありえないことを示そうとしたカントを読んでいたのだろうか？）なんかにこだわっているときじゃないもの。（セシリーのほうへ歩みよりながら）おふたりの説明は上出来だわねえ、とりわけワージングさんのは。真実の刻印が打ってある感じ。

セシリー　あたしはモンクリーフさんのおっしゃったことがすっかり気に入ったの。あの人のお声だけでも頭っから信用してしまいたい気になるわ。

グウェンドレン　じゃ許してあげてもいいと思うのね？

セシリー　ええ。いいえ、だめよ。

グウェンドレン　ほんとう！　忘れてた。どうしても曲げられない原則が残ってるわね。どちらがいうことにする？　あんまり愉快なお役目じゃないけど。

セシリー　ふたりで同時にいえないかしら？

グウェンドレン　すばらしい考えだわ！　あたしね、しょっちゅうといっていいほど、ほかの人と同時にしゃべりだしちゃうのよ。あたしが拍子をとるから合わせてくれる？

セシリー　ええ、いいわ。（グウェンドレン、指をあげて拍子をとる）

グウェンドレンとセシリー　（口を揃《そろ》えて）おふたりの洗礼名がまだ越えがたい障害になっていてよ。その点だけだわ。

ジャックとアルジャノン　（口を揃えて）ぼくたちの洗礼名！　その点だけだって？しかし、ぼくたちはきょうの午後、洗礼を受けることになってるんですが。

グウェンドレン　（ジャックに）あたしのために、そんなとんでもないことをなさるおつもり？

ジャック　そうです。

セシリー　（アルジャノンに）あたしを喜ばそうとして、そんな恐ろしい試練を進んでお受けになるの？

アルジャノン　そうですとも！

グウェンドレン　男女平等論なんて、ほんとに愚劣だこと！　自己犠牲ということになると、あたしたち、殿がたには及びもつかないわ。

ジャック　そのとおり。（アルジャノンと手を握りあう）

セシリー　殿がたには、あたしたち女にはまるでわからない肉体的な勇気の必要な場合があるんですもの。

グウェンドレン　（ジャックに）あなた《ダーリング》！

アルジャノン　（セシリーに）おまえ《ダーリング》！（みんな互いに抱きあう）

メリマン登場。はいってくると、この状況を見て、大きく咳払《せきばら》いをする。

メリマン　えへん！　えへん！　ブラックネルの奥さまがお見えでございます。

ジャック　や、一大事だ！

ブラックネル卿《きょう》夫人登場。二組の恋人、びっくりして離れる。メリマン退場。

ブラックネル卿夫人　グウェンドレン！　これどういうこと？

グウェンドレン　ワージングさんと婚約しただけよ、ママ。

ブラックネル卿夫人　こちらへいらっしゃい。おすわりなさい。すぐおすわり。なにごとによらずぐずぐずするのはね、若い人なら精神的退廃の、老人なら肉体的衰弱のしるしよ。（ジャックのほうを向く）突然娘が家出したことを、あれの信用してる小間使から聞きましてね、なに鼻薬をきかせて口を割らせたんですけど、わたくし、すぐさま貨物列車であとを追ってまいりましたの。あれの不幸な父親は、ありがたいことに、あれは大学公開講座に出席して、「思想に及ぼす不変収入の影響」という、いつもより暇のかかる講義を聴《き》いてるのだと思いこんでます。あの人の迷いを、わたくし、さましてあげようとは思いません。それどころか、これまでだって、どんな問題にせよ、あの人の迷いをさましてあげたことは一度もありませんわ。そんなことをするのはよくないと考えますもの。でも、もちろん、はっきりおわかりくださるでしょうが、あなたとうちの娘との交際は、本日ただいまから、やめていただかねばなりません。この点は、いえ、どの点によらず、わたくし一歩も譲りませんわよ。

ジャック　ぼくはグウェンドレンと婚約してるんですよ、ブラックネルの奥さん！

ブラックネル卿夫人　そんな柄ではございますまい、あなたさま。さてこんどはアルジャノンですが！……アルジャノン！

アルジャノン　はい、オーガスタ伯母《おば》さん。

ブラックネル卿夫人　お友達のバンベリーさんが居住しておられるのは、こちらのお宅なの？

アルジャノン　（口ごもりながら）おう！　違います！　バンベリーはここには住んでいません。バンベリーは現在どこかよそに住んでるんです。実は、バンベリーは死んだんです。

ブラックネル卿夫人　死んだ！　いつバンベリーさんはなくなられたの？　さだめし急なことだったんだろうね。

アルジャノン　（浮き浮きと）おう！　きょうの午後、殺しちゃいましたよ。つまりその、かわいそうにバンベリーはきょうの午後、死んじゃいました。

ブラックネル卿夫人　ご病気は？

アルジャノン　バンベリーの？　おう、こっぱみじんになっちゃったんです。

ブラックネル卿夫人　こっぱみじんになった！　革命騒ぎの血祭りにでもあげられたのかい？　バンベリーさんが社会立法（訳注　ここでは政治のことをいう）に関心をおもちだとは知らなかったね。もしそうなら、その不健全性の罰をうけるのも当然だろうよ。

アルジャノン　あの、オーガスタ伯母さん、つまりねえ、やつの正体がばれっちまったんですよ！　医者たちの手でバンベリーは生きちゃいられないってばれっちまった、そういうわけなんでね――それで、バンベリーは死んじまったんです。

ブラックネル卿夫人　あのかたは、お医者さまの意見を、ずいぶん信用なさっていたとみえるね。よかったわ、でも、あのかたも最後ははっきり身のふりかたを決める決心をなさって、適切な医学上の助言に従っておやりになったんだから。さて、これでとうとうこのバンベリーさんのかたもついたわけだけれど、ひとつお伺いしますが、ワージングさん、いま甥《おい》のアルジャノンが手を握っている、あんな握りかたはとくに必要だとは思えませんがね、あのお嬢さんはどなたですの？

ジャック　あれは、ぼくの後見しているセシリー・カーデューです。

ブラックネル卿夫人、セシリーに冷たく会釈《えしゃく》する。

アルジャノン　ぼく、セシリーと婚約したんですよ、オーガスタ伯母さん。

ブラックネル卿夫人　なんだって？

セシリー　モンクリーフさんとあたくしは婚約いたしましたの、ブラックネルの奥さま。

ブラックネル卿夫人　（身震いをしながら、ソファーのところまで行って腰をおろす）ハートフォードシャーもとくにこのへんになると、空気になにか妙に人を興奮させるようなところでもあるんでしょうかねえ、ここで結ばれている婚約の数は、わたくしたちの参考にしている統計上の平均数を、かなり上回っているようですけれど。わたくしのほうから予備的な質問をすこしさせていただいても失礼じゃないでしょうね。ワージングさん、いったいカーデューさんはロンドンの大きな駅のどれかひとつと関係がおありですの？ わたくし、ただ情報がほしいだけなの。きのうまで、出生が終点（訳注　出生（出発）に汽車の終点をからませていったもの）だなんていう家庭や人間が存在するなんて、思いもよりませんでしたからねえ。

ジャック、かんかんに怒っている様子だが、自制する。

ジャック（澄んだ、冷たい声で）ミス・カーデューは、ロンドン市南西区ベルグレイヴ広場一四九、サレー州ドーキング町ジャーヴァス公園、およびN・B・（訳注　北ブリテンで、あまりイングランド人に好かれないスコットランドに言及する表現）のファイフシャー（訳注　スコットランド東部の州）スポランの故トマス・カーデュー氏の孫娘です。

ブラックネル卿夫人　まんざら悪くもなさそうですね。お住居が三つあるってことは、いつだって信頼感を起させますわ、たとえ商人の場合でも（訳注　商人は、その富の多少にかかわらず中流階級に属し、それ以上には出られない）。でも、それが確かだという証拠は？

ジャック　当時の『紳士録』を大切に保存しています。いつでもごらんにいれますが、ブラックネルの奥さま。

ブラックネル卿夫人　（きびしく）あの出版物には妙な間違いがありましてね。

ジャック　カーデュー家の顧問弁護士はマークビー・マークビー・マークビー法律事務所ですよ。

ブラックネル卿夫人　マークビー・マークビー・マークビー？　斯界《しかい》では最高の地位にある会社ですわね。じっさい、マークビーさんのおひとりは、ときおり晩餐会《ばんさんかい》にお見えになるそうですから。これまでのところべつに不足はありませんね。

ジャック　（ひどくいらだちながら）これはこれはご親切にいたみいります、ブラックネル卿夫人！　なお手もとには、お喜びいただけるでしょうが、ミス・カーデューの出生、洗礼、百日咳《ぜき》、登記、種痘、堅信礼、および、はしかの証明書も所有しています。ドイツ語のと英語のと二種類あります。

ブラックネル卿夫人　ああ！　波乱万丈の生涯、ってわけね。ただし、若い娘さんにしてはいささか刺戟《しげき》が強すぎるかもしれませんよ。わたくしとしては、年端《としは》もいかないうちに経験を積みすぎるのには、賛成いたしかねますわ。（立ちあがって、懐中時計を見る）グウェンドレン！　そろそろお暇《いとま》しなくては。一刻もぐずぐずしてはいられないからね。形式上、ワージングさん、お尋ねしておいたほうがよろしいでしょうが、カーデューさんには、いくらか財産がおありですか？

ジャック　おう！　公債《ファンズ》（訳注　今日では「コンソルズ」と呼ばれるほうが多い。安全な投資だが、たいして有利ではない）で十三万ポンドぐらい。それで全部です。失礼いたします、ブラックネルの奥さま。お目にかかってほんとうにうれしく存じます。

ブラックネル卿夫人　（ふたたび腰をおろしながら）ちょいと、ワージングさん。十三万ポンドですって！　カーデューさんはまことに魅力溢《あふ》れるお嬢さんでいらっしゃいますわ、こうして拝見いたしますと。当節はほんとうに堅実な性質の娘さんはめったにございませんでしてね、長持ちがして、時のたつにつれて磨《みが》きがかかってくる、といったような性質のかたはねえ。いまは、残念ながら、うわっつらの時代なのですわ。（セシリーに）こちらにいらっしゃいな、さあ。（セシリー、歩みよる）セシリーさん！　お召しものが痛ましいほど質素だし、お髪《ぐし》もまるで生れたときのままみたい。でも、そんなものはすぐにも変えられますわ。すっかり経験を積んだフランスの女中なら、あっというまにほんとうにすばらしい成果をあげてくれますよ。そういうのをひとり、ランシングの若奥さまに推薦した覚えがありますけれど、三カ月もするると、ご主人さえわからなくなってしまいましたわ。

ジャック　そして六カ月もするとだれにもわからなくなりましたっけ。

ブラックネル卿夫人　（しばらくジャックをにらみつけている。それから、巧みに微笑をたたえながら、セシリーのほうに向く）どうか横を向いてちょうだい、ねえ。（セシリー、すっかりうしろ向きになってしまう）いいえ、横向きのところを拝見したいのよ。（セシリー、横顔を見せる）そう、思っていたとおりだわ。あなたの横顔にはね、社交界で成功なさりそうな特長がはっきり出ていますよ。現代の弱点というのはね、主義の欠けていることと横顔の欠けていることとです。もうすこし、あごをあげてくださいな。スタイルってものは、あごのあげかたひとつで決るんですからね。ぐっとあごをあげるのが流行なんですよ、昨今は。アルジャノン！

アルジャノン　はい、オーガスタ伯母さん！

ブラックネル卿夫人　カーデューさんの横顔には、社交界で成功なさりそうな特長がはっきり出てるよ。

アルジャノン　セシリーは世界一やさしい、かわいい、きれいなひとです。社交界で成功しようがしまいが、そんなこと、どうだっていいんです。

ブラックネル卿夫人　社交界の悪口など、けっしていうもんじゃないよ、アルジャノン。そんなことをいうのは、社交界にはいれないような連中に限るんだからね。
（セシリーに）ねえ、むろんあなたご存じでしょう、アルジャノンの財産といったら、借金しかないってことは。でも、財産目当ての結婚には賛成しませんわ。ブラックネル卿と結婚しましたとき、わたくし、財産といえるようなものはなにひとつなかったんですよ。でも、それで結婚ができなくなるなんて夢にも思いませんでしたわ。まあ、承諾を与えねばなりますまいね。

アルジャノン　ありがとう、オーガスタ伯母さん。

ブラックネル卿夫人　セシリー、わたくしに接吻《せっぷん》してもよくってよ！

セシリー　（夫人に接吻する）ありがとうございます、ブラックネルの奥さま。

ブラックネル卿夫人　結婚式はね、さっそく挙《あ》げたほうがよいと思うよ。

アルジャノン　ありがとう、オーガスタ伯母さん。

セシリー　ありがとうございます、オーガスタ伯母さま。

ブラックネル卿夫人　率直にいいますとね、婚約期間の長いのには賛成じゃないのよ。その期間ちゅうに、お互いに相手の性格が結婚前にわかってしまう機会が出てきてね、これはけっしてお勧めできないことだと思うよ。

ジャック　お話ちゅうで申しわけありませんが、ブラックネルの奥さま、この婚約はまったく問題になりません。ぼくはカーデューの後見人です、ですから、彼女が成年に達するまでは、ぼくの同意がなければ結婚できません。その同意はぼくは絶対に与えるのをおことわりします。

ブラックネル卿夫人 それはまたどういうわけで？　アルジャノンはきわめて、いえ、これ見よがしといってもいいくらい、結婚に適した青年ですのよ。なんにも持ってませんけれど、なんでも持ってるような顔をしています。これ以上望ましいことはないじゃありませんか？

ジャック 甥《おい》ごさんのことを、ブラックネルの奥さま、あけすけにお話ししなければならないのは、ぼくとしてまことにつらいところなんですが、実をいうと、かれの人格をぼくは全然認めません。誠実さがないんじゃないかと思うのです。（アルジャノンとセシリー、あっけにとられながらも目を怒らしてジャックを見る）

ブラックネル卿夫人 誠実さがないですって！　甥のアルジャノンがですか？　嘘《うそ》おっしゃい！　あれはオクソウニアン（訳注　いわゆる「オクスフォード出」であるが、かならずしもその品性や成績まで保証するわけではない、たいていの大学出がそうであるように）ですよ。

ジャック その件については疑う余地はなさそうです。きょうの午後、ぼくは重大なロマンス問題でしばらく上京した、その留守ちゅうに、かれはぼくの弟だと詐称《さしょう》して、この家へはいりこんだのです。偽名を使ってかれは、たったいま執事から聞いたばかりですが、八九年（訳注　一八八九年のこと）産のペリエ・ジュエ（訳注　フランスの葡萄酒の名）の辛口《からくち》一パイント瓶《びん》を一本飲みほしてしまいました。自分用にととくにしまっておいた葡萄酒《ぶどうしゅ》なんですが。かれは、恥ずべき詐欺を重ねて、ついにきょうの午後のあいだに、ぼくのたったひとりの被後見人の愛情をまんまと他に転じてしまったのです。引きつづいてお茶の時間まで居残り、マフィンをひとつ残らず平らげちまいました。しかも、かれの行動をさらに冷酷なものたらしめるのは、最初からすべてを知りつくしていたという点なんです、ぼくには弟がない、これまでにも弟はいなかったし、これからも、およそ弟と名のつくようなものはもつ気のないってことを。きのうの午後、ぼく自身、かれにはっきりそういっといたんですからねえ。

ブラックネル卿《きょう》夫人　えへん！　ワージングさん、ようく考えてみましたが、あなたにたいする甥の行動はそっくり見のがしてやることにしましたよ。

ジャック　それはたいそうお心のひろいことで、ブラックネルの奥さま。ぼくの決心は、しかしながら、変りません。同意を与えることはおことわりいたします。

ブラックネル卿夫人（セシリーに）こちらにいらっしゃいな、あなた。（セシリー、近よる）あなた、おいくつ？

セシリー　あの、ほんとうはまだ十八なんですけれど、夜会に出るときはいつも、二十《はたち》ってことにしてございますの。

ブラックネル卿夫人　いくらか修正するくらいは当然ですとも。ほんとうに、女ってものは、自分の年をあんまり正確にするもんじゃありませんわ。とても勘定高く《カルキュレイティング》（訳注　「計算的な」と「打算的な、抜け目のない」のふたつにひっかけた洒落）見えますものね……（思案にふける様子で）十八で、しかし夜会では二十ってことにしてある。すると、あなたが成年に達して後見という束縛から自由になるのも、そんなにさきのことじゃありませんね。ですから、後見人の同意なんか、けっきょく、たいしたことじゃないと思いますわ。

ジャック　またお話の腰を折って、ブラックネルの奥さま、申しわけありませんが、これだけはいっておかなければ公正ではありますまい、つまり、祖父の遺言状の条文によりますというと、ミス・カーデューは三十五までは法的に成年に達しないことになっております。

ブラックネル卿夫人　そんなこと、重大な支障じゃないと思いますわ。三十五というのは、とても魅力的な年齢ですよ。ロンドンの社交界にはね、ごく高い生れのかたで、ご自分から好きこのんで、長いあいだ三十五で通してらっしゃるご婦人がいっぱいいらっしゃいますもの。ダンブルトンの奥さまなんかそのいい実例ですわ。わたくしの知るかぎり、あのかたは四十の年におなりになってからずっと三十五でしてね、その四十におなりになったのもね、もうずっと前のことですけれど。わたくしたちのかわいいセシリーだって、あなたのおっしゃる年になれば、現在よりも、もっと魅力的でないっていわれはないでしょうよ。財産も、ずっとふえてるでしょうしね。

セシリー　アルジー、あたしが三十五になるまで待てる？

アルジャノン　もちろん待てるとも、セシリー。わかってるだろうがなあ、待てるのは。

セシリー　ええ、本能的にわかってたわ、でも、あたし、そのあいだじゅうずっと待ってなんかいられないわ。たとえ五分間でもだれかを待つの、あたし、大きらいよ。いつだってじりじりしてくるの。自分じゃ時間をきちんと守るほうじゃないわ、それはわかってるけど、ほかのかたには時間を厳守してほしいの。だから、待つのは、結婚のためだって、できない相談よ。

アルジャノン　じゃどうすればいい、セシリー？

セシリー　わかりませんわ、モンクリーフさん。

ブラックネル卿夫人　ねえ、ワージングさん、三十五までは待てない、とカーデューさんはきっぱりおっしゃってますから——そのことばからお察しするところ、どうもちょっとせっかちな性質だといわざるをえませんね——それで、あなたの決定を考えなおしてはいただけませんかしら。

ジャック ところがね、ブラックネルの奥さま、この問題は、まったく奥さまのお考えひとつなんですよ。グウェンドレンとの結婚を許していただけたら、即座にでも甥ごさんがぼくの被後見人と縁組なさることを心から喜んで許しますよ。

ブラックネル卿夫人 (立ちあがって胸をそらせながら) よくご存じのはずじゃありませんか、そんなお申し出はもってのほかだってことは。

ジャック それじゃあぼくたちはだれも、さきの楽しみといっては恋に身を焼く独身生活しかない。

ブラックネル卿夫人 グウェンドレンをそんな目に会わせようとは考えていませんよ。アルジャノンは、むろん、自分の好きなようにすればよろしいんですから。(懐中時計をとり出す) さあ、おまえ。(グウェンドレン、立ちあがる) 六汽車とはいわないまでも、もう五汽車も逃してしまったよ。これ以上乗りおくれると、プラットホームの人目がうるさいからねえ。

チャジュブル師登場。

チャジュブル　洗礼の支度《したく》は万事ととのっておりますが。

ブラックネル卿夫人　洗礼でございますって、先生！　ちと早すぎやいたしません？

チャジュブル　（いささか当惑した様子で、ジャックとアルジャノンを指さしながら）こちらの紳士がたが、おふたりともただちに洗礼をうけたい、との希望を述べられましたので。

ブラックネル卿夫人　この年で？　なんてばかげた不敬な考え！　アルジャノン、洗礼は許さないよ。そんな不行跡、認めるわけにいかないよ。ブラックネル卿もはなはだご不興だろうね、こんな真似《まね》をしてあんたが時間とお金を浪費してるなんてことがお耳にはいったら。

チャジュブル　では、きょうの午後は洗礼は全然おこなわず、ということになりますかな？

ジャック　思うに、事態がこうなってみますと、たとえ洗礼していただいても、ぼくたちのどちらにとっても実際上たいして役に立たないようですね、チャジュブル先生。

チャジュブル　あなたからそのような感想を伺うとは遺憾な話ですなあ、ワージングさん。再洗礼派（訳注　幼児のとき無意識でうけた洗礼を無効とし、成年後に再洗礼をうけるべきだと主張する新教の一派。したがって、成人後の洗礼だけが正当であるが、そのためかれらの見解はジャックの現在の立場と調和しない）のいだくような異端の説を思わせますが、その説にたいしてわたしは未発表の四つの説教で徹底的に論駁《ろんばく》しておきました。しかしながら、現在のご心境は、妙に世俗的なお気もちらしいですから、わたしはすぐ教会へもどるとしましょう。実は、ついさきほど教会の座席案内人から知らせがありましてね、もう一時間半もプリズム先生が法衣室でわたしを待っておられるとのことで。

ブラックネル卿夫人　（はっとして）プリズム先生！　プリズム先生とおっしゃいましたね？

チャジュブル　はい、ブラックネルの奥さま。これからごいっしょになるところでございます。

ブラックネル卿夫人　ちょっとのあいだお引きとめして申しわけありませんけれど。この問題は、ブラックネル卿とわたくしにとって、きわめて重要なものとなるかもしれませんから。そのプリズム先生とおっしゃるのは、ふた目と見られぬ顔つきの女性で、なにか教師みたいなことをしておりまして？

チャジュブル　（いささか憤然として）あのかたは最高の教養ある淑女であり、模範的な人格者であられます。

ブラックネル卿夫人　それなら、明らかに同一人ですわ。先生のお宅で、どんな地位を占めているのでございます？

チャジュブル（きびしい調子で）わたくしは独身者でございますよ、奥さま。

ジャック（横合いから口を出して）プリズム先生はね、ブラックネルの奥さま、この三年間、ミス・カーデューのりっぱな家庭教師であり、大切な話し相手なのですよ。

ブラックネル卿夫人　せっかくお話しいただきましたが、とにかくすぐ会わなくてはなりません。呼びにやっていただけませんか。

チャジュブル（目をそらせて）近づいてこられます。もうすぐこれへ。

プリズム女史、急いで登場。

プリズム女史　法衣室でお会いするからとのお話でしたので、先生。あそこで一時間四十五分もお待ちいたしておりましたのよ。（ブラックネル卿夫人の姿を認めるが、夫人は石のような目つきでじっと見つめる。プリズム女史、蒼白《そうはく》になって縮みあがる。逃げ出したいといわんばかりにおどおどとあたりを見まわす）

ブラックネル卿夫人　（きびしい、裁判官然とした口調で）プリズム！（プリズム女史、恥ずかしげに頭を垂《た》れる）ここへ来なさい、プリズム！（プリズム女史、恐る恐る近よる）プリズム！　あの赤ん坊はどこなの？（一同びっくりぎょうてんする。チャジュブル師、恐怖のあまり、とびすさる。アルジャノンとジャックは、セシリーとグウェンドレンに恐ろしい醜聞のすっぱ抜きを聞かせまいと気をくばる態）二十八年前に、プリズム、おまえは、男の赤ん坊をのせた乳母車《うばぐるま》のお守りをして、上グロウヴナー通り百四番地の、ブラックネル卿の邸《やしき》を出たね。おまえはついにもどってこなかった。数週間後、ロンドン警察の入念な調査により、乳母車はベイズウォーター（訳注　市の中央部、東はオクスフォード通りに、西はオランダ公園並木道に接し、ハイド公園の北側に沿う通り。上グロウヴナー通りからさほど遠くない）のずっとはずれに、それだけ置き去りにされているのが、真夜中に発見された。そのなかには、胸の悪くなるほどセンチメンタルな三巻ものの小説がはいっていた。（プリズム女史、思わずかっとなる）しかし、赤ん坊はそこにはいなかった！（一同プリズム女史を見る）プリズム！　あの赤ん坊はどこなの？（間）

プリズム女史　ブラックネルの奥さま、お恥ずかしいことながら、わたくしにもわからないのでございます。ほんとうに、わかったらよろしいんですけれど。ありのままを申しあげますと、こうなのでございます。奥さまのおっしゃいますあの日、わたくしにとって生涯忘れられない一日でございますが、あの朝、わたくしは、いつものとおり乳母車に赤ちゃんをのせて、外出の支度をいたしました。やや古びてはおりますが、たっぷりとした手さげ鞄《かばん》ももっておりまして、そのなかに、わずかな暇を盗んでは書きためました小説の原稿を入れておくつもりでございました。ほんの一瞬ぼんやりしていた隙《すき》に、われながらとうてい許しがたいことでございますが、その原稿を乳母車にのせ、赤ちゃんは手さげ鞄に入れてしまったのでした。

ジャック　（一心に耳を傾けていたが）それで、その手さげ鞄は、どこに置いたのです？

プリズム女史　それはお聞きにならないで、ワージングさん。

ジャック　プリズム先生、これはぼくにとって軽々の問題じゃないんですよ。その赤ん坊を入れた手さげ鞄をどこに置かれたのか、ぜひ知りたいのです。

プリズム先生　ロンドンの大きな停車場のどこかの手荷物預かり所に置きました。

ジャック　なんて停車場？

プリズム女史　（すっかり打ちひしがれて）ヴィクトーリア。ブライトン線。（ぐったりと椅子《いす》に腰をおろす）

ジャック　ちょっと部屋にもどらなくちゃ。グウェンドレン、ここで待ってるんだよ。

グウェンドレン　あまり長くでなければ、一生でもここで待ってますわ。（ジャック、

ひどく興奮して退場）

チャジュブル　これはいったいどういうことでございますかな、ブラックネルの奥さま？

ブラックネル卿夫人　考えるだけの勇気さえございませんわ、チャジュブル先生。申しあげるまでもなく、上流の家庭では、妙な暗合なんてものは、起らないことになっておりますからねえ。そういうものは似つかわしいこととは考えられませんので。

だれかがトランクを投げちらしているような物音が頭上で聞える。一同上を見る。

セシリー　ジャック伯父さま、異常に興奮してらっしゃるらしいわ。

チャジュブル　あなたの後見人は非常に感情的なかたですなあ。

ブラックネル卿夫人　とても不愉快な音だこと。まるでだれかと議論でもしてるみたい。議論というものは、わたくし、なによらずきらいですわ。いつだって下品で、しかも、なるほどと思わせられることも多いんですからねえ。

チャジュブル　（見あげながら）やっとやみました。（物音が倍になる）

ブラックネル卿夫人　なんとか結論に達してくれればいいのに。

グウェンドレン こんなどっちつかずっていうの、ぞっとするわね。もっとつづいてくれればいいのに。

ジャック、黒革《くろかわ》の手さげ鞄をかかえて登場。

ジャック (プリズム先生のもとへ駆けよりながら) これがその手さげ鞄ですか、プリズム先生? よく調べてから話してください。お答えしだいで、ひとり以上の人間の幸福が決るのです。

プリズム先生 (おちついて) わたくしのものらしいですわね。ええ、ここのこの傷は、若くて仕合せだったころガワー通り(訳注 市の中央部、ロンドン大学や大英博物館の西側にある比較的短い通り)のバス転覆でできたものです。この内側にあるしみは、サイダー瓶の破裂でついたので、リーミントンで起った事件でした。それからここに、錠前の上に、わたくしの頭文字がついています。忘れてましたけれど、これは気が大きくなったときにそこに刻ませたのでしたわ。この鞄は疑いなくわたくしのものです。こんなに思いがけず返していただくなんて、うれしいですわ。これがなくて、長年のあいだ、ずいぶん不自由いたしました。

ジャック　（声をうるませて）プリズム先生、返ってきたのはこの手さげ鞄ばかりじゃありません。そのなかに先生がお入れになった赤ん坊こそ、このぼくだったのです。
プリズム女史　（唖然《あぜん》として）あなたが？
ジャック　（女史を抱きながら）ええ……おかあさん！
プリズム女史　（驚きかつ憤《いきどお》ってあとずさりしながら）ワージングさん！　わたくしは結婚していませんよ！
ジャック　結婚していない！　これが深刻な打撃だってことは、ぼくも否定しません。しかし、つまるところ、苦しみ悩んだ者に石を投じる権利をだれがもっているでしょう？　悔恨で愚行を拭《ぬぐ》い去れないものでしょうか？　男の掟《おきて》と、女の掟が別々にあってよいものでしょうか？　おかあさん、ぼくはあなたを許してあげます。（ふたたび女史を抱擁《ほうよう》しようとする）
プリズム女史　（なおいっそう憤って）ワージングさん、なにか思い違いしてらっしゃいますわ。（ブラックネル卿《きよう》夫人を指さしながら）あなたのご素姓を教えてくださるかたがこちらにいらっしゃいますよ。
ジャック　（間《ま》をおいて）ブラックネルの奥さま、根掘り葉掘り聞きたがると思われたくないんですが、ぼくがなにものであるか、お聞かせ願えるでしょうか？

ブラックネル卿夫人　これからお知らせすることは、あなたにとってあんまり愉快なものじゃないかもしれませんがねえ。あなたはね、わたくしの妹の、モンクリーフ夫人の子供で、したがって、アルジャノンの兄になります。

ジャック　アルジーの兄ですって！　それじゃあぼくには弟があるわけだ、けっきょく。弟がいると思ってたんだ！　弟がいるといつもいってたんだ！　セシリー——ぼくに弟がいるってことを、よくも君は疑えたものだね。(アルジャノンをつかまえて)チャジュブル先生、ぼくの不運な弟です。プリズム先生、ぼくの不運な弟です。グウェンドレン、ぼくの不運な弟。アルジー、このちんぴら悪党め、今後はぼくにもっと敬意を払わなきゃだめだぞ。君は生れてから、まだ一度も弟らしい振舞いをしたことがないからな。

アルジャノン　そりゃあ、きょうまではね、君、そのとおりさ。あれでも、しかし、最善をつくしたんだが、なにぶん不慣れなもんでね。

握手する。

グウェンドレン　(ジャックに)あたしのひと！　でも、あなたはどなたなの？　洗礼名はなんというの、別な人間になってしまったからには？

ジャック　さあたいへんだ！……その点をすっかり忘れてた。ぼくの名前という問題についてのあなたの決心は変更できない、でしょうね？

グウェンドレン　けっして変えないわ、愛情の点は別だけれど。

セシリー　なんて気高いお気だてなんでしょう、グウェンドレン！

ジャック　それじゃその問題もすぐ解決したほうがいい。オーガスタ伯母さん、ちょっと。プリズム先生がぼくを手さげ鞄のなかに置き去りにされたとき、ぼくはもう洗礼をうけてました？

ブラックネル卿夫人　あなたのご両親は子煩悩《こぼんのう》でしたから、金で買える贅沢《ぜいたく》なら、洗礼も含めてね、なんでもあなたにしてくださいましたよ。

ジャック　それじゃあぼくは洗礼をうけたんだ！　それでけりがついた。で、ぼくにつけられた名前は？　聞かしてください、覚悟はできてますから。

ブラックネル卿夫人　長男だから、当然おとうさまの名前をもらいましたよ。

ジャック　（いらいらして）ええ、しかしその父親の名前は？

ブラックネル卿夫人　（考えこみながら）いまのいまあの将軍の洗礼名がなんていったか、思い出せないけれど。でも、名前があったことは疑いありませんわ。変人でしたよ、白状しますとね。ただそれは晩年になってからだけのことで。インドの風土だの、結婚だの、消化不良だの、なんだのといったようなことが原因でしたよ。

ジャック　アルジー！　ぼくたちのおやじの洗礼名を思い出せないかい？

アルジャノン　そりゃあ君、ぼくたちは口をきく間柄でさえなかったからなあ。ぼくが満一歳にならないうちにおやじは死んじまったもん。

ジャック　あの当時の『陸軍将校名簿』なら名前が載ってるでしょうね、オーガスタ伯母さん？

ブラックネル卿夫人　将軍は根っから平和の人でした、家庭生活では別でしたが。でも、陸軍の人名簿でしたら、どれにでも出ているにちがいありませんわ。

ジャック　過去四十年間の『陸軍将校名簿』でしたらここにあります。こんな楽しい記録なら、たえず研究しとくんだったなあ。（本棚《ほんだな》まで駆けていって数冊の本を引っぱり出す）Mの部の将軍……マラム、マックスボーム（訳注　のちに随筆家・もじり詩文作者・演劇評論家・漫画家として知られるにいたるマックス・ビアボームをからかうために作者の案出した名前）、マグリー、なんていやらしい名前だ――マークビー、モツブズ、モンクリーフ！　一八四〇年中尉《ちゅうい》、大尉、中佐、大佐、一八六九年将軍、洗礼名、アーネスト・ジョン。（そーっと本を下に置き、おちつきはらった声で）いつもいってたでしょう、グウェンドレン、ぼくの名前はアーネストだって、ね？　それで、けっきょくアーネストなんだ。つまり、生れながらにしてアーネストなんだ。

ブラックネル卿夫人 そう、やっと思い出しましたわ、将軍はアーネストって名前でしたよ。ある特別の理由でその名前がきらいでしたがね。

グウェンドレン アーネスト！ あたしのアーネスト！ ほかのお名前なんか、ありっこないってこと、はじめからわかってたわ！

ジャック グウェンドレン、生れてからこれまで、真実のみを語っていたってことが、突然わかるなんて、男にとって恐ろしいことですよ。許してくれるね？

グウェンドレン 許してあげるわ。だって、あなたはお変りになるにきまってますもの。

ジャック ぼくひとりのひとよ！

チャジュブル (プリズム女史に) リティシア！ (彼女を抱擁する)

プリズム女史 (感激して) フレデリック！ よかったわねえ！

アルジャノン セシリー！ (彼女を抱擁する) よかったねえ！

ジャック グウェンドレン！ (彼女を抱擁する) よかったねえ！

ブラックネル卿夫人 これこれ、その様子じゃあ、あなたはふまじめなところがありそうですわね。

ジャック　とんでもない、オーガスタ伯母さん、いまこそ生れてはじめて、はっきりわかったんですよ、なによりも「まじめが肝心」だってことが。

一同だんまり《タブロー》（訳注　原語のタブローはフランス語で絵のこと。俳優が舞台でせりふをいわずに、そのまま静止した姿勢でいたり、暗やみでさぐりあう動作などをすること）で見得を切る。

――幕――

解説

西村孝次

一八九一年はワイルドにとって「驚異の年」であった。

かつてのスウィフト（一六六七—一七四五）と同じように、アイルランドの町ダブリンに生れたオスカー・ワイルド（一八五四—一九〇〇）は、あの『ガリヴァ旅行記』の作者とは逆に、そのとき、イングランドの都ロンドンで文学界の寵児《ちょうじ》また覇者《はしゃ》として栄光に輝いていた。奇妙に独創的な社会論『社会主義下の人間のたましい』、文学としての創造的批評を確立した『芸術論』、第二の童話集『ざくろの家、そのほか』、かずかずの短編を集めた『アーサー・サヴィル卿《きょう》の犯罪、そのほか』、さらに唯一《ゆいいつ》の長編『ドリアン・グレイの肖像』が単行本の形で出版されるなど、いまやかれは、いわゆる「世紀末」芸術の幕を開《あ》けるとともに、たちまち、その主役を演じつつあった。そして、文字どおりこの名優は、また名作を書きおろすことになるのである。

その、一八九一年の夏も晩《おそ》いころ、かれはウィンダミア湖のほとりの別荘へおもむいた。そこは、ワーズワス（一七七〇―一八五〇）によって知られる湖水地方の一隅で、とりわけワイルドはこのみずうみの名を愛した。絶妙な会話という燦爛《さんらん》たる無為に数時間を浪費して悔ゆるところのないこの堂々たる軽薄才子は、もともと作家の本分たる創作にわずか十数分を割《さ》くのをさえ惜しみながら、たちどころに一編の劇を書きあげた。それが、最初の世話もの『ウィンダミア卿夫人の扇』であった。

「ほら、ピンク色のランプシェードのある現代ふうな応接間の劇だよ」といって、それをかれはジョージ・アレグザンダーに手渡した。一読して後者は成功を確信した。俳優であり、兼ねてセント・ジェイムズ劇場の支配人の地位についていたアレグザンダーは、翌一八九二年の二月二十日、みずからウィンダミア卿、アーリン夫人はマリオン・テリーの配役で初演し、うれしい悲鳴をあげる結果となった。一千ポンドは儲《もう》かる、と踏んでいたのが、なんと七千ポンドもの大入り袋となったからである。

ほぼ百二十年まえ、シェリダン（一七五一―一八一六）の『醜聞学校』このかた、三十六歳のワイルドのこの作品ほど、はなばなしく見物を喜ばせたものはなかったであろう。フランスの俳優・演出家ルイ・ジュヴェ（一八八七―一九五一）のことばではないが、芝居は当るか当らないかであり、そして、当らねばならない。もし『ウィンダミア卿夫人の扇』が当らなかったとすれば、いったいどんな芝居なら当るというのだ？　うすっぺらがそのまま人生の厳粛に通じるような主題、いきいきとした会話、軽妙な逆説、鮮烈な箴言《しんげん》、巧みな場面と配置をそなえた世話もの Comedy of manners は、イギリス十九世紀の末における俗物根性と唯美《ゆいび》主義とのみごとなあざないを通じて、目もくらむばかりの復興の光彩をここに放つにいたった。いさぎよく母を名乗れぬ母、生みの母たることを知らずに夫と家庭のためにその女を憎む妻、真実を知っておればこそかえって両者のあいだに立って心を砕く夫、ちいさな心の隙間風《すきまかぜ》にとりかえしのつかぬ病にとりつかれようとする娘を、なんとかして救おうとする母、それはわが若き日のふとしたあやまちをつぐなおうとする実の母のせつなさでもあるが、しかしそれが事態を醜い悲劇へと追いやるばかりである。上流もしくは中流上層階級の明暗のなかに、のっぴきならぬ不幸な結末へとつきすすむ瞬間、ささやかな、しかも豪奢《ごうしゃ》な扇という小道具が、すっきりと、憎いほどあざやかに、すべてを幸福な大団円におさめるのである。

一八九二年、この『ウィンダミア卿夫人の扇』上演の年、ワイルドはパリに旅し、『新約聖書』の「マタイ伝」（第十四章一―十二）および「マルコ伝」（第六章十四―二十八）に見えるひとつの挿話《そうわ》を基にして一幕ものを書いた。

それはすでにフランスの作家フローベール（一八二一―八〇）が『三つの物語』のなかのひとつ『エロディアス』で描いた物語であった。それを、イギリス人ワイルドは、フランス語で、劇に仕上げようとしたわけである。この用語の問題については諸説が存していて、たとえば作者の親友であったロバート・ロスは、まずそれはフランス語で書かれたと証言し、これが定説となっているが、しかしまた、伝記作者のヘスケス・ピアソンなどはこれに若干の疑いをさしはさみ、はじめから英語で綴《つづ》られたと主張している。というのは、劇中の長いせりふに英訳『旧約聖書・ソロモンの雅歌』の影響がいちじるしいからであり、最初の霊感の迸出《へいしゅつ》においてはイギリス人として英語で書くのが自然だからである。

いずれにせよ、悲劇『サロメ』は、一八九三年の二月、パリのリブレール・ド・ラール・アンデパンダンからフランス語版が発行され、そして一年後、この作者を得意の絶頂から一挙に失意の奈落《ならく》へと突き落すもっとも凶悪な原因のひとつとなった絶世の美男でしかもしみったれた名門の青年アルフレッド・ダグラス（一八七〇―一九五三）による英訳が、オーブリー・ビアズリー（一八七二―九八）の奇怪な幻想的な挿絵《さしえ》を加えて、ロンドンのエルキン・マシューズ・アンド・ジョン・レインから公刊された。英訳といえば、ビアズリーがそれを熱望したのだったが、あれほど今日の読者には妖《あや》しい調和が感じられるにもかかわらず、かれの人物を、そして芸術をも、作者はあまり好んでいなかったので、けっきょくダグラスがその仕事に当ることになったわけである。きわめて旺盛《おうせい》な口腹の欲と、きわめてとぼしい才能とをもっていたこの侯《こう》爵《しゃく》の次男坊は、私生活において享楽派《きょうらくは》ワイルドのだににすぎなかったが、このときだけ、そして『獄中記』（抄本、一九〇五年、完本、一九六二年）によってだけ、芸術家ワイルドと共作したのだった。（なお、こんなうわさがつたわっている――ワイルドのフランス語に、ときどき、考えられないほどの初歩的な、外国人にありがちのまちがいが出てくる、それで、そのことを問いただしたところ、しゃあしゃあとかれはいってのけたそうである、「なあに、あんまり完璧《かんぺき》な、いかにもフランス人のフランス語らしいフランス語を書いたりしちゃあ恨まれるからねえ」）

さて、これをフランスの女優サラ・ベルナール（一八四四―一九二三）のサロメで上演するにさいして、『聖書』に出てくる人物や事件を現代の舞台にかけることを禁じる検閲の制度にひっかかり、一時は作者もイギリスの島国的偏見と偽善に愛想をつかし、フランスに帰化して、アカデミー・フランセーズの会員になることを本気で考えたらしい。作品は、しかし、歓《よろこ》び迎えられた。オランダ、スウェーデン、ドイツ、ポーランド、ロシア、スペイン、チェコ、イタリア、ギリシア、マジャール、カタロニア、ユダヤ系ゲルマンの諸言語によっても、その受容ぶりは知られるはずである。むろん、日本語訳も十幾種か出ている。これによって作者の声名は世界的となり、当時の文壇の盛華と謳《うた》われた。それはまさしくサロメという女の冷たい無残な魔力というべきでもあろうか。

この、劇という額縁にはめこまれた散文詩『サロメ』の執筆から三年後、一八九五年の、二月十四日に、さきの『ウィンダミア卿夫人の扇』公演のときと同じ劇場と同じ主演俳優によって、もうひとつの、そして最後の世話ものが初演された。それが『まじめが肝心』であった。

それらふたつの劇のあいだに、ワイルドは『なんでもない女』（一八九三年初演、翌年出版）*A Woman of No Importance* と『理想の夫』（一八九五年初演、一八九九年出版）*An Ideal Husband* を書いている。つまり、これらの四編がかれの本格的な劇――というのは、たとえば『サロメ』はむしろ楽劇に近く、この分類からはずしたほうがふさわしいから――の全部を成し、それの最高に位置するのが、この『まじめが肝心』なのであって、それは、たんにワイルド劇の頂点であるばかりでなく、さらにイギリス世話ものの頂上を示す輝かしい記念碑である。これは、もはや『ウィンダミア卿夫人の扇』と『サロメ』について記《しる》したことの、十分の一の叙述も必要としないほど、それ自体ですべてを語り、すべてに満ちたりた作品、すなわち最高の傑作である。

ことしになって出版された『オックスフォード英文学詞華集』（オックスフォード大学出版部）――精妙な選択、簡潔な頭注、詳細な、とくに外国の読者にとって親切な脚注（本書の訳注も、これに多くのものを負うていることを記して、謝意を表したい）、豊富な挿図によって近来もっともすぐれた詩文選として推すべきこの全六巻のうち、第五巻『ヴィクトーリア時代の散文と詩』は『まじめが肝心』の全文を収録している。もって評価の高さを知るべきであろう。この劇は「無垢《むく》の、無害の完全無欠な実現である。これは傷つけたり傷つけられたりすることの不可能な世界なのである。それはまた、むろん、ノンセンスの世界でもあるのだ」（三四四ページ）

本書は、さきに一九五三年四月十日、この同じ文庫から公刊された『サロメ・ウィンダミア夫人の扇』を改め、これらに『まじめが肝心』を新たに訳し加えたものである。

（一九七三年七月）

ワイルド
福田恆存訳
ドリアン・グレイの肖像

快楽主義者ヘンリー卿の感化で背徳の生活にふける美青年ドリアン。彼の重ねる罪悪はすべて肖像に現われ次第に醜く変っていく……。

ワイルド
西村孝次訳
幸福な王子

死の悲しみにまさる愛の美しさを高らかに謳いあげた名作「幸福な王子」。大きな人間愛にあふれ、著者独特の諷刺をきかせた作品集。

ジョイス
柳瀬尚紀訳
ダブリナーズ

20世紀を代表する作家がダブリンに住む人々を描いた15編。『フィネガンズ・ウェイク』の訳者による画期的新訳。『ダブリン市民』改題。

H・ジェイムズ
西川正身訳
デイジー・ミラー

全てに開放的なヤンキー娘デイジーと、その行動にとまどう青年との淡い恋を軸に、新旧二つの大陸に横たわる文化の相違を写し出す。

H・ジェイムズ
小川高義訳
ねじの回転

イギリスの片田舎の貴族屋敷に身を寄せる兄妹。二人の家庭教師として雇われた若い女が語る幽霊譚。本当に幽霊は存在したのか？

シェイクスピア
福田恆存訳
ジュリアス・シーザー

政治の理想に忠実であろうと、ローマの君主シーザーを刺したブルータス。それを弾劾するアントニーの演説は、ローマを動揺させた。

シェイクスピア
福田恆存訳
マクベス
三人の魔女の奇妙な予言と妻の教唆によってダンカン王を殺し即位したマクベスの非業の死！ 緊迫感にみちたシェイクスピア悲劇。

シェイクスピア
福田恆存訳
アントニーとクレオパトラ
シーザー亡きあと、ローマ帝国独裁の野望を秘めながら、エジプトの女王クレオパトラと恋におちたアントニー。情熱にみちた悲劇。

シェイクスピア
福田恆存訳
リチャード三世
あらゆる権謀術数を駆使して王位を狙う魔性の君主リチャード――薔薇戦争を背景に偽善と偽悪をこえた近代的悪人像を確立した史劇。

シェイクスピア
福田恆存訳
リア王
純真な末娘より、二人の姉娘の甘言を信じ、すべての権力と財産を引渡したリア王は、やがて裏切られ嵐の荒野へと放逐される……。

シェイクスピア
福田恆存訳
オセロー
イアーゴーの奸計によって、嫉妬のあまり妻を殺した武将オセローの残酷な宿命を、鋭い警句に富むせりふで描く四大悲劇中の傑作。

シェイクスピア
福田恆存訳
お気に召すまま
美しいアーデンの森の中で、幾組もの恋人たちが展開するさまざまな恋。牧歌的抒情と巧みな演劇手法がみごとに融和した浪漫喜劇。

ディケンズ
山西英一訳
大いなる遺産（上・下）

莫大な遺産の相続人になったことで運命が変転する少年ピップを主人公に、イギリスの庶民の喜び悲しみをユーモアいっぱいに描く。

ディケンズ
加賀山卓朗訳
二都物語

フランス革命下のパリとロンドン。燃え上がる激動の炎の中で、二つの都に繰り広げられる愛と死のロマン。新訳で贈る永遠の名作。

ディケンズ
村岡花子訳
クリスマス・キャロル

貧しいけれど心の暖かい人々、孤独で寂しい自分の未来……亡霊たちに見せられた光景が、ケチで冷酷なスクルージの心を変えさせた。

ディケンズ
中野好夫訳
デイヴィッド・コパフィールド（一〜四）

逆境にあっても人間への信頼を失わず、作家として大成したデイヴィッドと彼をめぐる精彩にみちた人間群像！　英文豪の自伝的長編。

C・ブロンテ
大久保康雄訳
ジェーン・エア（上・下）

貧民学校で教育を受けた女家庭教師と、狂女を妻にもつ主人との波瀾に富んだ恋愛を描き、社会的常識に痛烈な憤りをぶつける長編小説。

E・ブロンテ
鴻巣友季子訳
嵐が丘

狂恋と復讐、天使と悪鬼――寒風吹きすさぶ荒野を舞台に繰り広げられる、恋愛小説の恐るべき極北。新訳による〝新世紀決定版〟。

S・モーム
中野好夫訳
人間の絆（上・下）

不幸な境遇に生まれ、人生に躓き、悩みつつ成長して行く主人公の半生に託して、誠実な魂の遍歴を描く、文豪モームの精神的自伝。

S・モーム
金原瑞人訳
月と六ペンス

ロンドンでの安定した仕事、温かな家庭。すべてを捨て、パリへ旅立った男が挑んだものとは――。歴史的大ベストセラーの新訳！

S・モーム
中野好夫訳
雨・赤毛
―モーム短篇集Ⅰ―

南洋の小島で降り続く長雨に理性をかき乱されてしまう宣教師の悲劇を描く「雨」など、意表をつく結末に著者の本領が発揮された3編。

J・ジュネ
朝吹三吉訳
泥棒日記

倒錯の性、裏切り、盗み、乞食……前半生を牢獄におくり、言語の力によって現実世界の価値を全て転倒させたジュネの自伝的長編。

G・グリーン
上岡伸雄訳
情事の終り

「私」は妬心を秘め、別れた人妻サラを探偵に監視させる。自らを翻弄した女の謎に近づくため――。究極の愛と神の存在を問う傑作。

A・シリトー
丸谷才一
河野一郎訳
長距離走者の孤独

優勝を目前にしながら走ることをやめ、感化院長らの期待にみごとに反抗を示した非行少年の孤独と怒りを描く表題作等8編を収録。

スティーヴンソン
田口俊樹訳
ジキルとハイド

高名な紳士ジキルと醜悪な小男ハイド。人間の心に潜む善と悪の葛藤を描き、二重人格の代名詞として今なお名高い怪奇小説の傑作。

スティーヴンソン
鈴木恵訳
宝島

謎めいた地図を手に、われらがヒスパニオーラ号で宝島へ。激しい銃撃戦や恐怖の単独行、手に汗握る不朽の冒険物語、待望の新訳。

スウィフト
中野好夫訳
ガリヴァ旅行記

船員ガリヴァの漂流記に仮託して、当時のイギリス社会の事件や風俗を批判しながら、人間性一般への痛烈な諷刺を展開させた傑作。

デフォー
吉田健一訳
ロビンソン漂流記

ひとりで無人島に流れついた船乗りロビンソン・クルーソー——孤独と闘いながら、神を信じ困難に耐えて生き抜く姿を描く冒険小説。

阿部知二訳
バイロン詩集

不世出の詩聖と仰がれながら、戦禍のなかで波瀾に満ちた生涯を閉じたバイロン——ロマン主義の絢爛たる世界に君臨した名作を収録。

上田和夫訳
シェリー詩集

十九世紀イギリスロマン派の精髄、屈指の抒情詩人シェリーは、社会の不正と圧制を敵とし、純潔な魂で愛と自由とを謳いつづけた。

C・ドイル 延原謙訳

緋色の研究

名探偵とワトスンの最初の出会いののち、空家でアメリカ人の死体が発見され、続いて第二の殺人事件が……。ホームズ初登場の長編。

C・ドイル 延原謙訳

四つの署名

インド王族の宝石箱の秘密を知る帰還少佐の遺児が殺害され、そこには"四つの署名"が残されていた。犯人は誰か? テムズ河に展開される大捕物。

C・ドイル 延原謙訳

バスカヴィル家の犬

爛々と光る眼、火を吐く口、全身が青い炎で包まれているという魔の犬——恐怖に彩られた伝説の謎を追うホームズ物語中の最高傑作。

C・ドイル 延原謙訳

恐怖の谷

イングランドの古い館に起った奇怪な殺人事件に端を発し、アメリカ開拓時代の炭坑町に跋扈する悪の集団に挑むホームズの大冒険。

延原謙訳

ドイル傑作集(I)
——ミステリー編——

奇妙な客の依頼で出した特別列車が、線路上から忽然と姿を消す「消えた臨急」等、ホームズ生みの親によるアイディアを凝らした8編。

延原謙訳

ドイル傑作集(II)
——海洋奇談編——

十七世紀の呪いを秘めた宝箱、北極をさまよう捕鯨船の悲話や大洋を漂う無人船の秘密など、海にまつわる怪奇な事件を扱った6編。

チェーホフ
神西清訳

桜の園・三人姉妹

急変していく現実を理解できず、華やかな昔の夢に溺れたまま没落していく貴族の哀愁を描いた「桜の園」。名作「三人姉妹」を併録。

チェーホフ
神西清訳

かもめ・ワーニャ伯父さん

恋と情事で錯綜した人間関係の織りなす日常のなかに、絶望から人を救うものは忍耐であるというテーマを展開させた「かもめ」等2編。

チェーホフ
小笠原豊樹訳

かわいい女・犬を連れた奥さん

男運に恵まれず何度も夫を変えるが、その度に夫の意見に合わせて生活してゆく女を描いた「かわいい女」など晩年の作品7編を収録。

チェーホフ
松下裕訳

チェーホフ・ユモレスカ
—傑作短編集Ⅰ—

哀愁を湛えた登場人物たちを待ち受ける、あっと驚く結末。ロシア最高の短編作家の、ユーモアあふれるショートショート、新訳65編。

チェーホフ
松下裕訳

チェーホフ・ユモレスカ
—傑作短編集Ⅱ—

怒り、後悔、逡巡。晴れの日ばかりではない人生の、愛すべき瞬間を写し取った文豪チェーホフ。ユーモア短編、すべて新訳の49編。

ツルゲーネフ
工藤精一郎訳

父と子

古い道徳、習慣、信仰をすべて否定するニヒリストのバザーロフを主人公に、農奴解放で揺れるロシアの新旧思想の衝突を扱った名作。

ドストエフスキー
木村浩訳
白痴（上・下）

白痴と呼ばれる純真なムイシュキン公爵を襲う悲しい破局……作者の〝無条件に美しい人間〟を創造しようとした意図が結実した傑作。

ドストエフスキー
江川卓訳
悪霊（上・下）

無神論的革命思想を悪霊に見立て、それに憑かれた人々の破滅を実在の事件をもとに描く。文豪の、文学的思想的探究の頂点に立つ大作。

ドストエフスキー
工藤精一郎訳
罪と罰（上・下）

独自の犯罪哲学によって、高利貸の老婆を殺し財産を奪った貧しい学生ラスコーリニコフ。良心の呵責に苦しむ彼の魂の遍歴を辿る名作。

ドストエフスキー
原卓也訳
カラマーゾフの兄弟（上・中・下）

カラマーゾフの三人兄弟を中心に、十九世紀のロシア社会に生きる人間の愛憎うずまく地獄絵を描き、人間と神の問題を追究した大作。

ドストエフスキー
江川卓訳
地下室の手記

極端な自意識過剰から地下に閉じこもった男の独白を通して、理性による社会改造を否定し、人間の非合理的な本性を主張する異色作。

ドストエフスキー
木村浩訳
貧しき人びと

世間から侮蔑の目で見られている小心で善良な小役人マカール・ジェーヴシキンと薄幸の乙女ワーレンカの不幸な恋を描いた処女作。

ヘミングウェイ
高見浩訳

武器よさらば

熾烈をきわめる戦場。そこに芽生え、激しく燃える恋。そして、待ちかまえる悲劇。愚劣な現実に翻弄される男女を描く畢生の名編。

ヘミングウェイ
高見浩訳

誰がために鐘は鳴る（上・下）

スペイン内戦に身を投じた米国人ジョーダンは、ゲリラ隊の娘、マリアと運命的な恋に落ちる。戦火の中の愛と生死を描く不朽の名作。

ヘミングウェイ
沼澤洽治訳

海流のなかの島々（上・下）

激烈な生を閉じるにふさわしい死を選んだアメリカ文学の巨星が、死と背中合せの生命の輝きを海の叙事詩として描いた自伝的大作。

ヘミングウェイ
高見浩訳

われらの時代・男だけの世界
―ヘミングウェイ全短編1―

パリ時代に書かれた、ヘミングウェイ文学の核心を成す清新な初期作品31編を収録。全短編を画期的な新訳でおくる、全3巻の第1巻。

ヘミングウェイ
高見浩訳

勝者に報酬はない・キリマンジャロの雪
―ヘミングウェイ全短編2―

激動の'30年代、ヘミングウェイは時代と人間を冷徹に捉え、数々の名作を放ってゆく。17編を収めた絶賛の新訳全短編シリーズ第2巻。

ヘミングウェイ
高見浩訳

蝶々と戦車・何を見ても何かを思いだす
―ヘミングウェイ全短編3―

炸裂する砲弾、絶望的な突撃。スペインの戦場で、作家の視線が何かを捉えた――生前未発表の7編など22編。決定版短編全集完結！

Title : SALOMÉ
LADY WINDERMERE'S FAN
Author : Oscar Wilde

サロメ・ウィンダミア卿《きよう》夫《ふ》人《じん》の扇《おうぎ》

新潮文庫　ワ－1－2

昭和二十八年四月十日発行
平成十七年八月十日四十九刷改版
平成三十年八月五日五十三刷

訳者　西《にし》村《むら》孝《こう》次《じ》
発行者　佐藤隆信
発行所　株式会社新潮社
郵便番号　一六二―八七一一
東京都新宿区矢来町七一
電話　編集部(〇三)三二六六―五四四〇
　　　読者係(〇三)三二六六―五一一一
http://www.shinchosha.co.jp
価格はカバーに表示してあります。

乱丁・落丁本は、ご面倒ですが小社読者係宛ご送付ください。送料小社負担にてお取替えいたします。

印刷・東洋印刷株式会社　製本・加藤製本株式会社

ISBN978-4-10-208102-0 C0197